Franziska Gerstenberg
OBWOHL ALLES VORBEI IST

Roman

Schöffling & Co.

Die Autorin dankt der Villa Massimo, Rom,
der Kulturstiftung des Freistaates Sachsen
und dem Künstlerhaus Lukas, Ahrenshoop,
für die Unterstützung.

Besonderer Dank gilt Matthias Teiting
für die enge Zusammenarbeit an diesem Buch
und für seine nicht endende Zuversicht.

Erste Auflage 2023
© Schöffling & Co. Verlagsbuchhandlung GmbH,
Frankfurt am Main 2023
Alle Rechte vorbehalten
Covermotiv: © Jason Munn
Satz: Fotosatz Amann, Memmingen
Druck & Bindung: Pustet, Regensburg
ISBN 978-3-89561-339-5

www.schoeffling.de

INHALT

SIMON, 2019	S. 7
CHARLOTTE, 2000–2001	S. 11
GRETA, 2010	S. 87
KARL, 2019	S. 149
SIMON, 2019–2020	S. 227

SIMON, 2019

PROLOG

Jetzt, nach ihrem Tod, ist alles wieder da.

Ich erinnere mich daran, wie ich Greta zu Dreharbeiten nach Italien mitgenommen habe. Charlotte und ich hatten uns gestritten, deshalb blieb sie mit Karl zu Hause. Greta war gerade vier geworden, ich schenkte ihr für die Reise einen winzigen Rucksack und sagte, sie solle an Spielzeug einpacken, was sie möchte.

Weil wir nur zwei Wochen zum Drehen bekamen, irgendwo am Rand von Rom, war die Zeit so knapp, dass ich nicht in die Stadt hineinfahren konnte, um Greta das Kolosseum oder den Petersplatz zu zeigen. Alle waren überarbeitet, das Wetter machte uns einen Strich durch die Rechnung, immer nur Sonne, überall Schlagschatten. Dazu stellte sich heraus, dass ein Teil der Komparsen, eine Schaustellergruppe aus Sizilien, Läuse hatte. Wir hatten alle miteinander Läuse.

Greta war als Einzige gut gelaunt an diesem Set. Sie verbrachte den ganzen Tag bei den Frauen von der Requisite, die sie mit *cannoli* fütterten, frittierten Teigrollen mit unfassbar süßer Füllung, und es war eine dieser Frauen, die mich schließlich auf den Inhalt des Spielzeugrucksacks aufmerksam machte. Eine junge Römerin, sie hatte von Anfang an mit mir geflirtet – dass ich Greta dabeihatte, schien eher für mich zu sprechen als gegen mich. Doch jetzt überschüttete sie mich mit einem Redeschwall, von dem ich nur zwei

Wörter verstand: *bambina* – Mädchen, und *pillole* – Tabletten. Sie deutete mehrmals auf Greta, die draußen vor dem Bauwagen mit einem Stock Zeichen in den Sand schrieb. Schließlich griff sie in Gretas Rucksack und zeigte mir, was sie so aufregte. Es war ein leerer Blister, eine Pillenpackung von der Sorte, die Charlotte genommen hatte, bevor sie schwanger wurde. Und dann sah ich, dass der Blister nicht gänzlich leer war, eine einzelne Antibabypille steckte noch darin, unter einem *Sa* wie *Samstag*.

»*Pericoloso*«, sagte die Italienerin.

Greta war klug genug, um zu wissen, dass Tabletten keine Bonbons waren. Das machte mir keine Sorgen. Aber ich fragte mich, wie um alles in der Welt dieser Jahre alte Pillenstreifen in ihren Besitz geraten war, und warum sie ihn mit sich herumtrug, ihn sogar bis nach Rom geschleppt hatte. Ich fragte mich, ob sie begriff, was diese Pillenpackung bedeutete – das tat sie natürlich nicht. Irgendwann würde ich es ihr erklären müssen.

CHARLOTTE, 2000–2001

SEPTEMBER

Die Treppe ist leer. Die vergangene Nacht mit zu wenig Schlaf hat eine Schwäche zurückgelassen und das Gefühl, alles wäre leicht verschoben, sowohl die Dinge als auch Charlotte selbst. Dinge: Diese Freitreppe, flache Steinstufen, von denen sich die festgetretenen Kaugummis dunkel abheben. Zu viel Himmel darüber, und als die Wolken aufreißen, die Sonne mit weißem Strahlen in die Welt bricht, verfehlt Charlotte die nächste Stufe und stolpert, will sich am Geländer festhalten, wirft dabei aber ungeschickt ihre Tasche in die Höhe. Der breite, offene Lederbeutel fliegt von der Schulter wie ein großer Vogel, und alles, was darin gesteckt hat, wirklich alles fällt heraus, klirrt, kracht, rutscht über die Treppe. Charlottes Trinkflasche rollt mehrere Stufen hinunter, ein Windstoß fächert den Spiralblock auf, dessen Seiten im Sonnenlicht dünner aussehen als Papier.

Sie umklammert das Geländer. Oben, auf dem Platz vor der Universität, lacht eine Frau, eine zweite fällt ein. Nicht aufschauen. Charlotte steigt die Hitze ins Gesicht, sie bückt sich, senkt den Kopf, um ihre Sachen einzusammeln, das Portemonnaie, einen Apfel mit Druckstellen.

Aber dann ist jemand vor ihr. Eigentlich unter ihr, vier Stufen tiefer, weinrote Doc Martens in Charlottes Blickfeld, und schon geht der Mann, den sie nicht hat kommen sehen, in die Knie und greift nach ihrer Flasche. Über den Doc

Martens: Jeans, ein Leinenpullover, ein offener Parka, der dünne Schal wieder weinrot. Charlotte steckt schnell den Block in ihre Tasche, sie stehen gleichzeitig auf. Er ist ein paar Jahre älter, um die dreißig, steigt eine weitere Stufe hoch auf der Treppe, trotzdem ist er noch kleiner als sie. Die dunklen Haare hat er sich vielleicht selbst geschnitten, sie stehen in alle Richtungen ab, dazu links und rechts ein Segelohr.

Er hält ihr die Trinkflasche hin – aber als sie danach greifen will, zieht er sie weg. Er grinst. Zum ersten Mal schaut sie ihm richtig ins Gesicht. Seine Augen scheinen sie schon viel länger anzusehen. Sie lächelt zurück, macht eine Bewegung und will sich die Flasche schnappen – aber er ist schneller, wieder zieht er die Hand zurück, diesmal versteckt er die Flasche hinter seinem Rücken. Er schiebt den Oberkörper vor, deutet rasche, kreisende Bewegungen mit den Schultern an, links, rechts, links, wie ein Boxer, sie denkt: ein Boxer in einem Trickfilm. »Nanu«, sagt er, »wo ist denn das Fläschchen?« Er lacht laut auf, und sie muss ebenfalls lächeln, obwohl er sie eigentlich nervt, müde, wie sie ist.

»Jaja«, sagt sie, »sehr lustig.«

Noch immer hört sie die Frauen von oben. Warum gehen die nicht weiter? Sie beschließt, dass ihr das zu blöd ist, will dem Mann die Flasche überlassen (es ist nur Leitungswasser darin) – aber als sie zur Seite tritt, um an ihm vorbeizugehen, macht auch er einen Schritt zur Seite, wodurch er sich ihr erneut in den Weg stellt.

»Nanu, nanu?« Er hält ihr die Flasche nah vors Gesicht.

Das ist anders, das ist zu viel jetzt, die Hitze erreicht ihren Hinterkopf. Charlotte sieht den Mann nicht mehr an, weicht schnell zur anderen Seite aus – aber wieder geht er mit. Sie stolpert nach hinten, stößt mit der Wade hart gegen eine Stufe.

»He«, ruft sie, »Schluss jetzt!«

In ihrer Stimme bricht etwas – und darauf reagiert er endlich. Erschrocken, als wäre er plötzlich aufgewacht, macht er ihr Platz, tritt zwei Schritte zurück, nicht nur einen. »Entschuldige«, sagt er, hebt beide Hände, als würde das Wort nicht reichen, als müsste er es in eine Geste übersetzen. »Ich wollte nicht ...«

Erst jetzt scheint er zu bemerken, dass er immer noch ihre Flasche festhält; er atmet tief ein – und dann wirft er die Flasche hoch in die Luft. Sie schauen ihr beide zu: wie sie sich in der Sonne dreht, wieder fällt; und er fängt sie auf, wie ein Trickfilm-Boxer-Zauberer am Ende eines Kunststücks, fehlt nur noch, dass er sich verbeugt.

»Entschuldige«, wiederholt er stattdessen und reicht ihr die Flasche nun endgültig hin, mit großem Abstand und ausgestrecktem Arm. Sie nimmt sie, lässt sie in ihren Beutel rutschen, und danach, sehr schnell, geht sie an dem Mann vorbei, sie läuft die Treppe hinunter, ohne erneut zu stolpern. Und obwohl sie spürt, dass er dort noch immer steht und ihr nachschaut, dreht sie sich nicht mehr um.

Auf dem Weg zur Post geht sie die Hauptstraße entlang, der Wind treibt Abfall vor sich her. Es ist nicht das schönste Viertel in dieser vormals halbierten Stadt, auch nicht drei Straßen weiter, wo Charlotte wohnt, aber die Mieten sind günstig geblieben. Sie geht am Backshop vorbei, am Supermarkt, an einer von bunten Wimpelketten eingerahmten Freifläche, auf der Gebrauchtwagen verkauft werden. Immer noch ist es früh am Morgen. Am Ende der Straße, gegenüber der Bushaltestelle, liegt die Postfiliale.

Sie hat die Postkarte in Polen gekauft. Ende August ist sie

dort gewesen, sie hat die leere Karte an ihre Eltern adressiert und danach lange reglos am Tisch gesessen, in der winzigen Unterkunft, die sie für die Nacht ausfindig gemacht hatte. Sie war zwei Wochen herumgereist, allein, der Anblick der grauen, gleichzeitig sonnigen Dörfer hatte Kindheitserinnerungen aufsteigen lassen: als läge hier der Staub auf den Straßen, den man anderswo schon weggekehrt hatte, als wüchsen hier am Rand noch die Margeriten, die die Eltern zu Hause, vor dem eigenen Zaun, längst ausgerissen hatten. Am Tisch in der winzigen Unterkunft besann sich Charlotte auf alles, was sie in den zwei Wochen zuvor gesehen und gedacht hatte. Nichts davon war für ihre Eltern bestimmt. Am Ende schrieb sie, wobei sie mit dem Kugelschreiber stark aufdrückte: *Liebe Mutti, lieber Vati, ich schicke euch Grüße aus Polen, das Wetter ist nicht so gut, aber warm ist es trotzdem, das Essen schmeckt, ich bin gerade in Sorkwity (siehe Karte), bis bald, eure Charlotte.* Es klang weniger ironisch, als sie gehofft hatte. Würden die Eltern überhaupt merken, dass die Karte ein Witz war?

Die Postfiliale ist klein, man muss hier zu jeder Uhrzeit anstehen, Charlotte rückt einen Schritt vor, wie immer hat ihr das passende Kleingeld für den Briefmarkenautomaten gefehlt. Der Tresen ist mit einem bulligen, tätowierten Mann besetzt, der nur ausdruckslos hochsieht und wartet, wenn er mit Frankieren und Stempeln fertig ist. *Der Nächste, bitte!*, soll das heißen.

Allein zu reisen, das war nicht geplant gewesen, ursprünglich hatte der Urlaub zusammen mit einer Freundin stattfinden sollen, die dann kurzfristig abgesagt hatte, weil sie schwanger geworden war. Erst in dieser letzten Urlaubsnacht erlaubte sich Charlotte, sich ganz genau vorzustellen, wie es wäre: An der Stelle der Freundin zu sein, den Urlaub abgesagt zu haben, ein Kind zu bekommen. Sie hat wie so oft nicht schlafen können, und dann, als sie aufbrechen musste, war niemand da, dem sie das Geld für die Unterkunft hätte geben können. Das Grundstück mit dem Garten schien verwaist, nur ein Huhn stand starr vor einer Mauer, den Blick auf die Ziegelsteine gerichtet und ohne sich zu bewegen. Schließlich, schon in Eile, hat sie das Geld einfach auf den Tisch gelegt und überhaupt nicht mehr an die Postkarte gedacht, die in der Außentasche des Rucksacks über die Grenze reiste, zwei Wochen lang zerknickt in der Küche von Charlottes Einzimmerwohnung herumlag, bis sie heute beschlossen hat, sie doch noch abzuschicken. Die Eltern wissen sowieso nicht genau, seit wann sie wieder da ist, und auf die Briefmarke werden sie nicht achten.

Die Frau vor ihr tritt mit einem Paket Umschläge an den Tresen, Charlotte will die Postkarte herausholen – doch sie findet sie nicht. Als sie endlich dran ist, der tätowierte Mann hat schon hochgesehen, steht Charlotte da, ihre Tasche weit geöffnet, sie schaut hinein, fühlt mit der Hand nach, schüttelt sogar kurz den Spiralblock aus, aber die Postkarte bleibt verschwunden. Wo ist sie?

»Was denn nun«, sagt der tätowierte Mann.

Zum zweiten Mal an diesem Tag wird Charlotte rot.

Sie muss die Postkarte verloren haben, als ihr die Tasche ausgekippt ist, auf der Treppe vor der Universität, aber es ist unwahrscheinlich, dass sie dort noch liegt, der Wind wird sie längst ins Gebüsch geweht haben. Charlotte durchquert den Hof, drückt die Tür auf, steigt die Stufen hoch, riecht

Schimmel und die süßen Soßen des vietnamesischen Restaurants im Vorderhaus. In der Wohnung geht sie ins einzige Zimmer durch, schaltet den klapprigen grauen Computer an, auf dem der Beginn ihrer Magisterarbeit gespeichert ist. Der Computer braucht viel Zeit zum Hochfahren und noch mehr Zeit, bis er das Dokument geöffnet hat. Der Titel der Arbeit ist so lang, dass er über drei Zeilen geht und Charlotte ihn sich nie merken kann; dafür hat sie von den Texten, über die sie schreibt, ganze Passagen auswendig im Kopf. Sie macht Wasser heiß, für Kaffee; in der Duschkabine neben dem Herd tropft der Hahn, es gibt kein Badezimmer in der Wohnung, nur eine kaum schrankgroße Toilette mit Waschbecken. Der Computer ist endlich bereit, als das Telefon auf dem Küchentisch klingelt, sie geht nicht ran. Es ist ein altes Telefon ohne Display, mit Hörer und Wählscheibe, olivgrün, ein spezieller Farbton, der vielleicht nur für diese Art Geräte erfunden wurde. Hat das Telefon jemals frisch und modern gewirkt? Charlotte hat es beim Auszug von zu Hause mitgenommen. Ihre Eltern hatten es 1990 gekauft, als sie endlich den Anschluss bekamen, aber schon wenige Jahre später wieder ersetzt. Das Telefon verstummt, und Charlotte bleibt allein in der Stille.

Ihre Wade schmerzt. Sie erinnert sich an ihre Angst auf der Treppe, schiebt die Hose hoch, dreht das Bein, bis sie die Stelle sehen kann. Dort, wo sie beim Zurückweichen gegen die Treppenstufe geschrammt ist, ist die Haut rot und zerkratzt.

Am Abend steht sie vorm Waschbecken in der Toilette. Der dreiteilige Spiegel des winzigen Hängeschranks darüber ist der einzige in ihrer Wohnung. Charlotte braucht keinen

Ganzkörperspiegel, sie trägt nur Jeans und T-Shirts, und wie die an ihr aussehen, das hat sie schon im Kaufhaus in der Kabine gesehen. Wenn sie ihr Gewicht wissen möchte, steigt sie auf die Waage.

Weil sie sich selten genau anschaut, hätte sie Schwierigkeiten damit, sich selbst zu beschreiben. Sie ist groß. Ihre Haare sind glatt und blond, ein sehr helles Blond, und lang sind sie, auch wenn man das kaum sieht, weil Charlotte sie jeden Morgen zum Pferdeschwanz bindet. Ihre Augen sind grün.

Die Hände aufs Waschbecken gestützt, denkt sie an die einzige Beziehung, die sie geführt hat, mit Anfang Zwanzig, fast zwei Jahre lang. Sie mochte Jens, sie kannte ihn schon ewig und hätte mit keinem anderen üben wollen – denn das war es, was sie tat. Sie übte, nicht allein zu sein, übte, mit jemandem zu schlafen, und sie hätte auch noch das Zusammenwohnen geübt, hätte Jens sich nicht immer mehr in sie verliebt und angefangen, über die Zukunft zu sprechen, was dem Projekt des Übens grundsätzlich widersprach. Charlotte wusste, sie würde irgendwann Kinder haben, mehrere Kinder, aber ebenso sicher wusste sie, dass sie in der Beziehung mit Jens noch nicht schwanger werden wollte. Er war nicht der Richtige.

Sie schüttelt den Kopf, danach putzt sie sich die Zähne. Sie geht hinüber ins Zimmer, zieht sich aus und legt sich ins Bett, auf die Seite, wickelt die Decke eng um sich, zieht die Knie an, schließt die Augen und umarmt sich selbst mit beiden Händen.

Sie stellt sich vor, wie jemand hinter ihr liegt. Jemand, den sie noch nicht kennt. Sie spürt seinen Körper, spürt, wie er sie hält, fest und sicher hält, er atmet an ihrem Hinterkopf, im Rhythmus ihres Herzschlags.

Es ist ihr Einschlafritual, ohne geht es nicht, an der Schwelle zur Nacht muss sie wissen, wie die Zukunft aussieht.

MÄRZ

»Na endlich. Ich dachte schon, du gehst nie ran!«
»Mutti?« Charlotte hält den olivgrünen Hörer fest. »Bist du das?«

Sie telefonieren selten. Die Eltern rufen nur an, wenn etwas passiert ist, oder zum Geburtstag. Zu Weihnachten ist Charlotte hingefahren, das ist noch keine drei Monate her.

»Ist alles in Ordnung?«, fragt sie. Vielleicht hat sie einen Termin vergessen. Aber die Knie-OP ihres Vaters war im Januar, und etwas anderes fällt ihr nicht ein.

»Ja, bei uns schon.« Die Mutter klingt aufgeregt, an dem hüpfenden, schnellen Glucksen am Satzende erkennt Charlotte, dass der Vater neben ihr steht. Wenn sie mit Charlotte allein ist, gluckst die Mutter nie auf diese Art. »Wir wollten dich fragen...« Bestimmt beugen sie sich über das Telefon, zu zweit, im unteren Flur des Hauses. »Warst du wirklich schon wieder in Polen? Du hast doch gerade erst angefangen zu arbeiten? Und wie kann es sein, dass es dort schon warm ist?«

Einen Moment lang versteht Charlotte gar nichts.

Zum Glück setzt die Mutter noch hinzu: »Das schreibst du ja auf deiner Postkarte.«

»Postkarte?«

»Ja, die du uns geschickt hast.«

Da hat sie zum ersten Mal eine Idee, was passiert ist. Sie

fragt nach dem Bild auf der Vorderseite der Karte – und wirklich handelt es sich um die Kirche von Sorkwity, um die Postkarte, die sie Anfang September, vor einem halben Jahr, auf der Treppe vor der Universität verloren hat. »Aber ich habe nicht ...« Charlotte lacht laut, das Lachen hallt in ihrer Wohnung wider, als wäre sie leer.

Sie fragt, wo die Karte abgestempelt wurde. Sie hört ihre Eltern tuscheln, dann die irritierte Stimme des Vaters: »In Brasilien! Vor zwei Wochen.«

In Brasilien? Wieso nicht hier in der Stadt? Charlotte spürt, dass die Mutter die kleine Aufregung genießt: eine seltsame Postkarte als Sand im Getriebe des Alltags. Dem Vater geht es ganz sicher nicht so. Den Vater irritiert sonst nichts, der Vater ist immer beherrscht, und damit es dabei bleibt, lebt er ein Leben, das keine Überraschungen kennt. Selbst die Wende hat ihn kaum aus dem Takt gebracht. Er hat einfach nicht darüber gesprochen und auf diese Weise das Neue fast gänzlich aus ihrem Haus ferngehalten. Charlottes Mutter fügte sich, kaufte nur stillschweigend Bananen und Nivea-Creme und bestellte einen Telefonanschluss.

Charlotte lacht noch immer, während sie versucht, den Eltern zu erklären, was passiert sein muss: Sie hat die Postkarte verloren, sie wurde weggeweht, jemand muss sie gefunden haben. Nicht jemand, denkt sie, dieser Kerl mit den Doc Martens war das, natürlich war er es, er stand doch noch an derselben Stelle, während sie schon mit heißem Gesicht die Stufen hinuntergestürmt ist. Sie staunt, dass sie sich noch so genau erinnern kann. Der Mann mit den Doc Martens hat Charlottes Postkarte mitgenommen, und dann, ein halbes Jahr später, als er nach Brasilien geflogen ist, hat er die Postkarte von dort zurück nach Deutschland geschickt.

»Warum sollte man so etwas tun?« Die Erklärung befriedigt den Vater nicht.

Charlotte zuckt die Achseln, doch das können die Eltern nicht sehen. Ihr Lachen kommt ihr seltsam vor, so lustig ist das ja gar nicht, dieses Spiel mit den Ländern und Urlauben – aber sie kann nicht anders: Immer, wenn sie an ihre polnische Postkarte in Brasilien denkt, steigt eine nervöse Freude in ihr hoch. Sogar das Spiel des Mannes mit ihrer Wasserflasche scheint ihr im Nachhinein bloß eben das gewesen zu sein: ein witziges, fast anziehendes Spiel.

Der Vater möchte wissen, wie es in der Agentur läuft. Er sagt *im Betrieb*, sagt das mehrmals so, und Charlotte ist jedes Mal kurz verwirrt, denn *der Betrieb*, das kennt sie nur als Begriff für die Firma, bei der die Eltern angestellt sind.

»Gut«, sagt Charlotte.

Zu Weihnachten hat sie erzählt, dass sie ab Januar arbeiten wird. Die Eltern haben reagiert, als hätten sie nicht damit gerechnet, dass dieser Moment jemals kommen würde. »Du bist doch noch gar nicht mit dem Studium fertig«, hat die Mutter gesagt, und Charlotte hat geantwortet: »Ja, aber die wollen mich trotzdem.« Die Skepsis der Eltern hing über dem Entenbraten und roch nach brauner Soße mit Zimt.

»Was heißt gut?«, fragt der Vater jetzt. »Machst du dich denn anständig?«

Sie beschreibt ihm die hohen, hellen Räume, die Heike, ihre Chefin, für die Agentur angemietet hat. Heike ist die Freundin des Freundes von Freunden, das ist ein Teil des Zufalls, der Charlotte die Anstellung als Texterin eingebracht hat. Heike hat die Zeichen der Zeit erkannt, ein paar Computer gekauft und Büromöbel aus den Hellerauer Werkstätten in die Zimmer gestellt, sie hat sich für die Agentur einen Namen einfallen lassen, der in die neue Mitte der Stadt passt. Beim Bewerbungsgespräch musste Charlotte fragen, worum es denn eigentlich gehen sollte, so ganz hatte sie das nicht verstanden im Vorfeld. Heike lachte und sagte: »Websites.« Websites waren zwar nichts ganz Neues mehr, aber gerade die großen, schwerfälligen Konzerne hatten noch keine. Heike rief also beispielsweise bei einer Supermarktkette an und erklärte denen, warum sie unbedingt eine Website brauchten. Sie konnte gut reden, die Leute am anderen Ende waren schnell eingeschüchtert, sie wollten nicht abgehängt werden von der Konkurrenz. Also sagte Heike, das sei gar kein Problem, sie mache da gern ein Angebot. Woraufhin sie eine Summe nannte, die Charlotte, als sie zum ersten Mal bei einer dieser Verhandlungen dabei war, den Atem verschlug.

»Ich hätte nicht gedacht«, sagt der Vater am Telefon, »dass diese abwegigen Fächer etwas wert sind, an denen du seit zehn Jahren herumstudierst.«

Es sind noch keine zehn Jahre, und das weiß er auch. Trotzdem antwortet Charlotte wahrheitsgemäß, dass sie das auch nicht gedacht hätte. In den ersten Wochen hat sie jeden Tag an einen Irrtum geglaubt: Die haben einen Fehler gemacht, ich kann das doch gar nicht. Dabei hatte sie nichts anderes zu tun, als sich Fünfzeiler über Ganzkornsenf und Spreewaldgurken auszudenken, und kurze Sprüche, die sich reimen sollten.

Der Vater räuspert sich. Wie viel Charlotte in der Agentur verdient, will er wissen. Die Summe kommt ihm zu hoch vor, aber Charlotte denkt an das Volumen des Auftrags der Supermarktkette, das relativiert ihr Gehalt.

Die Mutter ruft im Hintergrund, der Vater beendet das Telefonat. Aber vorher, nach einem letzten Räuspern, sagt er noch – und dabei scheint er alles zusammen zu meinen, die Agentur, das nun doch sinnvolle geisteswissenschaftliche Studium und vor allem Charlottes Gehalt: »Also, dann hast du es ja geschafft.«

Charlotte hält die Luft an, mit ihrer verschwitzten Hand drückt sie den Hörer ans Ohr. Zum ersten Mal in ihrem Leben klingt es, als wäre der Vater stolz auf sie.

Vor dem Küchenfenster verschwimmt das Vorderhaus zum nahtlosen Teil einer schnell dunkler werdenden Häuserzeile, hinter der, wie Charlotte weiß, eine weitere Häuserzeile steht, und dann noch eine und eine allerletzte, bevor man den Park erreicht.

Sie stellt das Telefon zurück an seinen Platz.

Hat sie es tatsächlich geschafft? Ist alles, wie es sein soll? Sie denkt daran, wie sie abends einschläft und sich selbst umarmt. Denkt an die Eltern, die am Telefon klingen, als wären sie eine einzige Person. An die Freundin, mit der sie nach Polen fahren wollte und die dann schwanger geworden ist. Mittlerweile ist das Kind auf der Welt, aber sie haben keinen Kontakt mehr. Wie mag es sich für die Eltern angefühlt haben, als Charlotte selbst gerade neugeboren war? Haben sie im Bett gelegen, sich die Zukunft ausgemalt, Charlottes winzige Hände und Füße hin- und hergedreht? Oder war die Zärtlichkeit ihrer Eltern schon damals ausschließlich füreinander bestimmt, nicht für sie, das Kind? Als hätte Charlotte ihre ganze Kindheit hindurch zu viel gewollt, etwas, das nur die Erwachsenen anging.

Nach der Trennung von Jens hat sie gewartet. Sie war ganz

ruhig, es gab keinen Zweifel, dass sie den Mann, den *richtigen* Mann, sofort erkennen würde, wenn er ihr begegnete. Aber diese Sicherheit ist allmählich verschwunden. Schon seit ein paar Monaten fragt sie sich immer öfter, wo er ihr denn über den Weg laufen soll, dieser Mann, wenn sie nur in ihrer Wohnung hockt oder in der Agentur.

Sie müsste etwas tun. Ja, sie sollte ausgehen, allein ausgehen, sofort – das Telefonat ist ihr geglückt, es war das längste, das sie mit ihren Eltern je geführt hat –, wer weiß, was ihr heute noch alles gelingen kann? Fast hastig greift sie nach ihrem Dufflecoat, der Tasche, dem Schlüssel, sie steigt in die Stiefel und lässt die Tür hinter sich ins Schloss fallen.

Die Bar liegt auf der anderen Seite des Parks. Tatsächlich ist es die Bar, in die sie regelmäßig mit der Freundin gegangen ist, einmal pro Woche, bevor die Freundin schwanger wurde. Der Raum ist voll, es ist heiß, die Spiegel an den Wänden beschlagen, auf den Stühlen und Tischen liegen nasse Mäntel. Charlotte streicht sich eine verlorene Haarsträhne hinter die Ohren, dann, tief Luft holend, zieht sie das Haargummi ganz ab und steckt es in ihre Tasche. Sie hebt das Kinn.

Nach einer Weile gelingt es ihr, sich so nah an den Tresen zu schieben, dass die Getränkeauswahl auf der Tafel an der Wand lesbar wird. Sie kann sich nicht entscheiden, dabei stehen dort nur zwei Sorten Rotwein und zwei Sorten Bier. Weil Charlotte zögert, drängt sich einer der anderen Barbesucher an ihr vorbei, ein Rücken im karierten Hemd, der nun vor ihr aufragt. Sie will protestieren, aber da dreht er sich um, ist kein Rücken mehr, sondern ein freundliches Grinsen.

»Kann ich dir was mitbringen? Was nimmst du denn?«

Ist es so einfach? Wenn es so einfach ist, warum hat sie das nicht schon vor Jahren gemacht?

»Äh, ich weiß nicht ...«

»Super, ich such dir was aus. Bleib genau hier stehen und warte.«

Wenigstens einer, der weiß, was er will. Und sie macht, was er sagt, bleibt stehen, den Dufflecoat über dem Arm – bis der Mann im karierten Hemd zurückkommt, zwei Getränke balancierend: keinen Wein, kein Bier, sondern quietschbunte Cocktails mit Strohhalmen, einen roten und einen blauen.

Sie schaut ihn erst jetzt richtig an. Er ist groß und hat sich die Haare mit Gel nach hinten gekämmt. »Ich bin Micha«, sagt er, als er sie in die hinterste, dunkle Ecke der Bar dirigiert, auf ein Sofa mit braunen Lederpolstern.

»Charlotte.«

Micha mustert Charlotte von oben bis unten. Sie schlägt die Beine übereinander, sie stoßen an, und sofort, ohne Übergang, beginnt Micha zu reden. Sie hat Mühe, ihm zu folgen, während er von einem Thema zum anderen springt – Sloterdijk, das Wetter, die Wende – und ihr schließlich erklärt, wo in der Stadt man den besten Käse kaufen kann.

Er scheint nicht zu erwarten, dass sie etwas sagt. Charlotte nickt ab und zu, zieht am Strohhalm, während Micha hinter ihrem Rücken den Arm auf die Sofalehne legt. Sie versucht sich zu konzentrieren, kann aber nicht verhindern, dass ihre Gedanken abschweifen. Sie rückt ein Stück zur Seite, was er als Aufforderung zu verstehen scheint, sich ihr direkter zuzuwenden.

»Wo kommst du denn her, Charlotte?«

»Aus Dresden.«

»Wirklich? Ich bin aus Aue! Nur hundert Kilometer entfernt.«

Und sofort redet er übers Erzgebirge, erzählt, dass seine Eltern in Aue Zahnärzte sind und Marlies und Thomas heißen, und erst jetzt merkt sie, dass die Situation unerträglich ist, immer hilfloser saugt sie an ihrem Strohhalm. Sie möchte auf die Toilette gehen, müsste dafür aber an Micha vorbei, sie fühlt sich benommen – und hört sich plötzlich laut aussprechen, was sie eigentlich nur gedacht hat.

»Ich brauche gar keinen Zahnarzt.«

»Was?« Micha stößt gegen sein Glas, kann es gerade noch auffangen.

»Ich meine …« Augenblicklich wird ihr heiß. »… keinen Sohn aus einer Zahnarztfamilie. Brauche ich nicht. Nur weil ich Kinder will … man sagt zwar immer, dass Zahnärzte gut verdienen, aber darum geht es doch nicht …«

»Wie bist du denn drauf?«, fragt er und starrt sie an.

Sie muss leuchten wie eine Tomate, oder wie die rote Linie, die sie überschritten hat. »Entschuldige«, sagt sie, »so habe ich das gar nicht gemeint. Es ist mir herausgerutscht.«

Micha starrt noch kurz weiter, dann fischt er den Strohhalm aus seinem Glas, schmeißt ihn auf den Tisch, dass es spritzt, und trinkt in einem Zug aus. »Weißt du was, Charlotte …« Er springt auf. »Ich will auch kein Kind von dir. Damit das mal klar ist.«

Und dann ist er weg. Und sie sitzt da, mit den leeren Cocktailgläsern. Langsam weicht die Benommenheit. Charlotte beugt den Oberkörper vor, bis ihre Stirn auf den Knien liegt. Wahrscheinlich starren sie alle Leute an, in der Bar, sie hat sich noch nie so allein gefühlt, schon gar nicht auf diesem

Sofa, auf dem sie früher zusammen mit der Freundin gesessen hat.

Sie richtet sich wieder auf.

Und gerade in diesem Moment kommt der Barkeeper vorbei, stellt erst Michas leeres Glas auf sein Tablett, dann ihres, bevor er fragt: »Noch einen *Sex on the Beach*?«

Sie trinkt sonst nie mehr als ein Bier oder einen Wein.

Entschlossen zeigt sie auf die beiden Cocktailgläser: »Noch eine Runde. Beides, bitte. Den roten und den blauen.«

Wieso ist es um diese Jahreszeit so kalt? Aber als sie noch denkt, dass ihr kalt ist, wird ihr schon viel zu warm. Sie reißt den Dufflecoat auf, die Knebel wehren sich gegen ihre Finger, so ist das also, denkt Charlotte: betrunken sein. Als wäre man sehr, sehr müde. Zum Glück würde sie den Weg durch den Park, den Rückweg in ihr Viertel auf der anderen Seite, auch im Schlaf finden.

Sie muss kurz die Augen geschlossen haben, sie muss mit geschlossenen Augen weitergelaufen sein, denn als sie das nächste Mal hochschaut, hat sie den kleinen See erreicht. Auf einmal wirkt alles ganz hell. Neben der Brücke, bei der Parkbank, der die Lehne fehlt, flackert eine Laterne.

Und da steht jemand. Charlotte blinzelt. Da steht ein Mann. Sie hat Mühe, sein Gesicht zu erkennen, der Mann steht am Rand des Lichts. Erstaunlich ist, dass er ein Buch in der Hand hält und liest, und dass er jetzt, als er sich bewegt, sogar eine Seite umblättert.

Er blickt auf. Er ist wirklich da, oder sie ist wirklich da, sie weiß nicht, woran sie mehr Zweifel hatte. »Hallo«, sagt sie und muss lachen, obwohl es keinen Grund dafür gibt.

»Hallo«, sagt er ruhig.

Sie fragt: »Was liest du denn da?«

Erst jetzt bemerkt sie, dass es sich um ein Kinderbuch handelt, mit Illustrationen, er steckt es ein, ohne auf ihre Frage zu antworten. Aber dann verändert sich sein Gesicht, und er strahlt sie an, von einem Ohr zum anderen. »Du bist das. Ich kenne dich doch.«

Das ist der älteste Spruch der Welt. Das Licht flackert abermals, und diesmal geht auch in Charlotte etwas aus. Sie spürt, wie sie schwankt, sie will sich jetzt hinlegen.

Doch er tritt näher, umfasst ihre Oberarme mit beiden Händen, bringt den Mund nah an ihr Ohr, er flüstert: »Charlotte.«

Sie weicht zurück. Auf einmal kommt er ihr vage vertraut vor. Sie blickt ihn an, strubbelige Haare, er trägt keine Mütze über den Segelohren – plötzlich verspürt sie eine seltsame Freude. Sie erinnert sich, dieses Gefühl heute schon einmal gehabt zu haben, früher am Tag, bei dem Telefonat mit den Eltern. Und in diesem Moment weiß sie auch, wer er ist. Sie schaut: Ja, er trägt auch heute den Parka und die Doc Martens. Er ist der Mann von der Treppe, der Mann, der die Karte an ihre Eltern geschickt hat.

Kann das sein? Wahrscheinlich liegt sie doch schon zu Hause im Bett und träumt, denn so etwas gibt es ja nicht, nicht am selben Tag, sie glaubt nicht an derartige Zufälle, sie hat zu viel getrunken. Aber sie spürt noch, wie er sie an den Oberarmen angefasst hat. Und langsam glaubt sie es doch.

»Weißt du's jetzt?«, fragt er.

Sie nickt. »Danke für die Post«, sagt sie und hofft, dass es lässig klingt.

Er lacht – nicht über sie, sondern eindeutig aus Begeisterung über sich selbst, über seinen glänzenden Einfall.

»Warum Brasilien?«, fragt sie. »Und wie heißt du überhaupt?« Er weiß schon seit einem halben Jahr ihren Namen, sie weiß gar nichts. Aber sie merkt, dass sie sich wünscht, er würde sie noch einmal anfassen, da an den Armen.

»Simon«, sagt er, »ich bin Simon.«

Charlotte schwankt erneut, und von einer Sekunde auf die andere wird ihr schlecht, ausgerechnet jetzt. Speichel in ihrem Mund, den sie mühsam hinunterschluckt, viel zu viel Speichel. Simons Gesicht, der Boden unter den Füßen, das Licht, der See, die kaputte Bank – die Übelkeit hat keine Ränder und steigt in ihr auf.

Simons Stimme ist laut. Er packt sie, grob, findet sie – es sind nur wenige Schritte bis zu dem Abfalleimer neben der kaputten Bank –, dann übergibt sie sich, hustet und würgt mehrmals, bis nichts mehr kommt. Sie spürt Simons Hand an ihrem Rücken, er streicht über ihren Mantel. Ihr Hals schmerzt.

Hinterher geht es ihr sofort besser. Sie sitzt auf der Bank, atmet ein und aus. Aber mit der frischen Luft kommt die Scham, sie könnte heulen, traut sich nicht, Simon anzusehen, der vor ihr stehen geblieben ist. Sie zittert, ihre Zähne schlagen aufeinander.

Als er in die Hocke geht und einen nach dem anderen die Knebel des Dufflecoats durch die Schlaufen schiebt, muss sie ihn doch anschauen. Sie hält sich den Ärmel vors Gesicht und flüstert in die Wolle hinein, wie sehr es ihr leidtut.

Er schüttelt den Kopf. »Soll ich dich nach Hause bringen?«

Er ist ihr viel zu nah.

»Nein!«

Hastig steht sie auf, um zu beweisen, dass sie allein gehen

kann. Denn das will sie: weg hier, nur weg, damit dieser Abend endlich vorbei ist.

Er lacht auf und hebt die Hände, als würde er sich ergeben. »Okay, okay.« Dann klopft er die Taschen seines Parkas ab, findet einen Kugelschreiber und holt schließlich das Kinderbuch hervor. Vorsichtig reißt er die erste, leere Seite raus, schreibt etwas quer über das Blatt. »Hier hast du meine Nummer, ruf mich an.«

Sie sieht ihn entgeistert an. Die Laterne flackert ein letztes Mal, bevor sie ganz ausgeht.

APRIL

Die Schiffstouren haben wieder begonnen, nur die Gäste lassen auf sich warten. Leere Oberdecks mit unzähligen weißen Stühlen, die Fenster der Unterdecks liegen knapp über den Wellen. Schneller, als die Schiffe fahren, fliegen die Möwen. Am Anleger sind die Wände beschmiert, ein tropfender Penis, daneben hat jemand mit Edding geschrieben *Mit Kindern ist immer Leben im Haus*, darunter eine Antwort, in einer anderen Schrift: *Mit Schimmel auch.*
Sie treffen sich am Ufer.
»Ich dachte schon«, sagt er, »du rufst gar nicht an. Dass du dich in Luft aufgelöst hast.«
»Ja.« Ihr Auftritt im Park ist ihr unendlich peinlich gewesen. Sie hat Simon auch deshalb angerufen, weil sie das Gefühl hatte, etwas wiedergutmachen zu müssen. Eines der Schiffe nähert sich dem Anleger, stößt ein tiefes Tuten aus, Charlotte greift mit beiden Händen nach dem Eisengeländer. »Ja, das hätte ich auch am liebsten.« Die Aufregung sitzt ihr in der Stimme, natürlich ist sie aufgeregt, sie trifft sonst nie einen Mann, schon gar nicht allein.
Ohne es verabredet zu haben, laufen sie los, am Wasser entlang. Sie sprechen über die Möwen, die jedes Jahr zahlreicher werden, über die Müllabfuhr, die nicht funktioniert in der wachsenden Stadt, sie sprechen über die Buddha-Statuen, die die Taliban in Afghanistan gesprengt haben. Simon

zündet sich eine Zigarette an. Weil sie selbst nicht raucht, ist sie kurz überrascht.

Sie betrachtet ihn von der Seite, es ist, als könnte sie sich sein Gesicht nicht merken, er sieht immer wieder anders aus. Sie sprechen über Charlottes Eltern, die in ein und derselben Firma angestellt sind, seit jeher angestellt waren, auch wenn der Vater nach 89 aufgestiegen ist und die Firma nicht mehr so heißt wie früher. Sie sprechen über Wuppertal, wo Simon herkommt, seine Eltern betreiben dort einen kleinen Laden, immer noch, obwohl sie bereits siebzig sind. Simon war ein Nachzügler, er erzählt von den älteren Schwestern und seinem Bruder, mit dem er Gleitschirmfliegen war im vergangenen Monat, in Südamerika, in Brasilien, von dort hat er ihre Postkarte abgeschickt. Sie sprechen übers Gleitschirmfliegen, Simon zeigt ihr die Haltung, die man dabei einnimmt, er geht in die Hocke, simuliert mit rudernden Armbewegungen und schnellen, stolpernden Schritten die Landung, er greift nach Charlottes Arm und zieht sie mit. Sein Körper ist wie sein Gesicht, entweder hält er ganz still oder alles ist in Bewegung.

»Lauf, Charlotte! Der Fallschirm. Du darfst dich nicht verheddern. Hörst du, wie er zusammenfällt?«

Er hält sie fest, es ist ein Spiel, und sie lauschen beide, als gäbe es wirklich einen rauschenden Fallschirm. Sie hören die Straßenbahn auf der Hauptstraße, Absätze auf dem Uferweg, die Stimmen der Leute um sie herum.

Langsam verliert Charlottes Aufregung das Übermaß. Ich muss nur mitmachen, denkt sie.

»Das war so ein Traum von meinem Bruder«, sagt Simon. »Brasilien, Gleitschirmfliegen.«

Als sie weitergehen, sprechen sie über Lebensträume,

Charlotte erzählt von Heike, bei der Arbeiten etwas anderes sein soll, als es das für die letzten Generationen gewesen ist. Nie hätte sie sich eine Chefin wie Heike vorstellen können, die während der Arbeit abwechselnd Bier und Brennnesseltee trinkt, die Opern hört und über Blumen redet. Sie ahmt Heike nach: »Blumen sind weiblich. Freud, nicht wahr? Die Blütenblätter sind Schalen, die Bienen kriechen hinein ... Ja, außer die Schwertlilie, die müsste eigentlich männlich sein.«

Simon lacht, und Charlotte erzählt, dass Chiara, eine der neu eingestellten Kolleginnen, erwähnt hat, wie müde sie mittags manchmal wird, woraufhin ihr Heike ein Bett ins Zimmer stellen ließ. Sie erzählt von Kalle aus Köln, der mit dem Fahrrad ins Büro kommt; er hat einen Flaschenzug angebracht in seinem Zimmer, mit dem er das Fahrrad bis unter die Decke zieht, wo es den Tag über hängt. Wenn Heike *Kalle aus Köln* sagt, klingt es, als hätte sie ihn wegen des Namens eingestellt, oder als würde ihn allein die Tatsache, dass er aus Köln stammt, schon als Computerexperten ausweisen, hier im Osten des Landes.

»Coole Leute«, sagt Simon.

»Eben nicht.« Sie versucht, es ihm zu erklären. »Ganz normale Leute. Die sich aber die Sachen so einrichten, wie sie sie haben wollen.«

»Und wie willst du die Sachen haben, Charlotte?«

Sie muss lachen. Was sie will, das hat vielleicht mit ihm zu tun, denkt sie. Doch das kann sie natürlich nicht antworten. »Jedenfalls hätte ich nicht geglaubt, dass Erwachsenwerden und Arbeiten *so* sein kann.« Dann fragt sie ihn: »Was machst du eigentlich?«

Er sagt, dass er Schauspieler ist.

»Wirklich, Schauspieler?« Dabei ist sie gar nicht überrascht, eher scheint manches an die richtige Stelle zu rutschen, sie hört noch einmal den rauschenden Fallschirm.

Als sie durch den Park gehen und an dem Abfalleimer vorbeikommen, in den sie sich übergeben hat, wendet sie sich ab. Nächtelang hat sie wachgelegen und hin und her überlegt, ob sie Simon anrufen soll. Den Ausschlag gegeben hat neben der Postkarte aus Brasilien dieser verrückte Zufall, dass sie ihm direkt am selben Tag wiederbegegnet ist. Dass sie ihm überhaupt wiederbegegnet ist. Sie hat den großen Zufall als Zeichen genommen.

Im Supermarkt hängt er sich Beutel mit Obst und Gemüse über den Arm, sucht einen Kohl aus, den Charlotte nicht kennt, klemmt Tofupäckchen in die Armbeuge und steckt eine Tüte Pinienkerne in die Brusttasche seines Parkas, die er später nicht bezahlt. Sie bemerkt es, und ihr bricht der Schweiß aus, sie hat selbst noch nie in ihrem Leben etwas geklaut, aber sie sagt nichts.

Als sie zu ihm gehen, wird es dunkel. Eine Plattenbaufassade aus Waschbeton, fünf unsanierte Stockwerke hoch, hinter den Fenstern Netzgardinen und stachelige Sukkulenten, aus einer der oberen Wohnungen dringt laute, stampfende Musik. Charlotte versteht zuerst nicht, wie Simon hierher passt, aber drinnen, nachdem er die Wohnungstür aufgeschlossen und auf den Lichtschalter gedrückt hat, sieht sie, dass er seine Räume, so gut es möglich war, geklärt und vereinfacht hat. Der Beton ist ohne Tapete und weiß gestrichen, die übliche dünne Wand mit der Durchreiche zur Küche fehlt. Simon hat die Böden hellgrau lackiert, alle Türen außer der Badtür entfernt. Neben dem Flur und der großen Wohnküche gibt es ein zweites, kleineres Zimmer mit einem zum Sofa aufgefalteten Futon, einer schmalen Kommode und einer Kleiderstange auf Rädern. An der Wand daneben lehnt eine breite Säge mit Holzgriff, ein überdimensionierter Fuchsschwanz.

»Und das ist deine Singende Säge«, fragt sie, »oder wie?«

Sie hat einen Scherz machen wollen, aber er sagt: »Ja, stimmt.«

Sie sieht sich das Instrument genauer an. »Sägst du mir etwas vor?«

»Vielleicht später.«

Es ist, denkt Charlotte, die aufgeräumteste Wohnung, in der sie je gewesen ist. Simon bemerkt, wie sie einen Blick aus dem Fenster wirft, als wollte sie den Himmel absuchen. »Ich stelle mir immer vor«, sagt er, »dass man den Fernsehturm sehen kann von hier. Aber kann man natürlich nicht.«

Sie gehen zurück in die Küche. Dort stehen ein Tisch mit vier Stühlen, Herd, Spüle, ein Kühlschrank mit einem altmodischen Hängeschrank darüber, am Fenster ein niedriges Regal mit Schallplatten, einem Backgammonkoffer und einem dunkelgelben Gummiball, einem Spielzeugball, wie für ein kleines Kind. Charlotte sieht das Kind vor sich, wie es auf dem Boden sitzt und den Ball zwischen seinen ausgestreckten Beinen hin und her rollt.

In der Wohnung weiter oben stampft die Musik, es ist ein hellhöriges Haus, Charlotte schaut an die Zimmerdecke. Wieder folgt Simon ihrem Blick. »Das ist der Nachbar über mir. Herr Klein. Er ist eigentlich nett, nur an manchen Tagen …«

Er legt den Tofu und die Pinienkerne auf den Kühlschrank, packt Charlotte an den Hüften und hebt sie mühelos hoch, setzt sie daneben. Überrascht schreit sie auf. Sie beugt sich vor, damit sie nicht gegen den Hängeschrank stößt, und Simon nimmt ihre Hand, führt sie nach oben, drückt ihre Finger gegen den Spalt zwischen einer der gläsernen Türen und dem Rahmen.

»Da«, sagt er andächtig. »Genau dort hatte ich sie hingesteckt, deine Postkarte.«

»Warum hast du sie mitgenommen?«

»Ich habe noch gerufen. Du warst schon zu weit weg.«

»Aber warum hast du sie nicht gleich im September abgeschickt?«

Der Hängeschrank knarrt. Simon tritt einen Schritt zurück und schaut zu Boden, seine Ohren leuchten. »Ich hatte das Gefühl, dass ich dich bedrängt habe, da auf der Treppe.«

Schnell springt sie vom Kühlschrank hinunter.

Tofu und Kohl, in feine Streifen geschnitten. Simon hat Reis aufgesetzt, Ingwer mit dem Messerstiel flach geklopft, warmes Wasser mit Soja- und Austernsoße vermischt, das Gemüse im Wok angebraten, die Soße darübergegossen, Sesamöl hinzugefügt, den Ingwer wieder herausgenommen und das Essen mit Senf abgeschmeckt.

»Oh«, sagt Charlotte, als sie ihm zusieht.

»Was denn?«

»Ich koche eigentlich immer nur Kartoffeln mit Quark.«

Nebenbei ist er barfuß über den lackierten Boden gelaufen und hat den Tisch gedeckt, mit Schalen, Stäbchen, winzigen, quadratischen Tellern, auf denen er ihr Sachen zum Kosten hingeschoben hat, kalten Tofu mit Honig und Sesam, geraspelte Möhre mit körnigem Senf, und angestoßen haben sie, mit Weißwein, fingerbreit eingeschenkt in niedrige Gläser.

»Und die Pinienkerne?«, fragt sie.

»Für den Nachtisch«, antwortet er ernsthaft. Das Gemüse

im Wok zischt, als er es mit derselben ernsten Aufmerksamkeit umrührt. Dann erst dreht er sich zu ihr um. Wieder laufen seine Ohren rot an, das rechte steht weiter ab als das linke. »Du bleibst doch bis zum Nachtisch?«

Sie tritt neben ihn an den Herd, konzentriert sich auf das dampfende Essen, auf Simons Hände, die erneut umrühren, breite Hände mit eher kurzen Fingern, runden Fingernägeln. Noch ein kleines Stück näher, sie schließt die Augen. Und endlich passiert etwas mit ihrem Körper. Plötzlich kann sie spüren, wo Simon steht, wie er dasteht, sie spürt, wie wenig Luft zwischen ihnen beiden ist. Als wäre die Luft nichts Trennendes mehr, sondern eine Verbindung, als würde Charlotte von der Luft zu Simon hingezogen.

Während des Essens achtet sie darauf, die Nähe nicht abreißen zu lassen. Sie beugt sich vor, gestikuliert mit den Armen in seine Richtung. Manchmal hält sie zwischen zwei Bissen die Luft an. Sie ist, zu ihrem eigenen Erstaunen, hellwach. Simon schenkt Wein nach, erzählt von den Inszenierungen, in denen er mitgespielt hat, und wie es ist, auf einer Bühne zu stehen. Charlottes Blick geht hinüber zum Hängeschrank, dabei fällt ihr ein, was sie vorhin noch hätte fragen müssen.

»Aber warum dann später?«
»Was?«
»Die Postkarte. Warum hast du sie so viel später doch noch abgeschickt?«

Die Tonschalen sind leer, sie bleiben vor ihnen sitzen, während sie aus dem Gespräch herausfallen, in eine Pause hinein, in der sie nichts tun, als einander anzusehen. Von oben dringt die Musik durchs Haus.

»Weil ich nicht aufhören konnte«, sagt er schließlich, er sagt es leise, »an dich zu denken.«

»An mich?«

»Du hast wirklich keine Ahnung, oder?«

»Wovon denn?«

Er streckt die Hand aus, den Zeigefinger, tippt gegen Charlottes Pullover, oben am Ausschnitt, am Hals.

»Davon, wie du aussiehst. Davon, was du ... Als du aufgestanden bist auf der Treppe ... Ich wette, du weißt nicht mal, dass du grüne Augen hast!«

Sie müssen beide lachen. Charlotte genießt es, die Situation in der Hand zu haben, endlich fühlt sie sich eins mit ihrer Rolle an diesem Abend. Sie möchte, dass er weiterredet, und merkt, wie das Lächeln in ihren Mundwinkeln vibriert, sie lacht sonst nicht so viel. Und dann, genau gleichzeitig, hören sie damit auf. Simons Hand an ihrem Ausschnitt streicht über die nackte Haut, er fährt mit den Fingern unter den Träger ihres BHs, Charlotte atmet scharf ein, streckt nun ebenfalls die Hand aus, packt Simon am Hemd und zieht ihn zu sich. Sie stehen auf, dicht neben dem Tisch. Charlotte glüht.

Simons Mund nah an ihrem Ohr, er flüstert etwas. »Es gibt da so eine Studie.«

Kurz ist sie verwirrt. »Was denn für eine Studie?«

»Sieben von zehn Menschen halten beim Küssen ihre Nase nach rechts.«

So kommt es, dass sie bei ihrem ersten Kuss doch beinahe wieder lachen müssen, ihre Zähne ticken gegeneinander, und Charlotte könnte nicht sagen, wohin ihre Nase zeigt, nur, dass es passt. Ohne einander loszulassen, gehen sie rückwärts, Simon lenkt sie hinaus aus der Wohnküche, hin zu seinem Zimmer, in Charlottes Bauch wird alles weit und leicht. Gleich, gleich wird es passieren. Noch im Stehen küssen sie sich weiter, und Simon zieht ihr zuerst die Hose aus, dann den Pullover, was sich ungewohnt anfühlt, sie macht das sonst andersherum. Aber er bleibt dabei, zieht ihr zuerst die Unterhose aus, Charlotte zittert unter seinen Händen. Erst ganz zuletzt öffnet er andächtig den Verschluss ihres BHs.

In diesem Moment wird oben die Musik noch stärker aufgedreht.

Simon schließt kurz die Augen. »O Mann«, sagt er leise. »Es gibt genau zwei CDs, die Herr Klein hört, wenn er besoffen ist. *Kuschelrock* wäre jetzt weniger schlimm.«

»Stört es dich?«

Er hat seine Hose noch an, Charlotte ist nicht sofort mit dem Gürtel zurechtgekommen, nun nimmt sie die Hände von der Schnalle. Denn das will sie nicht, dass ihn etwas stört. Sie hat den ganzen Abend darauf gewartet, dass sich alles richtig und gut anfühlt, jetzt soll es damit auch weitergehen. Entschlossen greift sie nach einer dünnen Wolldecke, die auf dem Futonsofa liegt, wickelt sie sich um den Körper.

»Ich frage ihn einfach.«

Bevor Simon antworten kann, ist sie schon auf dem Weg. Sie hört, wie er ihr nachläuft. Auf dem Steinfußboden im Treppenhaus ziehen sich ihre Fußsohlen zusammen, während sie zwei Stufen auf einmal nimmt. Ihre Zielstrebigkeit überrascht sie selbst. Mit dem linken Arm fixiert sie die Decke, spürt unter der Wolle die eigene Nacktheit, ein kalter Luftzug dringt an ihre Scham. Unwillkürlich strafft Charlotte die Schultern, sodass sich ihre Brüste aufrichten.

Die Tür wird nach dem ersten Klingeln geöffnet. Die Musik ist ohrenbetäubend.

Der Mann trägt eine Jogginghose, ein fleckiges T-Shirt, Bartstoppeln im Gesicht, er hat kaum noch Haare, und falls er wirklich *Herr Klein* heißt, ist der Name ein Witz: Da steht ein Riese. Erstaunt starrt der Riese zu Charlotte herunter, bevor sich kindliche Freude auf seinem Gesicht ausbreitet. »Oh.«

Simon ist auf dem Treppenabsatz stehen geblieben.

»Ist sie das?«, ruft ihm Herr Klein zu, über Charlottes Kopf hinweg. »Die Frau, von der du erzählt hast?« Er lallt und verschluckt die Hälfte der Konsonanten.

Simon, nur in Jeans, barfuß wie Charlotte, stöhnt, versteckt das Gesicht hinter beiden Händen. Er nimmt die Arme herunter, blickt Charlotte entschuldigend an.

Und Charlotte sagt zu Herrn Klein, wie sie es sich vorgenommen hat: »Simon meint, dass Sie auch *Kuschelrock* haben. Könnten Sie die CD wechseln?«

Auf dem Treppenabsatz greift er nach ihrer Hand. Die Musik verstummt, während sie die Treppe wieder hinunterlaufen. Sie versuchen, das Lachen zu unterdrücken, bis sie in der Wohnung sind, aber es bricht hemmungslos aus ihnen heraus. Es hat wirklich funktioniert. Simon geht in die Knie, hebt Charlotte mit Schwung über seine Türschwelle, drückt sie dabei fest an sich. Erst im Flur lässt er sie los, die Tür fällt ins Schloss. Charlotte sieht die Bewunderung in seinem Gesicht, das ihr nackt und schutzlos vorkommt. Die Wolldecke rutscht zu Boden, Simons Hose auch, sie lassen sie liegen.

Und dann, kaum dass sie den Futon erreicht haben, setzt die Musik wieder ein.

Das ist nicht *Kuschelrock*, das ist genau dasselbe Stampfen wie vorher.

Aber jetzt kann sie nichts mehr stören. Charlotte bewegt sich, ohne darüber nachzudenken. Endlich denkt sie an gar nichts anderes mehr. Simon blickt sie die ganze Zeit unverwandt an, sie halten einander fest, sie warten, sie beginnen von vorn, das Licht vom Fenster fällt auf ihre Haut. Und irgendwann kommt das Licht nicht mehr von außen. Es kommt von innen, dehnt sich aus, bis alles in Charlotte gleißend hell wird.

Es ist schon nach vier, als Simon, die Beine quer überm Bett, einen Arm um Charlotte geschlungen, endgültig einschläft. Er hat am offenen Fenster die letzte Zigarette geraucht und danach den Futon zu seiner vollen Größe ausgerollt, dazu waren sie vorher noch gar nicht gekommen.

Auch Charlotte nickt gerade weg – als sie im Einschlafen das Gefühl hat, zu fallen, ins Nichts zu stürzen. Plötzlich steht sie wieder auf der Treppe vor der Universität, diesem Fremden gegenüber. Sie denkt an den Moment, in dem sie begriffen hat, dass er die Pinienkerne stehlen wird. Sie denkt daran, wie er sie in der falschen Reihenfolge ausgezogen hat. Simons Arm liegt schwer auf ihrer Brust, außerdem riecht er nach Rauch, auch das ist ihr fremd.

Im Stillen spricht sie sich vor, dass alles gut ist. Sie will die Sätze in sich hineinfräsen: Es gibt keinen Grund, enttäuscht zu sein. Simon hat es zuerst gespürt, er hat ihre Postkarte aus Brasilien nach Deutschland geschickt, er hat ihr im Park geholfen, er hat für sie gekocht. Die vergangenen Stunden, das Glück, das sie erlebt hat – mehr kann sie nicht wollen.

Und trotzdem ... Je länger sie über die einzelnen Punkte nachdenkt, desto stärker beginnt sie zu zweifeln. Warum hat er denn seinem Nachbarn, diesem Betrunkenen, von ihr erzählt, noch vor ihrer ersten Verabredung? Und was genau hat er ihm erzählt?

Aber die größte Enttäuschung ist ihre Enttäuschung über sich selbst, über ihr eigenes, kritisches Denken, das ihr den Moment kaputtmacht. Sie versucht sich zu sagen, dass sie nur müde ist, dass morgen früh alles in Ordnung sein wird. Aber sie kann nichts tun gegen dieses Gefühl der Enttäuschung, das sie schließlich vollkommen ausfüllt und sich nicht mehr auf einzelne Augenblicke beschränkt, sondern den kompletten Tag einbezieht, die Nacht, das große Ganze.

JULI, AUGUST

In der Agentur fühlt sich dieser Sommer an wie ein Fest, das eigentlich schon vorbei ist, bei dem sich die Luftschlangen schlaff in den Ecken sammeln und der Lachs auf den Canapés vertrocknet. Eine Zeit lang versucht Heike, der allgemeinen Stimmung in der Stadt durch noch lauteres Lachen und noch mehr Sekt zu begegnen, Sekt für Charlotte und die anderen, sie selbst bleibt bei Bier und Brennnesseltee. Doch die Wirtschaftskrise ergreift die ganze Welt, und so etwas kann auch Heike nicht aussitzen. Im Juli muss sie alle neuen Mitarbeiter wieder entlassen, übrig bleibt nur die Besetzung der ersten Stunde, sie selbst, Kalle und Charlotte. Charlotte erstaunt, dass die Wahl auf sie fällt, sie ist bei Weitem nicht die beste Texterin der Agentur. Chiara, die Italienerin mit dem Bett im Zimmer, sie ist diejenige gewesen, der kein Auftrag zu blöd war, die auch über Leberwurst und farbige Animal-Prints noch etwas zu sagen hatte.

Der Ausdruck auf Chiaras Gesicht, als sie geht. »*Puttana*«, sagt sie, sieht dabei Charlotte an, spricht aber laut genug, dass es alle hören können. »War ja klar.«

Immer weniger gibt es zu tun, und immer öfter steht Heike neben Charlottes Schreibtisch und will sich mit ihr unterhalten. Heike in ihren Männeranzügen, mit ihren Hosenträgern und dem dröhnenden Lachen, Heike, die, so scheint es, am liebsten und lautesten lacht über Dinge, die Charlotte gesagt oder getan hat. »Erzähl mir was, Charlie«, sagt sie, »irgendwas.« Es ist das erste Mal, dass jemand Charlotte einen Spitznamen gegeben hat, sie kann sich nur schwer daran gewöhnen. Oft fällt ihr erst einmal nichts ein, was sie erzählen könnte. Dann lacht Heike wieder, boxt spielerisch gegen Charlottes Oberarm und packt selbst irgendeine unglaubliche Geschichte aus, an deren Ende sie sturzbetrunken von einer Brücke in die Spree fällt oder spontan mitten in der Nacht nach London fliegt.

Charlotte möchte eigentlich nur von Simon erzählen, vom Verliebtsein, sie möchte über nichts anderes sprechen – denn das ist sie jetzt, verliebt. Weil sie irgendwann doch noch eingeschlafen ist in jener ersten Nacht, weil am Morgen die Sonne durchs Fenster gefallen ist auf sie beide und auf den Frühstückstisch, den Simon wenig später gedeckt hat. Charlotte möchte von Simon erzählen, in den sie verliebt ist – und irgendwann vielleicht auch diese seltsame Enttäuschung zugeben, die sie gespürt hat, und die sie immer wieder einmal spürt, seit sie zusammen sind, wenn auch kleiner, nicht mehr so überwältigend wie beim ersten Mal. Wie soll man sich denn sicher sein?

Aber Heike unterbricht sie, sobald sie Simon erwähnt. »Keine Männer in der Agentur, das ist meine einzige Regel. Außer Kalle, klar, Kalle brauchen wir.« Sie hebt die Hände, öffnet sie, wie um etwas loszuwerden, wirft den Kopf in den Nacken. »Bitte.« Also hält Charlotte den Mund, kramt stattdessen Kindheitserinnerungen, Jugenderinnerungen hervor, die ihr selbst langweilig vorkommen. Heike jedoch lacht bereitwillig los. »Da unten«, sagt sie keuchend – als läge Dresden weit im Süden, kurz vor den Alpen –, »da unten war offenbar mehr DDR als anderswo.« Charlotte zuckt die Achseln, sie weiß es nicht, das war ihre DDR, sie hat keine andere kennengelernt.

Sie essen Zitronentartelettes, die Heike mitgebracht hat, und Charlotte erzählt von der Feier zu ihrem Schulanfang, erzählt von ihrem ersten Deutschbuch, der Fibel, und kann sich, wie sie feststellt, nicht nur an die leeren Kästchen zum Üben der Buchstaben erinnern, sondern auch an komplette Sätze. *Uli, hole unsere Fahnen her! Uns fehlen Fahnen. Wer will Fahnen malen? Olaf, Anne malen sie. Alle Fahnen in eine Reihe!* »Ja«, sagt sie, »Fahnen waren wichtig. Es ging schließlich um den Klassenstandpunkt der Sechsjährigen.« Heikes Lachen dröhnt so sehr, dass Kalle den Kopf zur Tür hereinsteckt. Als er wieder gegangen ist, nimmt Heike Charlotte bei den Schultern. »Charlie, wir machen jetzt eine andere Welt.« Ihre Stimme klingt beschwörend. »Aber versprich mir eins ... *du* darfst nie Kinder kriegen.« Nun ist es Charlotte, die lacht, sie versteht den Zusammenhang nicht, wo kommt das plötzlich her? »Ich meine es ernst«, sagt Heike. »Mit Kindern werden die Frauen träge und dumm.«

Unabhängig davon, eine ganze Weile vor dem Gespräch mit Heike, hat sie begonnen, die Pille zu nehmen. Wie bei allem in der Welt geht es auch beim Schwangerwerden um den passenden Zeitpunkt. Erst einmal brauchen sie Zeit zu zweit. Und sie will alles richtig machen. Endlich hat sie auch ihre Eltern angerufen, die Mutter ist rangegangen, und Charlotte hat ihr von Simon erzählt. Nach dem Ende ihres Studiums und dem Start in der Agentur ist die Beziehung der dritte Punkt in Charlottes Leben gewesen, mit dem die Eltern etwas anfangen konnten. So hat die Mutter das formuliert.

Sie hat nicht gefragt: »Du hast dich verliebt?« Sie hat gesagt: »Oh, dann führst du jetzt eine Beziehung!«

Wenn Charlotte darüber nachdenkt, weiß sie wenig über die Vergangenheit der Eltern. Sie ist immer davon ausgegangen, dass ihr Vater für ihre Mutter der erste Mann war und umgekehrt. Dass die Eltern sich jung getroffen haben und seitdem waren, was sie bis heute sind, zwei Menschen, die man nicht allein denken kann, sondern nur zusammen.

Aber bei diesem Telefonat hat die Mutter den Hörer nicht an den Vater weitergegeben. Sie hat sogar nachgefragt, wollte wissen, wie Simon aussieht, und als Charlotte anfing, ihn zu beschreiben, da kicherte die Mutter wie ein Mädchen. Einen Moment lang war es, als wären sie Freundinnen.

Und in einem zweiten Telefonat ein paar Tage später hat der Vater gesagt, dass die Eltern Charlotte gern einmal besuchen würden, und dass sie sich freuen würden, dann auch Simon kennenzulernen.

Heike verkauft die meisten Möbel. Die Agentur wirkt verwaist, aus den Dosen über den Scheuerleisten hängen Kabel, die nirgendwo hinführen. Die ehemaligen Mitarbeiterinnen treffen sich im Park am Rosenthaler Platz, Zeit haben sie ja genug, der Ort entwickelt sich zu einem Anziehungspunkt für die ganze Stadt, täglich fallen Horden neuer Entlassener ein. Sie bringen Alkohol mit und laute Musik, sie lassen alles danach aussehen, als könnte die Party, dem Agentursterben zum Trotz, ewig weitergehen.

Es wird so heiß, dass Charlotte und Simon komplette Tage in Simons Wohnung verbringen, hinter heruntergelassenen Rollos. Ausgerechnet in diesem Sommer hat nur ein Teil der Freibäder geöffnet. Aber hier können sie jede Stunde kalt duschen, sie schieben sich zusammen in die Kabine, die eigentlich schon für einen allein zu schmal ist, sie drücken sich aneinander, schnappen nach Luft, schlucken Wasser, als wären sie doch im Schwimmbad. Manchmal, wenn sich Charlotte an Simon festhält, wird ihr schwindlig, genau wie Heike beim Klettern auf einer der Brücken über der Spree. In diesen Momenten ist von der Enttäuschung nichts zu spüren; alles ist, wie es sein soll.

An einem Donnerstag holt er sie früher von der Arbeit ab, eine große Tasche auf dem Rücken. Die Tür zu Heikes Zimmer steht immer offen, Charlotte klopft trotzdem, bevor sie Simon vorstellt. Heike schaut hoch, schaut sie beide an, viel zu lange, als hätte jemand das Bild angehalten. »Alles klar«, sagt sie schließlich mit heiserer Stimme, legt zackig eine Hand an die nicht vorhandene Mütze. »Dann mach es mal gut, Charlie.«

Er hat sie abgeholt, weil er sie mitnehmen will zu *seiner* Arbeit. Ein Freund hilft ihm, ein Demoband zu filmen, ein sogenanntes Showreel, den Monolog haben sie schon seit dem Vortag im Kasten, heute geht es um die Dialogszene. Gedreht wird in einer verfallenen Halle im Norden der Stadt: kaputte Fenster im Erdgeschoss, Glaszacken vor dem Himmel, dann steigen sie eine Metalltreppe hoch, so stark verrostet, dass die Streben dünn geworden sind; beim Schritt über eine fehlende Stufe hinweg braucht Charlotte Simons Hilfe.

Das obere Stockwerk ist besser erhalten. Eine große Lampe wirft künstliches Sonnenlicht in den Raum, das echter wirkt als die gleißende Helligkeit draußen. In einer Ecke steht ein riesiges Metallbett, auf der schmutzigen Matratze sitzt zwischen vielen Kissen und Laken eine Frau, nackt bis auf die Unterwäsche, sie lehnt mit dem Rücken an der Wand, hat die Beine breit aufgestellt.

»Das ist Eva«, sagt Simon.

»Ich bin Eva«, bestätigt sie.

Die Unterwäsche sieht aus, als wäre sie zu klein, der Bauch der Frau bildet Speckrollen, aber Eva scheint damit kein Problem zu haben. Sie steht auf, gibt Charlotte die Hand und mustert sie lange vom Kopf bis zu den Füßen, mit einer Konzentration, die Charlotte irritiert.

Die Halle stinkt, vielleicht nach Urin. Ein Junge im schwarzen T-Shirt richtet ein Mikrofon aus, während Simon seinen Freund Bernd begrüßt, einen hochgewachsenen, hageren Kerl, der trotz der Hitze ein schwarzes Jackett trägt und gerade mit gerunzelter Stirn zwischen mehreren Textseiten hin und her blättert. »Alter«, sagt er, »willst du das wirklich so machen?«

Simon nickt. »Genau so.«

»Und morgen als dritte Szene die Singende Säge?«

»Und morgen die Singende Säge.«

Da wäre Charlotte auch gern dabei, sie hat Simon noch immer nicht spielen hören.

»Wozu brauchst du überhaupt so ein Showreel? Das ist der totale Kommerz.« Bernd lässt die Seiten dramatisch zu Boden rutschen und legt flehend die Hände aneinander. »Lass uns lieber unser eigenes Zeug machen, du kennst doch mein Drehbuch…«

Aber Simon schüttelt den Kopf, als hätten sie darüber schon sehr oft geredet, stellt seine Sporttasche auf einen Stuhl. »Du bist im Boot, Eva, oder?«

Eva nickt. Er zieht seine Schuhe aus, das T-Shirt und die

Hose, wirft alles in den Raum hinein – Charlotte läuft hin und sammelt die Sachen auf. Sie schluckt, er hat ihr nicht verraten wollen, worum es in der Szene geht, nur, dass er sie selbst geschrieben hat, und nun sitzt er neben dieser Eva, und beide haben nur Unterwäsche an.

»Ich hätte noch eine rauchen sollen«, sagt Eva.

Sie wirken vertraut.

Bernd ruft: »Technik«, was unfreiwillig komisch klingt, weil außer ihm und dem Jungen im schwarzen T-Shirt, der jetzt hektisch mehrere Sachen auf einmal macht, gar niemand da ist. Der Junge gibt Charlotte einen Hocker, auf den sie sich setzen soll. Bernd ruft: »Und bitte«, und dann, sobald die Kamera läuft, verändert sich etwas auf dem Bett, ohne dass Charlotte genau sagen könnte, was es ist. Simon wirkt älter und größer, vor allem seine Ohren sind größer. Seine Schulter, leicht zu Eva hingestreckt, bildet eine Linie, die ihr Körper mühelos aufnimmt. Eva sieht jetzt wach aus, die Speckrolle über der Unterwäsche ist verschwunden.

Die beiden spielen ein Paar, das im Bett liegt, vermutlich gerade miteinander geschlafen hat, sie spielen einen zärtlichen Dialog, mit spitzen Untertönen hier und da, als wären sie schon eine ganze Weile zusammen. Simon streichelt Evas Bauch.

»Weißt du noch, wie wir uns kennengelernt haben?«

Herausfordernd schaut ihn Eva an. »Nein, völlig vergessen.« Sie lacht. »Oder warte mal ... vielleicht doch ...«

Sie sind aufgestanden. Wieder hat sich etwas verändert, plötzlich liegt Flüchtigkeit, Leichtigkeit über der Szene, plötzlich balanciert Eva barfuß auf dem metallenen Kopfteil, ganz oben auf der Spitze, während Simon am Fußende des

Bettes in die Knie gegangen ist. Es ist der Beginn einer virtuosen Clownsnummer – die mit jeder Bewegung deutlicher erkennen lässt, wie sie einander auf einer Treppe entgegenkommen. Sie steigt hinab, er hinauf. Dann stürzt Eva auf den Treppenstufen, greift nach einem unsichtbaren Geländer, etwas fliegt von ihr fort in die Höhe wie ein großer Vogel, sie hält die Hände über den Kopf, um nicht getroffen zu werden, und Simon bückt sich.

Obwohl sie fast nackt sind, obwohl es keinerlei Requisiten gibt, nur die helle Luft in der Halle, sieht Charlotte die Tasche, sie sieht den Spiralblock und die Trinkflasche.

Sie springt von ihrem Hocker auf. Der Junge im schwarzen T-Shirt hat ihr gesagt, bis wohin sie gehen darf, ohne von der Kamera erfasst zu werden. Und sie hält sich daran, aber natürlich wäre es besser gewesen, sie hätte sich überhaupt nicht bewegt; als der Boden knarrt, wirft ihr Bernd einen bösen Blick zu.

Sie will so genau wie möglich sehen, was passiert. Wie Simon das Spiel mit der Flasche spielt, sie vor Eva versteckt. Sie hört seine Stimme, sein: »Nanu?«, obwohl er in der Pantomime nicht spricht. Jede einzelne Geste erkennt Charlotte wieder, sogar sein Gesicht zeigt denselben Ausdruck – ist er ein derart guter Schauspieler? Oder war das auch damals eine Rolle?

Am liebsten würde sie sich zweiteilen, um nicht nur Simon, sondern ebenso intensiv Eva zu beobachten, keinen Augenblick zu verpassen. Denn Eva muss ja sie sein, Charlotte, beziehungsweise das, was Simon von ihr auf der Treppe wahrgenommen und über sie gedacht hat. Er muss Eva jedes Detail beschrieben haben, damit sie Charlotte spielen kann.

Aber in Evas Miene fehlt das Erschrecken, die Angst vor Simon in jenem ersten Moment, deshalb kann Charlotte sich selbst nicht sehen.

Und dann ist, was ihr auf der Treppe quälend lang vorkam, auch schon vorbei. Simon wirft die Flasche in die Luft. Sie schauen alle drei zu, wie sie sich unsichtbar dreht, wieder herunterkommt, Simon fängt die Flasche auf, überreicht sie Eva – und während er sich halb umwendet, von Eva weg, stolpert er direkt in Charlottes Blick hinein.

Selbst ihr ist sofort klar, dass er vollkommen aus der Rolle fällt. Sein Blick, der in die Ferne gehen sollte, wird scharf, Simon schüttelt den Kopf wie ein nass gewordener, junger Hund, grinst und bricht in Lachen aus.

»Aus!«, schreit Bernd von hinten. Er reißt Charlotte am Arm zurück. »Ausgerechnet beim Schlussblick! Seid ihr eigentlich bekloppt? Noch nie bei einem Dreh gewesen?«

»Nein«, sagt sie ehrlich.

Simon ist vom Bett gesprungen und stellt sich schützend vor sie. »Komm, Bernd, es war mein Fehler. Ist doch nicht so schlimm, wir machen das noch mal.«

Er muss wieder grinsen, küsst Charlotte schnell auf den Mund, um es zu verbergen; sie ist überrascht und auch unsicher, ob sie das gerade will, ihn jetzt küssen. Sie muss noch darüber nachdenken, was seine Pantomime in ihr ausgelöst hat. So lustig und romantisch ist es doch gar nicht gewesen? Diesmal landet ihre Nase auf der falschen Seite.

»Simon, ich tu dir hier einen Gefallen.« Bernd fährt sich mit der Hand durch die Haare, die oben auf dem Kopf schon dünn sind. Er scheint wirklich wütend zu sein, und Charlotte fragt sich, was genau das für eine Freundschaft ist, die die beiden verbindet. »Ich will, dass du hundertfünfzig Prozent gibst. Sonst bist du mich los, und dann wird es nichts mit deinem Fernsehscheiß.«

Sie hat draußen auf ihn gewartet, Bernd zuliebe, und wenn sie ehrlich ist, auch sich selbst zuliebe. Bevor Simon aus dem Gebäude kommt, bis ganz zum Schluss, weiß sie nicht, wie sie reagieren, ihm gegenübertreten wird. Aber als die Tür aufgeht und er da ist, lachend nach ihrem Arm greift, sie übers Gelände zieht, an dessen Ende sie sich durch den kaputten Bauzaun zurück auf die Straße kämpfen müssen – während sie in sein strahlendes Gesicht schaut, wird ihr klar, dass er völlig im Reinen ist mit seiner Erinnerung. Das war im April noch anders. Aber mittlerweile scheint ihre erste Begegnung auf der Treppe für ihn nur noch das zu sein, was sie sich für sich selbst immer gewünscht hat: ein magischer Moment, ein Geschenk.

»Warst du überrascht? Wann hast du es denn gemerkt?«

Er lässt sich mehrmals erzählen, was sie gesehen hat, und er ist so glücklich, dass sie beschließt, die Irritation über seine zurechtgebogene Erinnerung zu überspielen. Ist es möglich, dass auch Simons und Evas Version stimmt? Hätte sie damals nur eine andere, hätte sie lockerer, hätte sie mehr Eva sein müssen? Hätte sie dann keine Angst gehabt?

Zum ersten Mal denkt sie, dass er sie auch später noch bedrängt hat, allein dadurch, dass er die Postkarte an ihre Eltern geschickt hat. Aber das hat ihr dann gefallen. Sie hat sich so sehr gewünscht, dass etwas passiert und ein Mann auftaucht – sie *wollte* bedrängt werden.

Die Straßen sind staubig und heiß, Simon läuft neben ihr her, sie möchte sich von seiner Begeisterung anstecken lassen. Und schließlich gelingt es. Es gibt seine Erinnerung und ihre Erinnerung, beide dürfen nebeneinander bestehen. Und außerdem: Jetzt ist jetzt! Sie greift nach seiner Hand. Ein Fahrradständer stellt sich ihnen in den Weg, Simon springt ohne Anlauf darüber.

Irgendwann sind sie wieder in Mitte. Charlotte fährt sich mit dem Unterarm über die Stirn, sie schwitzt überall, am meisten unter den Achseln. Vor einem altmodischen Bäckerladen bleibt sie stehen. »Hast du auch solchen Durst?«

Aus der Tür riecht es nach Hefe und Butter, nicht nach Chemie wie bei den neuen Backshops.

»Oh, ja, warte«, sagt Simon, »ich hole uns was, und auch was zu essen, süße Brötchen mit Mohn, süße Brötchen mit Hagelzucker, wetten, dass es die hier gibt?«

Er ist schneller im Laden, als sie nicken kann, er ist so schnell wieder draußen, als hätte die Zeit einen Sprung gemacht. Charlotte trinkt aus der Flasche mit Wasser, die er gekauft hat. Und dann schaut sie zur Seite, sie schaut ihn an – plötzlich hat sie im Ohr, wie er *süße Brötchen* gesagt hat, *mit Hagelzucker, mit Mohn* –, und ihr fällt auf, dass er die Brötchentüte ganz vorsichtig im Arm hält, in der Armbeuge, dass er gedankenverloren mit den Fingern der anderen Hand darüberstreichelt. Sie kann gar nicht anders, als die Brötchentüte in seinem Arm als Baby zu sehen. Wieder macht die Zeit einen Sprung, und ihr Herz setzt kurz aus, bevor es ebenfalls springt.

Bis sie in der Wohnung angekommen sind, lässt sie Simons Hand nicht mehr los. Sie fallen auf den Futon, er legt seinen Arm so fest um Charlotte, dass es ein wenig wehtut. Ihr Blick fällt auf die Säge, gibt es irgendetwas, was den Tag noch größer machen kann?

»Du hast mir immer noch nichts vorgespielt. Ich möchte dich sägen hören.«

Diesmal sagt er nicht Nein. Ohne den Blick von ihr zu lösen, greift er nach dem Instrument. Die Säge ist so groß, als könnte man mit ihr wirklich einen Baum fällen. Simon richtet sich auf, klemmt den Griff zwischen seine leicht verschränkten Beine, mit der Linken hält er die Spitze fest, biegt das Blatt, die Rechte führt den Geigenbogen. Der erste Ton, der zweite, der dritte. Die Melodie, ein hohes Jaulen, schwingt, und zusätzlich gibt es ein zirpendes Geräusch, sobald der Bogen die Säge trifft.

Richtig schön klingt das nicht. Um ehrlich zu sein: Der Klang ist überraschend hässlich. Es sieht auch überraschend albern aus, eine Singende Säge zu spielen, Simon beugt sich weit hinunter, scheint zu lauschen, als würde er die Töne mit seinen großen Ohren erst hervorziehen. Fast kann Charlotte Bernds Bedenken verstehen.

Aber andererseits ist das eben Simon. Er spielt nicht Cello, er spielt Säge, was nur deshalb herzzerreißend komisch wirkt, weil er es so herzzerreißend ernst nimmt. Auch dafür will sie ihn lieben. Sie will das jetzt.

Erst im Laufe des Sommers hat sie verstanden, was das bedeutet: Ich bin Schauspieler. Als Charlotte Simon kennenlernte, dachte sie, dass er gut verdient. Das hatte mit seiner Wohnung zu tun, in der die Lampen nicht vom Flohmarkt stammten wie Charlottes Lampen. Das hatte damit zu tun, wie er sich anzog: Simon trug keine Pullover, die nach der ersten Wäsche schiefe Nähte hatten oder fusselten – er besitzt nur wenig, aber das ist sorgfältig ausgesucht. Weil er anfangs auch oft im Supermarkt bezahlte oder sie einlud, wenn sie ausgingen, hat es gedauert, bis ihr klar wurde, dass er von der Schauspielerei kaum überleben kann. Wenn er doch einmal Geld hat, gibt er es aus; wenn er keins hat, bleibt er zu Hause und isst Toastbrot mit Ketchup, allerdings schafft er es, selbst das als glänzende Idee zu verkaufen.

Auch seine Freunde leben von der Hand in den Mund. Als Simon Charlotte zum ersten Mal von Bernd erzählt hat, dem Einzigen von ihnen, der immerhin wirklich schon einen Film gedreht hatte, da wollte sie wissen, ob das eine Low-Budget-Produktion gewesen sei. »Low Budget?« Simon grinste nur. »Das wäre ein Film, der grundsätzlich auf Gewinn aus ist. Nein, in unserer Liga heißt das nicht Low Budget, sondern No Budget.«

Im Laufe des Sommers, seit dem Dreh in der Fabrikhalle, übernimmt sie nun öfter den Einkauf oder bringt Essen vom Asiaten mit. Sie verdient gut, und sie sind sowieso immer zusammen, also warum nicht.

Heike isst lieber französischen Käse als asiatischen Reis, und Heike wäre nicht Heike, wenn ihr nicht doch noch etwas einfallen würde. Während ein Laden nach dem anderen schließt und die halbe Stadt arbeitslos zu werden scheint, zieht sie einen großen Auftrag an Land: Ein Autohersteller betraut die Agentur mit der Planung eines Online-Lifestyle-Magazins.

»Wenn das läuft«, sagt Heike kämpferisch, »kann ich sie alle wieder einstellen.« Im August kommen zwei Damen aus München, beide in kurzen Röckchen, mit winzigen Koffern, die fast von selbst hinter ihnen herzurollen scheinen. Die Damen schließen sich mit Heike ein, legen die Verträge auf den Tisch und sind nach kaum einer halben Stunde wieder draußen.

Heike verabschiedet sie und kommt strahlend zurück. Bevor Charlotte es sich versieht, zieht die Chefin sie hoch, packt sie an den Schultern und gibt ihr einen knallenden Kuss auf den Mund. Danach wird sie rot. »Entschuldigung, Charlie, kommt nicht wieder vor. Aber ...« Wild haut sie mit den Fäusten durch die Luft, ein Trommelwirbel. »... du hast Arbeit!«

»Lifestyle«, fragt Charlotte, »ich?«

»Na klar. Echte Trendsetter wissen sowieso nie, dass sie welche sind. Die sind bloß genervt, weil plötzlich alle ihre Schuhe tragen. Außerdem ... wir sind doch mittendrin. Mach einfach die Augen auf. Und bring alles rein: Frauen, Umweltschutz ...«

»Ich dachte, die bauen Autos?«

»Gerade deswegen.« Heike hört nicht auf zu strahlen. »Wir verändern was, Charlie. Du und ich. Ich weiß, du kannst das!«

Und zum ersten Mal in ihrem Leben hat Charlotte das Gefühl, dass das stimmt. Sie entwirft noch am selben Nachmittag ein Konzept, legt Heike die Mappe auf den Schreibtisch. Bevor sie die Agentur verlässt, nimmt sie eine Flasche Sekt aus dem Kühlschrank, für Simon und sich, sie brennt darauf, ihm alles zu erzählen. Sie steckt die Flasche in ihre Handtasche mit den zwei langen Henkeln; draußen, beim Laufen, schlägt ihr die Tasche gegen die Seite.

Charlotte hält den Rücken gerade. Seit sie mit Simon zusammen ist, hat sie angefangen, sich von einem Teil ihres Gehalts neue Kleidung zu kaufen. Schmale Röcke, Seidenshirts mit weichen Kragen, einen englischen Mantel, auch die Lederstiefel sind neu. Sie tuscht sich die Wimpern, benutzt manchmal Lippenstift und trägt die Haare offen. Charlotte hat Simon gefunden, oder er hat sie gefunden, und nun zieht sie sich so an, dass sie zu ihm passt.

Die Enttäuschung ist nicht mehr spürbar gewesen seit dem Tag, an dem Simon das Showreel gedreht hat. Heute, mit dem Sekt in der Tasche, denkt Charlotte an den geplanten Besuch der Eltern, im September wollen sie herkommen, und sie freut sich darauf, ihnen Simon vorzustellen. Sie ruft sich die Gesichter der Eltern ins Gedächtnis, erschrickt kurz, als sie sich an viele Details nicht erinnern kann. Die Augenbrauen des Vaters? Die Nase der Mutter? Vielleicht sind die Eltern in ihrem Kopf nie vollständig gewesen. Sie wird das ändern, wenn sie einander sehen, unbedingt.

Wie beim ersten Spaziergang mit Simon nimmt sie den Weg am Wasser entlang und biegt dann ins Viertel ab, sie sind bei ihm zu Hause verabredet. Die Autos parken dicht an dicht, es gibt kaum eine Lücke, um die Straße zu überqueren. Charlotte geht an dem winzigen Sexkino vorbei, das immer aussieht, als wäre es seit Jahren geschlossen, und an der Fußballkneipe an der Ecke, die nie zu schließen scheint. In diesem Augenblick, auf der anderen Seite der Kreuzung, entdeckt sie ihn.

Simon ist nicht allein. Ein größerer, hellerer Mann steht seltsam nah bei ihm. Charlotte öffnet den Mund, um zu rufen, will winken, aber da kommt ein Kind aus dem Geschäft nebenan, der Fleischerei, in der sie manchmal einkauft. Ein kleiner Junge, er klettert die zwei Stufen zum Gehweg hinunter, hält in der Hand etwas Langes, Wippendes, ein Wiener Würstchen, denkt sie, als er hineinbeißt. Der Junge rennt kreischend auf Simon zu. Und Simon geht in die Hocke, fängt ihn auf, hebt ihn hoch und setzt ihn sich mit einer einzigen Bewegung auf die Schultern, ohne das Gespräch mit dem Mann zu unterbrechen.

Der Junge hat das Würstchen gut festgehalten, mit der anderen Hand umklammert er Simons Ohr.

Wer ist das?

Charlotte erinnert sich an das Kinderbuch, das Simon nachts am See gelesen hat. Der gelbe Ball in seiner Küche fällt ihr ein.

Hat er einen Sohn?

Sie steht erstarrt, einen Arm in der Luft. Sie muss an Eva denken, vielleicht nur deshalb, weil Eva die einzige Frau in Simons Leben ist, die sie bisher kennengelernt hat. Plötzlich ist sie überzeugt davon, dass Eva die Mutter ist.

Aber kann das sein? Sie haben doch so viel Zeit miteinander verbracht – Charlotte geht im Kopf die vergangenen Monate durch –, sie haben fast jede Nacht zusammen auf Simons Futon geschlafen, sie kennt alle Schubladen in seiner aufgeräumten Wohnung. Sie hätte bemerken müssen, wenn er ein Kind hat. Und was denkt sie da überhaupt, sie lässt die Hand sinken, natürlich hätte ihr Simon das auch gesagt, sie haben doch über alles geredet, tagelang, nächtelang, ununterbrochen. Oder nicht?

Wieso zweifelt sie plötzlich wieder, was ist da schon wieder los in ihrem Kopf? Aber wenn nichts ist, warum ist er dann so vertraut mit dem Kind?

Jetzt wendet er den Kopf und entdeckt sie. In einer Art Übersprungshandlung tut sie, als hätte sie ihn nicht gesehen, kneift kurzsichtig die Augen zusammen und geht einfach weiter.

»Charlotte?«

Ihr bleibt nichts anderes übrig, als sich umzudrehen.

Er steht da mit diesem Jungen auf den Schultern.

»Komm rüber!«, ruft er.

Der Weg über die Straße scheint weit. Und dann stellt er ihr seinen Bruder vor, Florian, den Bruder, mit dem er Gleitschirmfliegen war. Und wenig später begreift sie: Das Kind auf Simons Schultern ist Joscha, Florians Sohn. Natürlich, nun sieht sie die Ähnlichkeit, Joscha ist blond, noch heller als Florian und viel, viel heller als Simon, wie konnte sie so dumm sein. Er hat einen zu warmen Pulli an, eine Rotzspur unter der Nase.

Die Erleichterung ist eine Gänsehaut vom Kopf bis zu den Füßen.

Simon greift mit einer Hand nach Charlottes Bluse, zieht sie zu sich heran und küsst sie auf den Mund. Sie atmet aus. Versucht, sich auf das Gespräch zu konzentrieren, immerhin lernt sie Simons Bruder kennen, das ist ein wichtiger Moment. Florian hat einen beruflichen Termin in der Stadt und ist spontan vorbeigekommen, er arbeitet als Buchhalter für eine große Firma.

Nur dass die Erleichterung nicht anhält – etwas ist immer noch falsch. Was? Was stört? Sie sagt etwas über Heike und dass es ein guter Tag für berufliche Termine ist, offenbar, sie holt die Sektflasche aus der Tasche, lacht auf und hört, dass sie schrill klingt. Der Bruder schaut sie irritiert an.

Es ist das Bild, denkt sie. Ihr erstes Bild von Simon mit einem Kind hätte das mit ihrem eigenen Baby sein sollen. Sie wird den Anblick nicht mehr vergessen können: dass es schon andere Kinder gegeben hat in seinem Leben. Wieder ein Stück Traum, das verschwunden ist.

Der Gedanke kommt ihr selbst verrückt vor.

»Charlotte? Hörst du mir überhaupt zu?«

Obwohl sie nicht weiß, was er gerade gesagt hat, nickt sie. Es ist der erste bewölkte Tag seit Langem, die Luft drückend, schwül. Joscha fuchtelt mit dem Wiener Würstchen vor Simons Gesicht herum, Florian lacht.
»Alles hat ein Ende, nur die Wurst hat zwei«, sagt Simon.
Das Kind hält ihm die angebissene Seite hin. »Ist das das Ende?«
»Nein, der Anfang.«
Florian fragt Charlotte, ob sie mit ihnen essen wird, sie sind auf dem Weg nach Hause.
»Nein, nein«, ruft sie, ohne darüber nachzudenken, »ich muss mal los. Tschüss!«
Simon schaut überrascht auf. Dann hebt er den Jungen von seinen Schultern. »Aber wieso denn?«, fragt er.
Florian geht mit Joscha zur Seite.
»Wir waren doch verabredet«, sagt Simon. »Was ist los? Du bist schon die ganze Zeit komisch.«
Sie fühlt sich benommen und reibt mit beiden Händen über ihr Gesicht, weil sie Angst hat, in Tränen auszubrechen.
»Gott, entschuldige, du hast recht. Es ist alles okay. Ich erklär's dir später, ja?«
Sein skeptischer Blick – bei Simon ist immer alles so deutlich, als stünde er auf der Bühne. Auch wenn er wirklich nur er selbst ist, wie jetzt. Sie weiß nicht, ob es allen Leuten so geht mit ihm oder ob es an ihrer Beziehung liegt.
»Entschuldige«, flüstert sie.
Joscha starrt sie an, während sein Vater am Bordstein steht, die Hände in den Taschen. Der Junge tut ihr leid. Also hockt sie sich vor ihn hin, streckt die Hand aus und sagt: »Wollen wir noch mal von vorn anfangen? Ich heiße Charlotte. Und wer bist du?«

Das weißt du doch schon, scheint er zu denken und rührt sich nicht.

Sie können erst in der Nacht reden, Simon ist mit zu ihr gekommen, der Bruder und Joscha schlafen in seiner Wohnung. Der Abend war dann noch schön, trotz des schiefen Beginns. Florian hat Simon aufgezogen, indem er ausführlich erzählt hat, wie stolz die Eltern auf ihn sind, schon seit der Schultheateraufführung in der achten Klasse – und Simon hat gestöhnt und erst Charlotte und dann sich selbst die Ohren zugehalten.

Jetzt liegt er auf ihrem Bett, einen Arm unter dem Kopf, sie sitzt neben ihm, die Fenster des Zimmers stehen weit offen. Damit keine Insekten angelockt werden, hat Charlotte alle Lampen ausgeschaltet.

»Kannst du das nicht verstehen?«, fragt sie. »Manchmal will ich dich ganz für mich ... als wären wir ein Buch, in dem es vorher nur leere Blätter gibt.«

Er dreht sich auf die Seite, stützt den Arm auf. »Das klingt, als ginge es nicht um mich. Denn ich *habe* ja vorher schon gelebt. Glücklicherweise. Nein, eigentlich kann ich das nicht verstehen.«

»Du hast recht.« Sie hat das Gefühl, sie müsste es ihm nur besser erklären. »Es war der Moment«, versucht sie noch einmal anzusetzen, »als ich dich mit dem Kind ...«

»Aber warum?« Er unterbricht sie. »Warum bist du gekränkt, wenn du mich mit meinem Neffen siehst? Was ist das, mit dir und Kindern?«

»Ich wollte eben immer welche haben. Oder nicht mal das: Die Frage hat sich gar nicht gestellt, so selbstverständlich war es. Dass ich irgendwann Kinder haben werde.«

»Ach herrje.« Er lacht leise, und sie atmet auf, hört Blätter rascheln im Baum vor dem Fenster und legt sich nun auch hin, neben Simon, dreht ihm den Kopf zu.

»Wie viele sollen es denn werden, Charlotte?«

Sie atmet ein und aus. »Als ich selbst noch ein Kind war, wusste ich das ganz genau. Ich hatte mir alles total gut überlegt.« Sie erklärt es ihm: Eins ist einsam. Zwei streiten sich, und bei dreien steht immer eins am Rand. Also ist die Sache klar: Es müssen vier Kinder sein, damit immer zwei und zwei zusammen spielen können.

»Vier!« Simon verschluckt sich fast.

»Ja, klar«, sagt sie schnell, »mittlerweile glaube ich auch, dass das zu viele sind. Also besser zwei oder drei.«

Er richtet sich jetzt ganz auf, lehnt den Rücken an die Wand. »Aber wo kommt das her, dieses Bild von der heilen Familie? Oder soll ich sagen: von der heiligen Familie? Ich meine ... das wird ja nie im Leben so, wie du es dir vorstellst. Du hast doch zu viele Vorabendserien gesehen.«

Seine Stimme hat sich verändert.

Vorabendserien? Sie besitzt nicht mal einen Fernseher. Es ist das erste Mal, dass er sie kritisiert, und sie spürt es im ganzen Körper, als wären seine Worte in sie eingedrungen und nun könnte sie nicht mehr richtig atmen, ohne sich an ihnen zu schneiden.

»Wie meinst du denn das? Stell es dir doch mal vor: unser eigenes Baby. Warum sollte das nicht schön sein?«

Es ist so dunkel, dass sie sein Gesicht nicht sehen kann.

»Mit ganz kleinen Füßen«, sagt sie.

Er antwortet nicht.

»Und Segelohren!«

Da muss er lächeln, das sieht sie dann doch. Sie lächelt

zurück und denkt, dass es eigentlich der Moment ist, in dem er sagen müsste, dass auch er ein Kind mit ihr möchte, so schnell wie möglich.

»Ich liebe dich.« Sie wünscht sich, dass er das sagt. »Ich bin wahnsinnig froh, dass ich dich getroffen habe. Jetzt kann mir nichts mehr passieren«, flüstert sie. Er muss spüren, wie ernst es ihr ist.

Aber als er dann endlich spricht, hat er nach wie vor die veränderte Stimme, die sie noch nicht kennt. Er rückt ein Stück weiter von ihr ab, an der Wand. »Charlotte, weißt du denn nicht... Dir ist überhaupt noch nie etwas passiert. Weißt du das eigentlich?«

Das, worauf sie gehofft hat, fällt in ihr zusammen, zu nichts. Mitten im Sommer wird ihr kalt. Sie weiß nicht, was sie ihm antworten soll, und sie sagen nun beide kein Wort mehr, bis das Schweigen zwischen ihnen wächst, mit jeder Sekunde länger und größer wird. Ist das ihr erster Streit? Oder ist Simon am Ende eingeschlafen, da im Sitzen an der Wand? Er ist nur ein vager Schatten, der zu verschwinden scheint.

Charlotte hört, dass sie laut und stoßweise atmet, immer lauter. Ist Simon überhaupt noch da?

Es dauert unendlich lange.

Die Erleichterung, als er sich endlich wieder bewegt. Jetzt hat sie wirklich eine Gänsehaut, bis zu den Finger- und Zehenspitzen hin. Ihr Atem stolpert.

»Schhhh...« Er macht ein beruhigendes Geräusch. Nimmt sie in den Arm, legt sich neben sie.

Sie dreht sich um, damit er hinter ihr liegt, wie immer in der Nacht.

Und ja, da ist er wieder, sie erkennt ihn. Die Rippen, den

festen Bauch, Simons Beine berühren ihre auf der ganzen Länge. Sie spürt seine Arme, und sie spürt, wo sein Kopf liegt, er atmet in ihre Haare hinein, genau so, wie sie es sich früher immer vorgestellt hat, zum Einschlafen, genau so, wie er, seit sie sich kennen, jede Nacht in ihre Haare atmet, im Rhythmus ihres Herzschlags.

Ihr Atem beruhigt sich. Dann spürt Charlotte, wie Simon sich fester gegen sie drückt und hart wird. So schnell werden sie heute wohl nicht einschlafen. Ihr Becken macht unwillkürlich kleine Bewegungen, sie wartet, bis der Moment gekommen ist, sich ihm zuzuwenden, ihm die Boxershorts herunterzuziehen. Und dabei denkt sie daran, wie sie am Morgen die Pille genommen hat; sie bereut das, bereut es ganz sicher.

SEPTEMBER, OKTOBER, NOVEMBER

Das Abschlusszeugnis im Regal, sie nimmt es heraus, legt es auf dem Schreibtisch bereit, vielleicht wird die Mutter danach fragen. Charlotte hat aufgeräumt, Staub gewischt, sie hat das winzige Bad geputzt, obwohl gar nicht klar ist, dass die Eltern es überhaupt benutzen werden. Sie haben ein Pensionszimmer gebucht und sich mehrere Tage freigenommen für den Besuch, am Abend werden sie mit Charlotte und Simon in ein Restaurant gehen. Das Restaurant hat der Vater bestimmt. Eigentlich ist es ja Charlotte, die hier lebt und sich auskennt – kurz hat sie sich vorgestellt, dass der Vater ein Doppelleben führt, schon oft mit ihr in derselben U-Bahn gefahren ist, vielleicht hat sie Halbbrüder oder Halbschwestern, die nur zwei Straßen weiter wohnen, und dann weiß er natürlich auch, wo man in Mitte gut essen gehen kann. Aber nein, ihr Vater doch nicht, mit seinem Leben ohne Überraschungen.

Seit die Duschkabine in der Küche undicht ist, liegt immer ein Gestank in der Wohnung. Charlotte macht so weit wie möglich die Fenster auf. Es wäre an der Zeit für einen Umzug, sie verdient genügend Geld, die Wohnung passt nicht mehr. Aber warum sollte sie jetzt noch allein umziehen, bestimmt suchen sie sich bald gemeinsam etwas Größeres, Simon und sie. Manchmal malt sie sich aus, wie sie den richtigen Ort finden, eine weitläufige, sonnige Wohnung,

Altbau, Jugendstil, mit Doppelfenstern, einem Kachelofen, Stuck und Parkett.

Sie ruft ihn an, und als er abnimmt, nennt sie nervös die Uhrzeit, zu der er bei ihr sein soll.

Er lacht. »Das hast du mir schon dreimal gesagt.«

Sie hört ihn atmen, schneller als normal. Vielleicht ist er gerade vom Joggen zurückgekommen und zieht auf dem Boden in der leeren Wohnung sein Krafttraining durch. Dann erinnert sie sich daran, dass er heute ein Vorsprechen hat, wahrscheinlich muss er bald los; ihr fällt nicht mehr ein, worum es dabei geht.

»Charlotte«, sagt er, »es wird schon gut. Das sind deine Eltern.« Er sagt es wie: Die lieben dich sowieso.

»Du kennst sie nicht.«

»Noch nicht.«

Nachdem sie aufgelegt haben, weiß sie nichts mit sich anzufangen. Sie ist zu Hause geblieben, um sich auf den Besuch konzentrieren zu können, aber nun gibt es nichts mehr zu tun, sodass sie lieber in der Agentur wäre. Obwohl sie keinen Hunger hat, macht sie sich etwas zu essen, stellt sich mit dem Teller ans Fenster. Auf ihrer Uhr wird es halb zwei, dann zwei, die Eltern werden sich frühestens in einer Stunde melden, von der Pension aus. Charlotte überlegt, wie sie sich begrüßen werden am Abend, in ihrer Familie umarmt man sich nicht.

Plötzlich klingelt es an der Tür.

Sie fährt zusammen und stellt den Teller ab. Jetzt schon? Sind sie doch direkt hergekommen? Die Post wird am Vormittag ausgetragen, und sonst erwartet sie niemanden, es müssen die Eltern sein. Charlotte klopft das Herz im Hals. Schnell kontrolliert sie ein letztes Mal das Zimmer, bringt den Teller in die Küche. Die Tür, an der geklingelt wurde, ist schon die Wohnungstür – die Haustür steht fast immer offen.

Sie klingeln erneut. Und nun merkt Charlotte, wie sehr sie sich freut. Dass die Eltern sie überraschen wollen und dafür sogar eher losgefahren sind, das hätte sie nicht gedacht, mit Schwung öffnet sie die Tür.

Zwei Sekunden. Es dauert zwei Sekunden, bis sie begreift: Das sind sie nicht. Ein dunkelhaariger Mann und eine blonde Frau stehen da, aber sie sind viel jünger als der Vater und die Mutter. Noch länger dauert es, bis Charlotte die Uniformen bemerkt.

Sie sagt nichts.

Die Polizisten sagen auch nichts.

Die blonde Frau öffnet den Mund, schließt ihn wieder, nimmt die Mütze ab, sieht ihren Kollegen an, der sich endlich einen Ruck gibt.

»Frau Wiesen? Charlotte Wiesen?«

»Ja?«

»Dürfen wir reinkommen?«

Doch obwohl sie sofort den Weg frei macht, weit zur Seite tritt, bleibt der Mann draußen stehen.

»Kennen Sie eine Barbara und einen Ernst Wiesen?«

Charlotte drückt sich mit dem Rücken an die offene Tür, aus dem Treppenhaus zieht es kühl in die Wohnung. Unerwartet fällt ihr wieder ein, dass Simons Vorsprechen heute fürs Fernsehen ist, für eine Krimiserie. Das Showreel war tatsächlich ein Erfolg.

»Ja.« Sie blickt niemanden mehr an. »Das sind meine Eltern.«

Erneut vergehen mehrere Sekunden. Und dann ist es doch die junge blonde Polizistin, die ihr sagt, was passiert ist.

Als Charlotte später, viel später, endlich allein ist, geht sie einfach los. Sie weiß nicht, ob Simons Termin schon vorbei sein kann, sie weiß nicht einmal, ob er von dort nach Hause fahren wird. Vielleicht bleibt er in der Stadt, trifft sich mit einem Freund, er hat neue Leute kennengelernt, vielleicht wird er gar nicht in seiner Wohnung sein bis zu ihrer Verabredung am Abend. Seit Kurzem hat er ein Handy, sie könnte ihn anrufen, doch sie geht einfach los, zieht sich die Schuhe an, aber keine Jacke (obwohl der Sommer vorbei ist), sie nimmt zwar den Schlüssel mit, schließt auch die Tür ab, vergisst aber ihre Handtasche mit dem Geld (und allem, was sonst immer wichtig war). Sie geht die Treppe hinunter, tritt auf die Straße, lässt den Bus wegfahren, geht diesmal aber auch nicht die schöne Strecke, geht keinen Umweg, sie biegt um zugige Hausecken, als hätte sie den Stadtplan im Kopf, läuft durch eine Unterführung, dicht an vollgepissten und beschmierten Mauern entlang, sie stolpert über den Pappbecher eines Obdachlosen, schaut nicht nach links und nicht nach rechts, bis sie vor Simons Haus steht. Sie drückt auf den Klingelknopf. Er ist wirklich nicht da. Und sie merkt erst in diesem Augenblick, dass sie ihr Schlüsselbund noch in der Hand hält, sie hat es den ganzen Weg über festgehalten, sie hätte das Schlüsselbund in die Rocktasche stecken können, stattdessen hat sie die Finger zur Faust geschlossen und es umklammert. Die Zacken haben sich in ihre Handfläche gebohrt, Punkte hinterlassen wie kleine Löcher. Da sind auch die Schlüssel zu Simons Wohnung, der große, eckige für die Haustür, der goldene für oben. Sie kann dort auf ihn warten. Sie denkt den Satz Wort für Wort: Ich warte drinnen. Schließt die Haustür auf, steigt die Treppe hoch, doch als sie im richtigen Stockwerk angekommen ist – lange sieht sie das Klingelschild an, *Basler*, ja, das Stockwerk stimmt –, da hört sie Schritte.

Simon kommt die Stufen herunter und fährt sich, als er sie entdeckt, mit den Händen durch die Haare. Er sieht blass aus, richtig bleich, er sagt: »Du weißt es also schon?«

Alle zehn Finger legt sie ums Geländer, hält sich an der verlässlich runden schwarzen Ummantelung des Handlaufs fest. Jemand hat kleine Kerben ins Plastik geschnitten, wahrscheinlich schon vor Jahren.

»Ja.« Ihre Stimme ist rau. »Aber woher weißt du ...«

»Komm nach oben.« Er will sie mit sich ziehen. »Wir sind bei Herrn Klein.«

Einen Moment leistet sie Widerstand. »Wieso bei Herrn Klein?«

»Weil er einen Fernseher hat.«

»Einen Fernseher?«

Simon runzelt die Stirn. »Du weißt es also doch noch nicht?«

Und sie denkt nicht mehr darüber nach, geht hinter ihm her, hoch zu dem Nachbarn, der zu viel trinkt und mit dem sich Simon vor Ewigkeiten, in einem anderen Leben, noch vor ihrer ersten Verabredung, über sie unterhalten hat. Der jetzt auf einem geblümten Sofa sitzt, vor einer braunen gemusterten Tapetenwand, und ganz anders aussieht als beim letzten Mal. Der einen Anzug trägt, frisch rasiert und nüchtern wirkt, nur groß und massig ist er immer noch. Herr Klein blickt auf, als Charlotte hereinkommt, wird rot, vielleicht, weil er sich ebenfalls an sie erinnert. Aber dann schaut er wieder zum Fernseher.

Zuerst versteht sie nicht, was sie sieht, während sie mitten im Zimmer stehen bleibt. Ein brennendes Hochhaus, nein, zwei. Der Name der Stadt wird eingeblendet, die Ortszeit. Dort ist es sechs Stunden früher als hier, und Charlotte schießt durch den Kopf, dass in New York der Tag kaum begonnen hat. Also ist der Unfall der Eltern noch gar nicht passiert. Sie schüttelt den wirren Gedanken ab. Herr Klein beugt sich vor auf der Kante des Plüschsofas, im Fernseher machen die Menschen Gesten, strecken ihre Hände aus, Charlotte hört sie schreien. Sie braucht lange, um zu begreifen, was der Sprecher sagt, der selbst auch mehrmals zu schreien anfängt.

Simon stellt den Ton aus, kommt zu ihr und legt ihr den Arm um die Hüfte. Als ihr klar wird, dass sie vollkommen aneinander vorbeigeredet haben, macht sie sich los.

Herr Klein schüttelt mehrmals ruckartig den Kopf. »Scheiße, Scheiße.« Er flüstert.

Und Charlotte sagt versuchsweise: »Meine Eltern sind tot.«

Beim ersten Mal sagt sie den Satz, als wäre er ein Echo, etwas, das sie nur wiederholt. Sie hat Angst, gleich loszulachen. Das kann doch alles nicht passiert sein.

Sie spricht es ein zweites Mal aus.

Jetzt dreht Simon den Kopf vom Fernseher weg zu ihr hin. »Wieso ...«

Ihr wird klar, dass er darum ringt, die verschiedenen Inhalte zusammenzubringen. Warum waren ihre Eltern in New York?

»Nein«, sagt sie schnell, »nicht dort. Auf dem Weg hierher, sie hatten einen Unfall mit dem Auto.« Sie sagt: »Ich kann nicht richtig sehen.« Ihre Augen fühlen sich an, als hätte sie stundenlang nicht geblinzelt.

Da springt Herr Klein auf. Vielleicht hat er schneller als

Simon begriffen, was passiert ist, plötzlich bewegt er sich stürmisch, wirft seine schweren Arme um Charlottes Hals, sie ringt nach Luft in seiner Umklammerung. Die Hände hängen ihr neben dem Körper herunter, und dann wird sie schlaff, fällt zusammen, ihr Gesicht drückt gegen Herrn Kleins Brust, hinter dem feuchten Stoff des Baumwollhemds kommt ihr seine Haut glühend heiß vor.

»Ich mach mal die Augen zu«, sagt sie. »Ich kann nicht richtig sehen.«

Am Abend liegt sie ein Stockwerk tiefer auf Simons Futon, diesmal in den Armen des richtigen Mannes. Er hat sie zugedeckt und streichelt ihren Kopf, nah am rechten Ohr. Ihr fällt ein, dass sie ihn nicht gefragt hat, wie es beim Vorsprechen war.

»Ich muss unbedingt eine rauchen«, sagt er, aber er steht nicht auf, er bleibt bei ihr.

Wie sehr sich nun alles verändern wird – nicht nur ihre Welt ist nicht mehr dieselbe wie am Morgen. Und immer, auch in ein paar Wochen, auch in ein paar Jahren, das ist ihr schon jetzt klar, immer wird es so sein, als wäre der Tod ihrer Eltern ein geschmackloser Witz: weil sie am 11. September gestorben sind, aber nicht in New York.

Ohne Simon würde das alles nicht gehen. Ohne Simon wäre sie nicht in der Lage, am nächsten Tag aufzustehen, genauso wenig am übernächsten und dem darauf.

Was nicht heißt, dass ihr nun wirklich nichts mehr passieren kann. Im Gegenteil, wie nach einem Dammbruch scheint plötzlich alles angreifbar. Keine drei Wochen nach dem Unfall ruft Heike Charlotte zu sich. Charlotte ist erst seit ein paar Tagen wieder in der Agentur, sie läuft an Kalle vorbei, der eine Weiterentwicklung von Minesweeper spielt, weit im Stuhl zurückgelehnt, mit den Füßen auf dem Tisch.

»Mach mal die Tür zu«, sagt Heike, das gab es noch nie, und dann erklärt sie Charlotte, dass es vorbei ist. Es hat nur einen einzigen Anruf aus München gegeben: Der Auftrag für das Magazin habe sich selbstverständlich erledigt, Lifestyle sei nach den Anschlägen in Amerika kein Thema mehr.

»Es tut mir leid, Charlie.«

Mit runden Schultern steht Heike da und hat all ihre Spannkraft verloren.

Charlotte denkt daran, wie die Chefin sich um sie gekümmert hat nach dem Unfall. Sie hat sogar angeboten, sie zur Beerdigung zu begleiten. Und als Charlotte wieder zur Arbeit gekommen ist, lagen Geschenke auf ihrem Schreibtisch: eine Dose Jahrgangssardinen in Olivenöl mit Zitrone, eine CD mit Walgesängen. Charlotte hat sich die sechzig Minuten zu Hause angehört, Schreie, lautes Pfeifen, Heulen wie unter Schmerzen.

»Ja.« Sie könnte nicht sagen, ob sie überrascht ist. Seit dem Unfall fühlt sie sehr wenig. Sie fragt: »Soll ich dann jetzt nach Hause gehen?«

Und da passiert doch noch etwas, womit sie auf keinen Fall gerechnet hat: Heike bricht in Tränen aus. Wischt sich wütend mit den Handflächen über die Wangen, aber es hilft nichts. Charlotte weiß nicht, wie sie reagieren soll. In der ganzen Zeit ihrer Zusammenarbeit haben Heike und sie einander kaum berührt, es käme ihr falsch vor, sie jetzt in den Arm zu nehmen. Aber sie muss etwas tun. Sie spürt, wie ihre Unterarme nutzlos und steif links und rechts an ihrem Körper kleben. Heike schlägt die Hände vors Gesicht. Charlotte beißt sich auf die Lippen, geht schließlich um den Schreibtisch herum, öffnet auf der anderen Seite alle Schubladen, bis sie eine Packung Papiertaschentücher findet, die sie Heike hinhält.

»Ach, Mann!« Durch die Tränen hindurch muss Heike lachen. »Ist ja schon gut, Charlie. Raus mit dir, hau ab!«

Am Abend erzählt sie Simon, wie Heike geweint hat. Heike, der noch immer etwas eingefallen ist ... Charlotte hätte nicht gedacht, dass sie so sehr an der Agentur hängt.

»Wieso an der Agentur?«, fragt er.

Seit dem Tod ihrer Eltern treffen sie sich öfter bei ihr zu Hause, so wie sie sich vorher öfter bei ihm getroffen haben. Charlotte steht im Flur, halb in der Tür zur Toilette, Simon sitzt in der Küche am Tisch. Die Wohnung ist so klein, dass sie nie die Stimme heben müssen, um miteinander zu sprechen.

»Weißt du das denn nicht?«, fragt er. »Hast du es nie bemerkt?«

»Was denn?«

Er lacht, kein fröhliches Lachen, ein Lachen über ihren Kopf hinweg, und plötzlich sagt er laut – und er sagt es mit Heikes Stimme: »Ach, Charlie.«

Sie fährt zusammen. Woher kennt er das? Erst mit Verzögerung erinnert sie sich an die eine, kurze Begegnung in der Agentur.

»Nicht zu glauben«, sagt Simon, räuspert sich, spricht jetzt wieder in seiner normalen Tonlage, »dass du das nicht gemerkt hast. Deshalb hat sie doch so gekämpft: um dich weiterhin sehen zu können. Deshalb hat sie diese Chiara rausgeschmissen und nicht dich. Wahrscheinlich hat sie dich überhaupt nur deshalb eingestellt ...«

Charlotte starrt ihn an.

Simon ist aufgestanden. Etwas scheint ihn wütend zu machen, so kennt sie ihn nicht, mit einem Krachen lässt er die Handflächen auf den Tisch fallen. »Verdammt, sei nicht so naiv. Sie war in dich verliebt!«

»Nein.«

Sie dreht sich um, geht ins Bad.

»Nein.«

Schließt mit Nachdruck die kleine Tür hinter sich und schiebt den Riegel vor. Nein. Nimmt die Wimperntusche aus der Schale, obwohl sie eigentlich etwas anderes machen wollte, aufs Klo gehen, aber jetzt schraubt sie das Fläschchen auf, stellt sich vor den Spiegel über dem winzigen Waschbecken. Es ist wichtig, weiterzumachen, mit allem weiterzumachen.

Sie denkt an die neun Monate in der Agentur. An Heike, die sich schwer und groß über Charlottes Schulter beugt, mit dem Finger auf den Bildschirm tippt: »Versuch es mal so. Ja, das sieht besser aus.« Sie denkt an Heikes Hosenträger, an das heisere, unter die Haut gehende Lachen und an: »Erzähl mir was, Charlie.« An jeden einzelnen Moment, in dem Heike Charlottes Ideen allen anderen vorgezogen hat – hat Simon recht? Und wenn ja, hat dann überhaupt irgendetwas gestimmt von dem, was Heike über ihre Arbeit gesagt hat?

Als sie mit dem Bürstchen zu nah ans rechte Auge kommt, muss sie heftig blinzeln. Jetzt nicht weinen. Mit einem Abschminktuch wischt sie die Striche und Krakel von der Haut.

Simon hat meistens recht. Sie hört ihm gern zu, wenn er redet und seine Sicht auf die Dinge erklärt. Er sieht, was in anderen Menschen vorgeht – was in Charlotte vorgeht, sieht er oft lange, bevor sie es selbst spürt.

Soll sie sich noch die Lippen schminken? Oder reicht die Wimperntusche, um zu zeigen, dass man weitermacht?

Ihr Gesicht brennt. Und dann stellt sie es sich versuchsweise einmal vor: dass sie mit Heike zusammengekommen wäre statt mit Simon. Wieso hat sie nichts bemerkt, wieso ist ihr das nie auch nur eingefallen? Und weitergedacht: Wäre dann nicht alles anders verlaufen? Ihre Eltern sind verunglückt, als sie auf dem Weg waren, um Simon zu treffen. Hätten sie Heike genauso kennenlernen wollen?

Aber hätte sie sich denn in Heike verlieben können? Sie versucht sich vorzustellen, wie Heike nackt aussieht. Schaut im Spiegel zu, wie sie schwitzt, wie der Lippenstift in ihrer Hand zittert – und plötzlich kann sie sich alles vorstellen, plötzlich ist alles egal. Sie sieht Heike nackt in ihrem Zimmer auf dem Bett liegen, einen Arm unter dem Kopf, während sie eine von Charlottes CDs hört und mit tiefer Stimme mitsummt.

Charlotte atmet scharf ein, presst die Beine zusammen und unterdrückt ein Stöhnen.

Im Oktober fährt Simon zwei Tage nach Brandenburg, zu Probeaufnahmen. Er ist aufgefallen bei dem Vorsprechen am 11. September, es hat zwar für die Rolle des Kommissars nicht gereicht, aber der Sender möchte mehr von ihm sehen, vielleicht wird ein Gastauftritt daraus. Eine Woche lang sitzt er in Charlottes Zimmer, im Schneidersitz auf dem Boden, den Rücken kerzengerade aufgerichtet, und lernt Texte auswendig. Ohne Vorwarnung sagt er ab und zu etwas laut, die Sätze wirken alltäglich, wie das Gegenteil der Theaterstücke, mit denen er im Studium gearbeitet hat. Es könnten Sätze sein, die er zu Charlotte sagt.

»Wie willst du den langsamen Walzer genießen, wenn du immer verkrampfst und nicht loslassen kannst?«

»Würdest du mich mal kneifen? Damit ich mir ganz sicher bin, dass ich das alles nicht nur träume.«

Und einmal ruft er plötzlich, während sie in der Küche ist: »Nur kranke Hunde brauchen frische Luft!«

In der Nacht, bevor er fährt, schläft er bei sich zu Hause, damit er sich am Morgen gleich konzentrieren kann. Sie begleitet ihn die Hälfte des Wegs zu seiner Wohnung, dann bringt er sie die Hälfte der Hälfte zurück, am Ende gehen sie rückwärts auseinander und winken, bis Charlotte um die Ecke biegt.

Und dann, früh am nächsten Morgen – noch bevor sie sich darüber klar werden kann, wie es ist, nach längerer Zeit einmal wieder allein zu sein –, holt sie den Brief aus dem Briefkasten. Sie nimmt ihn mit nach oben und öffnet ihn dort; ein amtliches Schreiben fällt ihr entgegen, sie liest es mehrmals.

Es gibt kein Guthaben, offenbar haben die Eltern jeden Monat genau so viel ausgegeben, wie sie verdient haben.

Aber da ist das Haus. Schon zu DDR-Zeiten hat es der Mutter gehört, es ist ihr Elternhaus gewesen. In der Mitte des Briefes, durch Leerzeilen abgesetzt, steht die genaue Adresse – die Charlotte ja kennt, aber auf dem dicken, etwas gelblichen Papier wirkt die Anschrift ungewohnt, lässt sich nur schwer mit dem Straßennamen und der Hausnummer in Verbindung bringen, die sie als Siebenjährige in ihre Schulhefte gekritzelt hat.

Die Mutter und der Vater sind weg. Das Haus steht immer noch da, ohne sie. Und jetzt gehört es ihr.

Außer der Dusche stinkt neuerdings auch der Abfluss der Spüle, der erste Herbstwind pfeift durch die undichten

Fenster, während Charlotte den Brief fallen lässt und lachen muss. Natürlich. Plötzlich ergibt alles einen Sinn. Sie hat nicht mehr nach einer großen Wohnung für Simon und sich gesucht, seit klar ist, dass auch sie nun kein Geld mehr verdient. Ihre Ersparnisse werden bald aufgebraucht sein. Das Haus ist die Lösung, mehr noch, das Haus ist ein Zeichen. Es ist wahrscheinlich in keinem sehr guten Zustand, Charlotte erinnert sich, dass die Eltern mehrmals über das Dach gesprochen haben, das neu gedeckt werden müsste. Aber das Haus besitzt etwas viel Wichtigeres als ein neues Dach: Es hat einen Garten. Kranke Hunde brauchen frische Luft, und Kinder brauchen einen Garten. Wer einen Garten hat, kann ein Kind bekommen. Eine Generation verschwindet, die nächste wird geboren. Wenn man darüber nachdenkt, ist alles ganz einfach und naheliegend.

Sie lacht noch einmal und öffnet das Fenster, stellt sich in den Wind, ohne zu frieren. Kurz überlegt sie, in welcher Richtung Simon gerade durch den Wald rennt, um einen Mörder zu fangen. Sie will herausschreien, was geschehen ist, aber ihre Stimme reicht ja doch nicht bis nach Brandenburg, sie muss sich bis zum nächsten Abend gedulden. Dabei hat sie das Gefühl, zu platzen, keine Sekunde länger möchte sie mehr warten.

»Du kannst dir nicht vorstellen, was für eine Überraschung ich für dich habe.«

Sie holt ihn vom Zug ab, am späten Nachmittag, und als sie ihn aus dem Waggon springen sieht, mit der spielerischen Leichtigkeit, die alle seine Bewegungen ausmacht, da ist sie vollkommen verliebt in ihn, vielleicht so sehr wie noch nie zuvor. Sie nimmt seine Hand und zieht ihn zur S-Bahn, sie will es ihm erst in der Wohnung erzählen, nicht hier zwischen allen Passanten. Sie stellt sich vor, wie sie einander um den Hals fallen werden, wie Simon sie hochhebt und in die Luft wirft, und sie hat keine Lust auf Blicke von der Seite oder die üblichen Kommentare: *Habt ihr kein Zuhause?*

Doch, haben wir!

Simon sieht müde aus, er wirkt nachdenklich, so, als wäre auch bei ihm eine Menge passiert in diesen zwei Tagen. Während der Fahrt erzählt er wenig, sie fragt auch nicht weiter nach, sie können ja später in Ruhe darüber sprechen, sie haben alle Zeit der Welt, nur jetzt ist sie mit ihren Gedanken ganz woanders. Sie steigen aus, Simon protestiert, er möchte nicht länger gezogen werden, er ist hungrig und würde lieber etwas essen gehen.

»Das machen wir nachher«, sagt sie, »dann feiern wir.«

Langsam lässt er sich von ihr anstecken. »Was gibt es denn, was ist denn los?«

Sie zieht ihn in die Wohnung, macht gerade mal die Tür zu, aber den Parka darf Simon nicht ausziehen und auch die Schuhe nicht, das dauert ihr viel zu lange. Sie hat etwas vorbereitet, um die Spannung noch zu erhöhen. Auf dem Boden mitten im Flur steht einer ihrer Flohmarktfunde, ein Häuschen von einer alten Modellbahnanlage, mit rotem Dach und Qualm, der aus dem Schornstein aufsteigt.

»Rate mal!«

»Ein Haus«, sagt Simon.

Er zieht die Augenbrauen hoch, sucht nach dem nächsten Hinweis, jetzt ist er wach. Auf der Schwelle zu ihrem Zimmer: ein Foto, das sie auf der Reise durch Polen aufgenommen hat – es zeigt den bunten Bauerngarten ihrer letzten Unterkunft, sogar die Hühner sind mit drauf. Und wieder drei Schritte weiter: Simons gelber Ball. Sie ist extra in seine Wohnung gefahren, um ihn zu holen, das war es ihr wert.

Neugierig geht er um die Sachen herum, hinterlässt getrockneten Brandenburger Schlamm auf ihrem Linoleum, bis sie ihn auf den Schreibtischstuhl drückt.

Er muss lachen. »Dir ist es ja richtig ernst.«

Sie stellt sich dicht vor ihn und gibt ihm den Brief.

Zwei Stunden später, in ihrer Küche, fährt sie sich mit dem Handrücken über die Wangen, nimmt ein Glas vom Regal und füllt es an der Spüle mit Wasser. Sie hat kein Licht angemacht. Es ist dunkel geworden, und während sie dasteht, schießen ihr einzelne Bilder und Sätze durch den Kopf, als würden sie in diesem Moment noch einmal passieren.

Wie sich Simons Gesicht überhaupt nicht verändert hat beim Lesen, wie er unendlich lange zu brauchen schien für die paar Zeilen. Wie sie ihn schließlich fragen musste: »Und? Was sagst du dazu?« Und er antwortete: »Wozu denn?«

Sie denkt daran, wie sie sich im Frühjahr gewünscht hat, sie wäre bei der Begegnung im Park nicht betrunken gewesen und hätte ihm nicht vor die Füße gekotzt, wie sie sich im Sommer gewünscht hat, Simon nicht mit seinem Neffen gesehen zu haben, und das Blut steigt ihr in den Kopf, als sie daran denkt, wie sie am Morgen diese albernen, pathetischen Hinweise ausgelegt hat von der Wohnungstür bis ins Zimmer. Sie denkt an die Nacht, in der Simon zu ihr gesagt hat: »Dein Bild von der heiligen Familie ... das wird ja nie im Leben so, wie du dir das vorstellst.« Sie denkt daran, wie er im September gesagt hat: »Sei nicht so naiv!« Er hat recht gehabt, Simon hat die ganze Zeit recht gehabt. Charlotte ballt die Faust und boxt sich damit auf den Oberschenkel, mehrere Male, es tut überraschend weh, wahrscheinlich wird sie einen blauen Fleck bekommen an der Stelle.

Sie haben nicht sofort angefangen zu streiten. Erst hat sie versucht, es ihm zu erklären, ihn zu überzeugen. Dann kam der Moment, in dem er fragte: »Aber wie wäre es für dich, wenn ich plötzlich sage, wir ziehen nach Wuppertal?« »Ich weiß nicht mal, wo das liegt«, hat sie geantwortet. »Ja eben«, hat er gesagt, »und so geht es mir jetzt. Sei ehrlich: Wer will denn nach *Dresden*?« Als wäre das der Punkt. Der Unterschied war doch, dass es in Dresden ein Haus gab, dort gab es eine Zukunft – es war komplett egal, ob das Haus in Berlin stand oder am Nordpol. Danach wurden sie laut, danach schrie sie herum und weinte, während er mit der Hand auf den Tisch schlug, danach begannen die Vorwürfe. Irgendwann, in einer kurzen Pause, stellte sie die Frage noch einmal, möglichst ruhig: »Also, was sagst du jetzt?« Und diesmal antwortete er nicht mehr: »Wozu denn?« Diesmal schaute er ihr in die Augen und sagte laut und deutlich: »Nein.«

Und dann das Davonlaufen und Sich-Einsperren in der Toilette, dem einzigen Raum, der sich verriegeln ließ, und das Zittern und Heulen und der totale Zusammenbruch, bis nichts mehr von ihr übrig zu sein schien als ein nasser, zusammengeknüllter Lappen, am liebsten hätte sie sich noch zwischen die Kloschüssel und die Wand gequetscht, nur weg, nur nicht mehr da sein.

Und dann die Versöhnung, und wie er sie hochgehoben und aufs Bett getragen hat, und wie sie sich, während sie miteinander geschlafen haben, an ihm festgeklammert hat, obwohl schon klar war, dass er seine Entscheidung nicht ändern würde. »Ich liebe dich aber trotzdem«, hat er geflüstert, und sie hat geantwortet: »Ich dich auch.«

Sie steht in der Küche. Mittlerweile zittert sie vor Kälte, sie hat zwar einen Pullover übergezogen, aber darunter ist sie nackt, barfuß außerdem. Simon schläft drüben in ihrem Bett.

Es ist ja richtig, was er ihr in dem Streit entgegengehalten hat. In der Nacht nach dem Besuch seines Bruders, als sie darüber gesprochen haben, ein Kind zu bekommen – und es ist auch richtig, dass sie danach nicht noch einmal darüber gesprochen haben –, in dieser Nacht nach dem Besuch seines Bruders hat er nicht Ja gesagt. Er hat mit ihr geschlafen, das stimmt, und er hat nicht Nein gesagt. Aber Ja hat er eben auch nicht gesagt.

Endlich macht sie das Licht an. Sie nimmt das Wasserglas in die Hand, aus dem sie noch keinen Schluck getrunken hat, stellt es wieder ab, greift in den Schrank und holt die Pillenpackung heraus. Sie drückt die Pille für heute aus dem Streifen. Die von gestern bleibt zurück. Sie ist sich so sicher gewesen, gestern, sie ist sicher gewesen für zwei, für sich selbst und für Simon, und sie hat nicht warten wollen, der Monat hatte gerade erst begonnen.

Sie legt den Streifen in den Schrank zurück, das Licht ist unangenehm in den Augen, sie schaltet es wieder aus. Mit der Tablette und dem Wasserglas tritt sie ans Fenster, zuckt die Achseln, trinkt, schluckt, schaut in den Innenhof hinunter, in dem sich die Fahrräder und Mülltonnen stapeln und nichts wächst, und das ist es nun also. Mehr gibt es nicht.

Anfang November leben sie in einem diffusen Gefühl der Bedrohung. Es gibt Tote, nachdem in zwei Wellen Briefe mit Anthrax-Erregern verschickt wurden. In New York stürzt ein weiteres Flugzeug ab, die Flughäfen werden geräumt, Tunnel und Brücken geschlossen, obwohl schnell klar ist, dass es lediglich Turbulenzen gab, auf die der Co-Pilot falsch reagiert hat. Der Bundestag beschließt eine deutsche Beteiligung am Krieg in Afghanistan, der Bundeskanzler stellt die Vertrauensfrage – ein Wort, das in Charlottes Ohren eher nach einem privaten Kontext klingt als nach einem politischen. Es ist, als wäre etwas von ihrer Kindheit zurückgekehrt: Flaggen sind wieder wichtig, plötzlich sieht man sie überall.

Alles geht weiter, obwohl alles vorbei ist. Sie ist nicht mehr dieselbe, aber wer sie stattdessen sein kann, das weiß sie noch nicht. Sie hat keine neue Arbeit gefunden, hat auch kaum danach gesucht, sie weiß nicht, wofür sie sich bewerben soll. Zumindest Simon hat seinen Gastauftritt bekommen, sie schaut ihm zu, wie er Texte lernt und mehr Sport treibt; er hat angefangen, Tai-Chi zu trainieren.

»Wir müssen feiern«, sagen Simons neue Freunde. Charlotte ist manchmal dabei, wenn sie ausgehen, sie mag diesen Haufen bunt angezogener Verrückter, wilde Krawatten, englische Wolljacken, alle sind immer am Gestikulieren, und ständig lacht jemand. Die meisten arbeiten beim Film, nicht unbedingt als Schauspieler, aber beim Kostüm, in der Maske, in der Ausstattung. Mit Steffen, der Toningenieur ist und in Brandenburg dabei war, trifft sich Simon auch zu zweit. Von Bernd hat Charlotte nichts mehr gehört seit dem Dreh in der Fabrikhalle, Simon hat ihn nie wieder erwähnt, Charlotte hat auch nicht nachgefragt. Sie sprechen weniger miteinander, es gibt nun Dinge, die sie voneinander nicht wissen.

»Man muss feiern, wenn alles den Bach runtergeht«, sagen die neuen Freunde. »Das ist aktiver Widerstand gegen den Zustand der Welt.«

Wie so oft ist sie an diesem Abend die einzige Frau. Sie

fahren mit dem Bus, über die Reihen verteilt, Charlotte auf einem Einzelplatz. Steffen hat seinen Kopfhörer abgenommen, hängt ihn sich um den Hals. Draußen auf der Straße überholen die Autos, müssen abbremsen, fallen zurück, Scheinwerfer in der Dunkelheit. Charlotte fühlt sich fiebrig, vielleicht wird sie krank. Die anderen reden über die Symptome einer Anthrax-Infektion, und sie erinnert sich an den Moment im Frühjahr, in dem sie zu Simon gesagt hat: »Erwachsenwerden, ich hätte nicht geglaubt, dass es sich so gut anfühlt.« Sie erinnert sich an Heike: »Wir bauen eine andere Welt.« Nein, Erwachsenwerden sieht leider doch anders aus. Und wie schnell wir jetzt alle erwachsen geworden sind, denkt Charlotte.

Der Bus füllt sich. Sie hört den Freunden nicht mehr zu. Deshalb merkt sie nicht, wie das Gespräch verstummt, nicht einmal, dass sie angesprochen wird. Erst als die Stimme der Frau neben ihr lauter wird, körperlich, als die Stimme sie an der Schulter packt, da sieht sie hoch.

»Können Sie bitte aufstehen«, sagt die Frau.

Der Bus geht in eine Kurve, die kein Ende nimmt, die Frau ist dick und hat Schwierigkeiten, das Gleichgewicht zu halten, etwas stimmt nicht mit ihr.

»Was?«, fragt Charlotte.

»Ich möchte mich hier hinsetzen! Jetzt!«

Charlotte muss gähnen, sie kann nichts dagegen tun und merkt, wie ihr am ganzen Körper der Schweiß ausbricht.

Es ist Simon, der schließlich aufsteht. »Sie können meinen Platz haben«, sagt er, greift nach dem Arm der Frau, lächelt und hilft ihr dabei, sich hinzusetzen.

Alle sehen Charlotte an, sie hat das Gefühl, außen vor gelassen zu werden. Was hat sie denn falsch gemacht? Simon muss herüberkommen, auf das Piktogramm an der Wand über ihrem Sitz tippen. Ein weißes Kreuz auf blauem Grund. Charlotte schaut über den Gang und erkennt erst in diesem Moment den Babybauch unter dem weiten Mantel der Frau.

Sie fühlt sich schwach. Sie möchte etwas sagen, hat einen schlechten Geschmack im Mund, die anderen schweigen immer noch, niemand lacht, und die Schwangere hat ihre Hände im Schoß verschränkt und murmelt vor sich hin.

Jetzt, viel zu spät, steht Charlotte auf. Simon tippt noch einmal auf das Piktogramm, langsamer diesmal. Er zieht die Stirn in Falten.

Dann sieht er Charlotte an. Dann sieht sie ihn an.

Sein Gesicht verschwimmt. Und in ihrem Körper schrumpft alles zusammen, bis nur noch dieser winzige Punkt übrig ist, unter dem Nabel, erstaunlich weit hinten am Steißbein. Ein winziger Punkt, der zu wachsen beginnt. Das ist das Letzte, woran sie sich später erinnern wird, danach kommt die Ohnmacht.

GRETA, 2010

Die Dielen, von denen der Lack abgetreten ist, an manchen Stellen mehr, an anderen weniger, die abgetretensten Bretter haben eine ungesunde, bleiche Farbe, Wasserfleckenränder wie gemalte Tiere, und in den Ritzen zwischen den einzelnen Dielen sammeln sich Dreck, Essensreste und, Greta sieht es erst jetzt, auch Legoteile. Sie erkennt ein Signallicht, orange, daneben den abgetrennten, kugeligen Kopf eines Männchens. Was sie noch sieht, wenn sie vorsichtig den Kopf hebt: die hin und her gehenden Beine ihrer Mutter, die den ausgeleierten Trikotrock trägt, den Simon nicht mag. Charlottes Füße stecken in Sandalen mit Korksohlen, die Hornhaut an den Fersen ist bleich wie die Dielen.

Simon läuft nicht herum wie Charlotte, barfuß und ruhig steht er am Herd. Greta hört, wie er den Deckel vom Topf nimmt, umrührt, den Holzlöffel abklopft.

»Vielleicht können wir doch noch verreisen«, sagt Charlotte, »sonst werden die Ferien lang.« Ihre Stimme klingt leicht, sommerlich und etwas verwischt, anders als die Stimme, die sie Greta gegenüber hat.

»Ich rufe mal Steffen an.« Das ist Simon. »Wenn jemand etwas weiß, dann er.«

»Wenn jemand jemanden kennt, der jemanden kennt, der jemanden kennt ...« Charlotte lacht.

Im Licht, das durch die offene Verandatür fällt, wirbeln

strahlende Staubpunkte, die Sonne reicht bis zu Greta, die unterm Küchentisch sitzt. Sie sitzt schon lange hier, eigentlich dachte sie, dass ihre Mutter gesehen hat, wie sie unter dem herabhängenden Wachstuch verschwunden ist. Aber Charlotte scheint Greta vergessen zu haben. Mittlerweile redet sie über den Garten, über die krummen Gurken, die reif werden, und sie macht Pläne.

»Ich hätte gern Erdbeeren. Wenn wir die jetzt pflanzen, können wir nächstes Jahr schon ernten.«

»Kann es sein, dass du letzten Sommer auch Erdbeeren pflanzen wolltest? Oder ist das ein Déjà-vu?«

»Aber wäre es nicht schön? Risotto mit Erdbeeren, Erdbeermarmelade, Erdbeeren mit Zucker und Milch«, sagt Charlotte, während sie aufräumt, Geschirr in die Spüle stellt, mit dem Fuß eine Schublade zuschiebt. Ein Stück Brotrinde fällt herunter, sie bückt sich danach, ohne Greta zu bemerken.

»Heute«, seufzt sie auf, »ist alles gut. Es riecht auch so gut.«

»Wer, ich?«

Ein Glucksen in der Luft, bei dem Greta nicht weiß, zu wem es gehört, draußen vor der Tür zwitschern Vögel. Etwas hat sich verlangsamt in der Küche, Charlottes Füße tasten sich zum Herd vor.

»Ich kann dich noch spüren ...« Ihre Stimme, jetzt leiser.

»Wo denn?«, fragt Simon.

»... von heute Nacht.«

Charlottes und Simons Füße verharren nun voreinander, Greta hört ein Rascheln, ein Streifen, Charlotte atmet ein, als hätte sie Schnupfen und wollte die Nase freibekommen – danach sagt Simon, und Greta versteht ihn zuerst nicht, bis der Satz im Nachklang doch noch einen Sinn ergibt: »Zieh mal diesen Rock aus.«

Genau, das hat sie gewusst, den mag er nicht. Sie klemmt die Haare hinter die Ohren, um besser hören zu können, verlagert ihr Gewicht von einer Pobacke auf die andere.

Plötzlich bricht das Rascheln ab. Stille. Jemand flüstert, dann kommen die Korksandalen, ganz schnell ... eben waren sie noch dort, jetzt sind sie schon hier, und Charlottes Arm schießt unter den Tisch, um Greta nach draußen zu ziehen.

»Mann, Greta. Wie oft habe ich dir gesagt, dass du nicht lauschen sollst. Nicht alles ist für deine Ohren bestimmt.«

Und Greta schlägt die Hände über die Ohren, für die nichts bestimmt ist, schlägt die Augen nieder und huscht, sowohl ihren Eltern als auch den Stühlen geschickt ausweichend, zur Tür. Läuft leichtfüßig durch den Flur, dünn, wie sie ist, schon immer ist sie zu dünn gewesen – aber sie findet das gut so, es stört sie nicht. Sie springt durch die Haustür nach draußen, die zwei Stufen hinunter, rennt lautlos durchs Gras ums Haus herum, drückt sich an die Wand, als sie am Küchenfenster vorbeikommt. Und kriecht, sich mit den Ellenbogen vorwärtsschiebend, unter die Veranda.

Von einem Versteck ins andere. Hier kann sie nachdenken über das, was sie gesehen beziehungsweise gehört hat, über das Große, was gestern Nacht war und was vielleicht wieder passieren wird, gleich. Diese besondere Sache zwischen Charlotte und Simon, die Greta begreift, ohne sie wirklich zu durchschauen. Sie liebt den Hohlraum unter der Veranda. Wenn oben die Tür offen steht, was im Sommer fast immer der Fall ist, hört sie jedes Wort, das in der Küche gesprochen wird.

Noch vor wenigen Monaten konnte sie auf den Kieseln

sitzen, mittlerweile muss sie den Kopf einziehen und die Schultern beugen. Sie legt sich stattdessen hin, auf den Rücken, blinzelt ins Licht, das zwischen den Verandabrettern durchblitzt. Greta schaut nach links, nach rechts, weiße, graue und braune Steine, an der Hauswand Spinnen und mit Blättern verklebte Haarknäuel, sie stellt sich Charlotte vor, ohne Rock, aber mit den langen Haaren, und fragt sich, ob sie ihre Mutter wohl dazu kriegen kann, am Nachmittag mit Karl und ihr baden zu fahren. Im Kopf macht sie eine Liste von Dingen, die sie sich von Charlotte wünscht. Die guten Tage in der Familie sind voller Pläne.

In der Küche ist es jetzt still. Bestimmt sind Charlotte und Simon nach oben gegangen.

Wieder robbt Greta vorwärts, streckt sich. Die Blechkiste mit ihren wichtigsten Schätzen klemmt zwischen einer der Holzstützen und der Hauswand. Sie fährt mit der Hand über den Deckel, bevor sie ihn öffnet. Da liegen das Schweizer Taschenmesser, mehrere bunte Scherben, der Stift mit der unsichtbaren Tinte, Simons Kompass, den hat sie geklaut, und die Blisterpackung mit der einzelnen Tablette. Die besaß Greta schon, als sie ganz klein war, damals hat sie beim Einschlafen auf die winzigen Plastikbeulen gedrückt, in denen ebenfalls mal Tabletten gesteckt haben müssen, geknistert hat das, geknackt.

Am Nachmittag holt Charlotte Karl vom Kindergarten ab, und Greta steht wartend am Gartentor, denn jetzt will sie fragen. Um ins Spaßbad zu kommen, müssen sie mit der Straßenbahn fahren, sie hat schon die Tasche gepackt. Es ist der erste Sommer, in dem sie auf die Riesenrutsche darf, im vergangenen Jahr war sie noch zu klein und zu leicht dafür.

Simon ist nach dem Essen verschwunden, Greta weiß nicht wohin. Charlotte und Karl tauchen an der Ecke auf, Karl läuft wie immer zwei Meter hinter Charlotte. Seine Windjacke ist bis obenhin geschlossen, obwohl die Sonne scheint. Greta versucht, den Ausdruck auf Charlottes Gesicht zu erkennen, es ist ein guter Tag, nach dem Mittagessen gab es Joghurt *und* Schokoladeneis, und Greta hat auf Charlottes Schoß gesessen, während sie alle drei ihre Schälchen ausgeleckt haben. Simons Zunge ist die längste. »Guck mal«, hat Greta gesagt, »das machen wir jetzt immer, das spart Abwasch.« Die abgeleckten Schälchen waren so sauber, als kämen sie frisch aus dem Schrank, Charlottes Bauch zuckte vor Lachen.

Jetzt trägt Greta ihre glitzernden Plastiksandalen, sie knibbelt an einem alten Nagel herum, der rostig und locker im Holzzaun sitzt, sich aber nicht herausziehen lässt, und dann sind Charlotte und Karl endlich bei ihr, und Greta reißt das Gartentor auf und ruft über die Straße: »Können wir ins Spaßbad fahren ich habe schon alles eingepackt Handtücher deinen Bikini sogar die eklige Sonnencreme also können wir bitte sag Ja!«

Sie hat wieder viel zu schnell geredet. Sie merkt es selbst, Charlotte hat kein Wort verstanden, zieht nur die Augenbrauen hoch.

Als sie alle im Vorgarten stehen, stellt Greta die Frage noch einmal.

»O ja!«, ruft Karl.

Charlotte schaut von ihm zu Greta, zurück in Karls strahlendes Gesicht, dann sagt sie: »Geh schon mal rein, kleiner Mann, ich komme gleich.«

Das Strahlen verschwindet, als hätte er es ausgeknipst.

Karl lässt die Schultern hängen und schlurft die zwei Stufen hoch.

»Es ist gar nicht so warm«, sagt Charlotte zu Greta.

»Mir ist total heiß, es hat ewig nicht geregnet.«

»Und auch schon ziemlich spät. Ich muss die Küche putzen, außerdem haben wir noch kein Brot da für heute Abend.«

»Wir können doch Pommes essen.«

Manchmal findet Greta es unangenehm, wie gut sie ihre Mutter kennt. Sie sieht in dem Zucken unterm Auge, den angespannten Wangenknochen, wie Charlotte kämpft. Sie will den Kindern den Wunsch erfüllen, hat aber auf der anderen Seite keine Lust; sie war nicht darauf eingestellt, jetzt das Badezeug zusammenzusuchen, die Picknickbox zu füllen, Wasser und Apfelsaft in die Strohhalmflaschen zu füllen …

»Die Tasche habe ich schon gepackt«, wiederholt Greta schnell.

Aber die Enttäuschung steht bereits neben ihr, denn Greta weiß, welches Gefühl gewinnt, wenn Charlotte nicht sofort einverstanden ist. Sie hat es falsch angefangen, sie hätte eher fragen müssen, vielleicht beim Mittagessen.

Genau in diesem Moment schiebt sich wirklich eine Wolke vor die Sonne.

»Siehst du?«, sagt Charlotte und setzt sich auf die obere Stufe, sodass sie genauso groß ist wie Greta. Sie zwinkert. »Was hältst du davon, wenn wir das am Wochenende machen? Dann haben wir mehr Zeit, dann bleiben wir den ganzen Tag. Und heute dürft ihr zur Kiesgrube gehen. Ich finde, da ist es genauso schön.«

Ist es nicht, das wissen sie beide.

»Komm mal her«, sagt Charlotte, öffnet weit die Arme.

Und Greta geht hinein in die Umarmung, verschränkt die

Hände hinter Charlottes Hals, drückt die Nase an ihre Haut, bevor sie sich, ohne Charlotte loszulassen, dicht neben sie setzt. »Okay, Mama«, sagt sie leise.

»Weißt du eigentlich«, fragt Charlotte, »wie lieb ich dich habe?«

Liebe, das ist, wenn es immer da ist, wenn man hineinbeißen will, wenn etwas zwischen den Rippen hüpft.

Greta merkt, wie sehr auch sie Charlotte liebt, sie schmiegt sich an sie, bis ihr noch heißer wird, und das, obwohl gleichzeitig die Enttäuschung in sie hineingetreten ist.

»Und weißt du noch, heute Mittag, als wir so gelacht haben? Ich kriege das hin, versprochen.«

»Ja.«

»Glaub da mal dran.«

Charlotte umarmt sie immer noch. Die Sonne steht tiefer, wahrscheinlich ist es jetzt wirklich zu spät, um ins Spaßbad zu fahren. Aber vielleicht, wenigstens …

»Muss ich denn Karl mitnehmen zur Kiesgrube? Ich will auch mal ohne ihn.«

Sie spürt, wie Charlotte steif wird, die Hände lassen los. Ihre Mutter steht auf. »Natürlich darf er mit«, sagt sie von oben, die Stimme jetzt kalt. »Du hast es doch gehört: Er will auch ans Wasser.«

Sie nehmen die Räder, die Regeln sind klar: Auf dem Fußweg bleiben, die Klingel benutzen, Greta hat die Verantwortung. Sie biegen auf den Trampelpfad ein, holpern die Wiese zum Ostufer hinunter, aber da sind ihr zu viele Menschen, und alle reden über die Fußballweltmeisterschaft. Bei den Büschen am Rand liegt weniger Müll, es gibt sogar Schatten. Greta lässt ihr Rad fallen, zerrt die Bastmatte vom Gepäckträger,

wirft sich darauf. Sie schließt die Augen und dreht sich weg von Karl, der, langsam wie immer, ein Stück entfernt seine Flugzeuge auspackt. Selbst gebaute Flugzeuge aus Holz und Styropor, bemalt mit Streifen, als wären es echte Modelle.
»Guck mal, Greta«, sagt er, »ein Airbus A380.«
Sie guckt nicht.
Es muss mit dem Sommer zu tun haben, dass sie so müde ist – seit die Ferien begonnen haben, könnte sie ununterbrochen schlafen. Marie, ihre Freundin, ist nach Ägypten geflogen. Was soll man sich darunter vorstellen, ein Kamel neben einer Pyramide, viel Sand, und irgendwo dahinter das Meer? Die Ferien blähen und dehnen sich, wie wenn Greta mit dem Kaugummi eine Blase macht. Einen Kaugummi hätte sie jetzt gern. Oder ein Eis.
Sie ist schon mal mit einem Flugzeug geflogen, mit Simon, nach Italien. Sie glaubt, sich daran erinnern zu können, so oft hat er ihr von dieser Reise erzählt. Aber ihr kleiner Bruder hat keine Ahnung von Flugzeugen, er hat von fast nichts irgendeine Ahnung. Er ist fünf. Mit fünf war sie ganz anders.
»Karl?« Sie wälzt sich herum. »Hast du Geld für Eis?«
Er schaut sie nur an. Manchmal sieht er wirklich blöd aus, mit dem offenen Mund, in dem man die Zunge sieht. Auch wenn sie weiß, dass die Polypen schuld daran sind, dass er nicht durch die Nase atmet.
Greta springt auf. Sie muss etwas machen. Die Regeln sind klar, alle wissen, dass man in der Kiesgrube nicht baden darf, es gibt sogar ein Schild, auf dem das steht, mit Ausrufezeichen. Aber wenn die Erwachsenen sich nicht daran halten, warum sollte sie es dann tun? Sie beobachtet eine dicke, alte Frau, die gerade nackt aus dem Wasser steigt. Schwimmen

kann Greta schon lange, Simon hat es ihr beigebracht. Sie lässt den Oberkörper nach vorn hängen, schüttelt das T-Shirt ab, dann steigt sie aus den Shorts. Die Unterhose behält sie an. Karl rennt laut brummend über die Wiese, wirft eins seiner Flugzeuge in die Luft, aber es steigt zu steil auf, stürzt ab, bohrt sich mit der Nase in den Boden.

»Du bleibst hier«, schreit sie.

Er schnieft und zuckt die Achseln.

Ganz am Anfang ist die Erleichterung überraschend kalt und noch größer als erwartet. Greta stöhnt auf. Sie weicht einer Plastiktüte aus, watet voran, spürt die Steine unter den Füßen. Ihre Schienbeine sehen dort, wo das Wasser sie noch nicht berührt hat, so trocken aus wie Papier, ihre Haut verdurstet, ihre Haut schreit um Hilfe, Greta muss weitergehen. Sobald sie tief genug ist, pinkelt sie durch die Unterhose hindurch in den See. Der Grund ist nicht zu erkennen, Greta breitet die Arme aus, tunkt die Fingerspitzen ein.

Dann, nach dem nächsten Schritt, geht es plötzlich steil hinunter. Etwas zieht sie von den Beinen, sodass sie das Gleichgewicht verliert, sie schluckt Wasser, taucht wieder auf und holt Luft. Schwimmt los. Als sie keinen Atem mehr hat, dreht sie sich auf den Rücken und ist ein toter Mann.

Sie legt den Kopf auf die Seite, Wasser läuft in ihre Ohren, das Ufer ist weit weg. Zum ersten Mal an diesem Nachmittag fliegt eins von Karls Flugzeugen hoch in die Luft, beschreibt eine lange Kurve, bevor es auf den Wellen landet.

Untertauchen, sich dabei umschauen, aber Greta kann nichts sehen, nicht einmal ihre Füße. Prustend kommt sie hoch. Und wieder untertauchen, und hoch. Das Spiel könnte sie ewig spielen, auch wenn das Wasser in den Augen brennt. Runter, hoch.

Auf einmal entdeckt sie ihn. Karl. Er hat die Hose ausgezogen, das T-Shirt nicht, er steht im See und stochert mit einem langen Stock nach seinem Flugzeug, das T-Shirt ist nass.

»He!« Greta tritt Wasser und schwenkt einen Arm. »Geh zurück!«

Er hört sie nicht. Sie blinzelt, schaut zu, wie er sich nach vorn beugt über die glitzernden Wellen, er glitzert auch, der kleine Idiot, aber dann stolpert er und fällt der Länge nach hin.

Sie wirft sich herum, schwimmt los. Denkt an die Strömung, die sie vorhin gespürt hat, an den Temperaturabfall da, wo es nach unten ging. Greta strengt ihre Beine an. Plötzlich kann sie Karl gar nicht mehr sehen, er ist nicht dort, wo er sein müsste, sie holt Luft, taucht und schwimmt unter Wasser weiter, so schnell sie kann. Schneller, als sie je geschwommen ist.

Wo ist er?

Trübes Licht, etwas wirbelt, sie kommt nach oben, atmet ein ... erkennt eine Bewegung, seine Hand, dann seinen Kopf, aber schon ist er wieder weg. Greta taucht erneut. Ohne Luft schluchzt sie auf. Es dauert zu lange, Blasen um ihre Beine, schwere, schmierige Schlingpflanzen, sie will schreien, tritt um sich ... da berührt sie ihn. Sie hat ihn. Zerrt seinen Arm hoch, schleppt Karl hinter sich her Richtung Ufer. Weiter. Bis sie mit den Knien über den Grund schrammt, weil sie nicht rechtzeitig aufgestanden ist, weil sie länger geschwommen ist als nötig.

Karl hustet. Sein Gesicht ist rot, und er schaut sie nicht an. Greta fängt an zu heulen, plötzlich ist ihr vor allem kalt, ihre

Zähne klappern, sie hat Gänsehaut am ganzen Körper. Sie zieht Karl bis zur Bastmatte, zieht mechanisch ihre Unterhose aus und legt sie in die Sonne, zieht auch Karl nackt aus, das T-Shirt muss trocknen, damit es sie nicht verrät, an so etwas kann sie schon wieder denken.

Sie bemerkt erst jetzt, dass ihr linkes Knie blutet. Sie spürt den Schmerz nicht.

Bevor sie Karl ins Handtuch wickelt, betrachtet sie ihn von allen Seiten, kann aber nichts finden, was ihm fehlt, er sieht aus wie immer, nur nass.

Er hustet noch. Nach einer Weile begreift sie, dass die hustenden Laute Worte sind. »Flugzeug«, krächzt er, »mein Flugzeug.«

Es hat kein Weg daran vorbeigeführt. Zitternd, mit weichen Knien, ist Greta noch einmal ins Wasser gestiegen, um ihm das verdammte Ding herauszufischen.

Später schiebt sie ihr Fahrrad nach Hause. Ihr Knie tut zu sehr weh beim Treten, sie kann das Bein nicht gut beugen. Karl fährt auf dem Gehweg neben ihr her, sein T-Shirt ist wieder trocken. Tief über den Häusern steht die Sonne, die Farben kommen Greta intensiver vor als auf dem Hinweg, als hätte jemand das Gras mit Lack besprüht und auch die Straße.

Sie stellt sich vor, dass ein Strich verläuft genau in der Mitte zwischen Karl und ihr. Wer von ihnen den Strich überquert, ist tot. Nach der nächsten Kreuzung erklärt sie Karl das Spiel, er hört zu und nickt, aber schon wenige Meter weiter kommt er ins Schlingern und fährt auf ihre Seite.

»Ich bin zu blöd.« Er schmeißt das Rad hin. »Ich kann das einfach nicht.«

Plötzlich tut er ihr leid. Plötzlich kommt er ihr ganz schön klein vor, ihr fällt ein Satz ein, den Simon mal gesagt hat, und sie wiederholt den Satz, ohne weiter darüber nachzudenken.

»Es gibt keine blöden Kinder, es gibt nur blöde Eltern.«

Sie müssen fast sofort lachen. Karl hebt das Rad auf, dreht den Lenker gerade, und sie lachen lauter und lauter, während sie Schlangenlinien über den Gehweg schieben.

Den linken Fuß auf die geraden Stufen, den rechten auf die ungeraden. Sie steigt die Treppe ins obere Stockwerk hinauf, es ist Abend, sie hat ein Glas auf ein Tablett gestellt und eine Flasche Bier, sie hat eine Schale mit den Nüssen gefüllt, die Simon und sie mögen. Das Geschirr hat geklirrt, als Greta das Tablett an den Griffen hochgehoben hat.

Das Haus ist so einfach gebaut wie ihr Puppenhaus früher. Unten gibt es die Küche, das Wohnzimmer, gegenüber der Treppe ein winziges, unrenoviertes Duschbad, das keiner benutzt. Oben ist alles symmetrisch: zwei kleine Zimmer links vom Flur, zwei kleine Zimmer rechts vom Flur. Jedes Zimmer hat ein quadratisches Fenster. Das Bad, ganz am Ende, hat keins.

Die siebente Stufe knarrt. Greta stellt das Tablett auf dem Boden ab, bevor sie die Hand hebt, um an Simons Tür zu klopfen.

Sie weiß, dass ihre Großeltern in diesem Haus gewohnt haben, bis sie vor Gretas Geburt verunglückt sind. Es muss damals anders ausgesehen haben als heute, Simon hat ihr erzählt, dass Charlotte sämtliche Möbel, das Geschirr, die Kissen, dass sie einfach alles rausgeschmissen und sogar die Tapeten entfernt hat. Als die Räume leer waren, haben die Handwerker die Wände verspachtelt und gestrichen und unter dem Teppich alte Dielen freigelegt.

Die Zimmertür wird aufgerissen, bevor ihre Knöchel das Holz berühren.

»Ästchen!«

Manchmal sagt Simon Ästchen zu Greta, der Name klebt an ihr, seit sie zu zeitig auf die Welt gekommen ist, dünn wie ein Strich, wie ein Ästchen eben, auch das hat er ihr erzählt.

Sie geht in die Knie, hebt das Tablett hoch, ihre Arme zittern, Simon kommt ihr groß vor, wie er über ihr steht.

»Oh«, sagt er, »Besuch für mich. Na, dann rein mit dir.«

Er schließt die Tür, damit sie allein sind, danach nimmt er ihr die Sachen ab.

Wenn Greta auf Simons Futonbett die Beine zum Schneidersitz verschränkt, ist das ein Ankommen. Es sieht hier anders aus als im Rest des Hauses. Erst wenn sie in Simons Zimmer ist, erkennt sie in den Räumen draußen, im rot-gelb angemalten Holzgeländer der Treppe, in den Flickenteppichen und in dem bunten Geschirr, ihre Mutter.

Simon hängt keinen Vorhang vors Fenster. Er hat seine Dielen weiß lackiert, und auch alles Übrige ist weiß, viel Übriges gibt es nicht: das Futonbett, einen kleinen Fernseher auf einer kleinen Kommode, die Schallplatten, den Schreibtisch mit den drei schmalen Fächern, davor steht ein Hocker. Über dem Bett klebt ein unscharfes Foto, Italien, eine Zypresse, aber das ist schon ein Zugeständnis an Greta, die das Foto liebt wegen der gemeinsamen Reise. Simon mag eigentlich keine Bilder an den Wänden, weil sich die Augen daran festhalten und die eigenen Gedanken verschwinden.

Er hat ihr *Ma* erklärt, das alte japanische Konzept, bei dem es um den Raum zwischen den Dingen geht. Greta mochte die Silbe – *Ma* –, hat sie wochenlang vor sich hin gemurmelt. *Du bist nicht das, was du besitzt*, hat sie gemurmelt, *konzentriere dich auf dich selbst*. Aber dann hat sie Simon den Kompass geklaut und ihn zu den Schätzen in ihre Blechkiste gelegt, weil sie ihn besitzen wollte, und danach hat sie nicht mehr über *Ma* nachgedacht.

Simon sitzt auf dem Fensterbrett und gießt sich das Bier ein. Greta wackelt mit den nackten Zehen.

»Wie warst *du* eigentlich, als du acht Jahre alt warst?«

»Genau wie du.«

»Ich bin seltsam.«

Er trinkt den ersten Schluck. »Stimmt.«

Er sagt ihr immer die Wahrheit, hat sie noch nie angelogen. Sie nimmt sich Nüsse, schabt mit den Zähnen Stückchen von einem Cashewkern und wechselt das Thema. »Marie ist mit ihren Eltern in Ägypten.«

»Hat sie dir von Mubarak erzählt, der dort regiert? Da darf man nicht hinfahren, das ist eine Pseudodemokratie. In Wahrheit komplett autoritär.«

»Das heißt, er hat die ganze Macht?«

»Genau. Er kontrolliert die Polizei, die Gerichte ... Wer widerspricht, dem wird auf offener Straße der Schädel eingeschlagen.«

Sie muss die Nuss schnell runterschlucken. »Marie auch?«

»Nein, der nicht. Die bringt schließlich Geld mit, am Ende geht's immer ums Geld. Aber merk dir zwei Namen: Hosni Mubarak und Khaled Mohammed Said. Einer hat die Macht, der andere nicht, es ist ganz einfach.«

Greta lässt sich fallen. Sie balanciert die Schale mit den

Nüssen auf ihrem Bauch. Simons Bettdecke ist die weichste im Haus, sein Kissen hingegen hart, mit einem tiefen Abdruck da, wo der Kopf liegt, die ganze Nacht über an derselben Stelle. Das Kissen riecht nach Simons Shampoo. Es ist eine Weile her, dass sie gesehen hat, wie er schläft.

»Ich will aber auch mal wieder weg. Es muss nicht Ägypten sein.«

»Verstehe ich. O Mann, ja, geht mir genauso.« Er sieht sich im Zimmer um, stellt das Glas ab, läuft plötzlich knurrend von der linken Wand zur rechten, hin und zurück, ein Tiger im Käfig.

Sie muss immer lachen, wenn er versucht, sie zum Lachen zu bringen.

Die Reise nach Italien steht stellvertretend für alle Reisen, die sie miteinander unternommen haben. Wenn Simon woanders dreht, nimmt er Greta so oft wie möglich mit. Er schreibt ihr Entschuldigungen für die Schule, er macht sich einen Spaß daraus, die seltsamsten Ausreden zu erfinden. Seiner Meinung nach interessiert die Lehrer sowieso nicht, was da steht. Und tatsächlich sind Charlottes Eltern, die Greta nicht einmal gekannt hat, in den vergangenen Jahren noch zweimal gestorben, ohne dass es in der Schule jemandem aufgefallen wäre.

Sie war bei Dreharbeiten in Kaiserslautern dabei, in Köln, in Görlitz, auf Rügen, immer wieder in Berlin. Dann schlafen Simon und sie bei Steffen, und Greta darf abends mit den Erwachsenen am Tisch sitzen, bis sie umfällt. Auf Steffens Holztisch bleiben Ringe zurück, in den Aschenbechern halb gerauchte Zigaretten. Es überrascht Greta immer noch, wenn sie Simon mit einer Zigarette sieht. Als wäre er ein anderer Mensch – zu Hause raucht er nicht.

Aber die letzte Reise ist lange her. Im Winter war das, Steffen trug keine Mütze; seit Greta ihn kennt, ist er Steffen-ohne-Mütze, trotzdem schwört er, dass seine Ohren warm sind: Weil er nie ohne Kopfhörer aus dem Haus geht. Als sie jünger war, dachte sie, dass es die Musik ist, die ihn wärmt. Sie hat das lange geglaubt und war ganz beschämt, als ihr der Irrtum klar wurde.

Wann hatte Simon zuletzt eine Rolle? Er macht ab und zu etwas in der Stadt, im Theater, aber das ist dann hinter dem Vorhang, nicht davor.

Greta stellt die Nüsse weg und richtet sich auf. »Ist es wegen Geld? Haben wir kein Geld, um wegzufahren?«

Das Raubtier hält abrupt inne. Verwandelt sich wieder in ihren Vater.

»Hör mal, Greta …« Er überlegt. Sie könnte nicht sagen, ob er wirklich nachdenkt oder ob jetzt das nächste Spiel beginnt. »Kann ich dir etwas anvertrauen?«

Sie steht vom Bett auf, stellt sich kerzengerade hin und wächst bis knapp unter die Zimmerdecke. »Alles«, sagt sie voller Überzeugung.

Wenn er nicht bald redet, platzt sie. Ihr etwas anvertrauen – das muss bedeuten, dass Charlotte es noch nicht weiß.

Es ist eine Rolle. Eine Rolle, die er vielleicht bekommen wird. Die Rolle, die er eigentlich nicht haben will, Greta weiß das. Obwohl sie nicht fernsehen darf, weiß sie, was eine Serie ist, und sie weiß auch, dass Simon mal eine Gastrolle bei eben dieser Serie hatte, um die es jetzt geht, *Völkerschlachtdenkmal*. Als Greta gerade geboren war, hat Simon einen Polizeischüler gespielt, den Mitbewohner von einem der Kommissare. »Den Zirkusaffen«, hat er gesagt, »spielt auf der Säge, fährt Einrad, wackelt mit den Ohren, flambiert ein Huhn, und natürlich geht dabei die Küche in Flammen auf.« Greta weiß das alles so genau, weil immer noch Thema ist, dass Simon Charlotte damals kurz nach dem Umzug im Stich gelassen hat. *Völkerschlachtdenkmal* spielt in Leipzig, natürlich wird auch in Leipzig gedreht.

Und jetzt haben sie ihm wieder eine Rolle angeboten. Diesmal dauerhaft, als Kommissar.

Das Bier ist ausgetrunken, in Simons Zimmer wird es dunkel, aber weder er noch Greta schalten das Licht an.

»Ich weiß nicht«, sagt er, »ob ich mich freuen soll.«

Jemand hat im Archiv recherchiert, jemand hat sich an ihn erinnert, er hat dem Publikum gut gefallen vor sieben Jahren. Deswegen ist es auch eigentlich keine neue Rolle. Der Polizeischüler kommt als Kommissar zurück.

»Wieder die verfluchte Säge, ich werde die einfach nicht los.«

Er rauft sich übertrieben die Haare, und Greta springt auf, läuft zu ihm und schlingt die Arme um seinen Körper.

»Du machst das bestimmt ganz toll«, sagt sie.

Er sieht sie überrascht an. Plötzlich scheint ihm bewusst zu werden, wie dunkel es ist, er löst ihre Hände von seinem Rücken.

»Sag mal, wie spät ist es eigentlich? Darfst du überhaupt noch wach sein? Du musst doch längst schlafen.«

»Wir können ja morgen weiter darüber sprechen.«

Er lacht. Beugt sich herunter und nimmt jetzt sie in den Arm. »Du bist ganz schön erwachsen, weißt du das, Ästchen?« Seine Finger bleiben auf ihren Schultern liegen, als er ihr einen Kuss auf die Stirn gibt.

Gretas Herz hämmert.

»Also abgemacht, ja?«, sagt Simon. »Kein Wort zu Charlotte. Ich rede nur mit dir darüber.«

Sie hält sich beide Hände vor den Mund und macht große Augen, er gibt ihr einen Schubs; aber ganz am Schluss, als sie die Zimmertür schon geöffnet hat, als sie bereits draußen im Flur steht, sagt er doch noch etwas: »Glaubst du eigentlich, dass deine Mutter wirklich Erdbeeren pflanzen wird? Ich würde ja eine Wette abschließen, dass nicht.«

Und natürlich fahren sie am Wochenende auch nicht ins Spaßbad. Am Samstagmorgen ist Simon nicht da, und Charlotte muss in dem Blumenladen aushelfen, in dem sie sonst montags, dienstags und freitags arbeitet. Jemand ist krank geworden.

»Aber du hast es versprochen«, sagt Greta.

Eigentlich sind die guten Tage in der Familie die Tage mit Frühstück auf der Veranda, alle noch im Schlafanzug, dann legen sie auf ihre Brötchen dünne Schokoladentäfelchen, die knacken, wenn man hineinbeißt. Manchmal zankt sich Greta mit Karl um den letzten Pfirsichschnitz, obwohl sie sich gar nichts aus Pfirsich macht – ein Zanken ohne Gefahr. An den guten Tagen passen sie endlich zu dem Haus, das Charlotte für sie eingerichtet hat.

Aber jetzt trägt die Mutter eine schmale Hose, darüber ihre helle Bluse, und isst im Stehen ein Honigbrot. Ihr Gesicht ist angespannt.

»Nun beschwer dich mal nicht, immerhin kann ich Karl mitnehmen!«

Greta klettert auf den Küchentisch und beschwert sich aber. Sie hockt auf der Kante, da, wo kein Geschirr steht. Im Kopf zählt sie die Jobs auf, die Charlotte schon gemacht hat:

Callcenter, Architekturbüro, Regale einräumen im Bioladen, Korrekturlesen, eine Zeitlang hat sie Kinderschuhe genäht, von denen immer noch welche im Keller stehen. Weiter zurück kann sich Greta nicht erinnern.

Maries Eltern gehen jeden Morgen zusammen mit Marie aus dem Haus, der Vater kehrt erst zum Abendessen zurück, er ist Rechtsanwalt, die Mutter ist Ärztin.

»Warum hast du eigentlich keinen richtigen Beruf?«

Charlotte sieht sie an, dann reißt sie die Schranktür auf, klappt den Mülleimerdeckel hoch und lässt das Honigbrot hineinfallen.

»Also weißt du! Das willst jetzt ausgerechnet du wissen? Oder kommt das von deinem Vater?«

Charlotte spricht schneller. Greta kennt das schon. Ein Blick zur Uhr an der Wand, beim Abräumen von Karls Frühstücksgeschirr fällt die Milchtasse um, und am Ende entdeckt Charlotte noch einen Fleck auf ihrer Bluse.

»Was soll das überhaupt heißen, kein richtiger Beruf? Simon hat auch keinen richtigen Beruf.«

Obwohl Greta nun nichts mehr sagt, in der Hoffnung, die guten Tage festhalten zu können, obwohl Greta also stumm bleibt, werden Charlottes Bewegungen wütender, an der Spüle lässt sie das Wasser aus dem Hahn schießen, scheuert mit dem Abwaschlappen über ihre Bluse. Greta denkt sich Charlotte als eine schwierige Maschine, die Fahrt aufnimmt.

»Wieso hackt ihr alle auf mir herum? Warum bin immer ich schuld? Ich habe mir das auch mal anders vorgestellt. Ich hatte sogar einen Beruf damals…«

Sie wirft den Lappen ins Becken, räumt weiter den Tisch ab, um Greta herum, die zusammenzuckt. Gläser klirren.

Plötzlich hebt Charlotte den Kopf, ruft in Richtung Treppe: »Karl, wir müssen los! Komm endlich!«

Und Greta bewegt sich überhaupt nicht mehr auf ihrer Kante, Greta schließt die Augen, als könnte sie sich so unsichtbar machen, und drückt die Hände über die Ohren.

Aber das nützt ihr nichts. Sie spürt das Zupacken, kurz bevor es passiert.

»Und du!« Jetzt schreit Charlotte. »Wie oft habe ich dir gesagt, dass du nicht auf dem Tisch sitzen sollst?«

Mit allen Fingern hat sie zugepackt, an den Oberarmen, und will Greta von der Tischplatte ziehen. Aber Greta – liegt es an ihrer Überraschung oder daran, dass sie die Augen nicht schnell genug öffnen kann –, Greta fängt sich nicht ab mit den Beinen. Ungebremst stürzt sie auf den Boden, landet mit einem harten Schlag und rutscht über die Dielen.

»Au!«

Ihre Knie schmerzen, das gerade verheilte linke fängt wieder an zu bluten. Ohne dass sie es verhindern kann, steigen Greta Tränen in die Augen.

Charlotte sieht sofort erschrocken aus. Sie kniet sich hin und streckt die Hand vor, mit diesem O-Gott-tut-mir-leid-Gesicht, das Greta so oft gesehen hat, mit ihren Wie-konnte-das-passieren-Augen, die Greta überhaupt nichts nützen.

Es geht nicht um ihr schmerzendes Knie. Sie haben Pläne gemacht, wollten wegfahren, aber nichts ist umgesetzt worden, sie sind immer noch hier, und Charlotte hat wieder alles vergessen.

Karl kommt die Treppe herunter, und Greta wischt Charlottes Hand beiseite. Charlotte presst kurz die Daumen gegen ihre Stirn, schließt die Augen, öffnet sie wieder, wobei sie jetzt Karl anschaut. Sie steht auf und geht zu ihm.

»Mein kleiner Schatz«, sagt sie. Eine ganz andere Stimme, die kaum noch zittert. »Können wir los?«

Greta beruhigt sich, sobald sie allein ist, so ist es jedes Mal. Der Tag kommt ihr endlos vor, die Sonne scheint, als würde es nie wieder regnen. Sie weiß nicht, wie lange Marie in Ägypten bleibt, zwei Wochen oder drei? Ein neues Spiel müsste her, das die Zeit füllt, am besten eins, das man immer weiterspielen kann. Greta stellt sich vor, Charlotte und Karl würden entführt, sodass sie mit Simon allein wäre. Vielleicht würden sie dann doch noch wegfahren.

Mittags klaut sie eine Tafel Schokolade aus der Speisekammer, isst die Hälfte auf und versteckt die andere in ihrem Zimmer. Sie wünscht sich, dass etwas passiert – gleichzeitig hat sie Angst vor dem, was wirklich geschehen könnte. Sie legt sich aufs Bett, döst ein. Als sie ein dumpfes Krachen und Schaben hört, rhythmisch, immer kurz nacheinander, springt sie auf und rennt ans Fenster. Obwohl sie so sehr gewartet hat, muss sie Charlottes Rückkehr verpasst haben. Ihre Mutter ist früher von der Arbeit wiedergekommen als sonst. Greta läuft rasch nach unten zur Verandatür, doch Charlotte steckt schon mittendrin, steht in einem der ungenutzten Beete neben dem Zaun zu den Nachbarn und lockert mit dem Spaten die Erde. Eine halbe Reihe ist fertig vorbereitet, am Wegrand sieht Greta vier Stiegen mit Pflanzen in runden Plastiktöpfen, Charlotte muss sie aus dem Blumenladen mitgebracht haben.

Erdbeeren? Gibt es doch noch Erdbeeren?

Aber schon der erste Blick in Charlottes Gesicht macht Gretas Hoffnungen zunichte. Charlotte hat einen knallroten Kopf, sie schwitzt, während sie auf die trockene Erde einhackt.

Kurz überlegt Greta, einfach nicht hinzugehen. Sie könnte so tun, als hätte sie die Mutter nicht gesehen. Dann allerdings bewegen sich ihre Füße von allein aus der Tür hinaus, über die Veranda und zu Charlotte hin.

»Soll ich dir helfen?«

Charlotte antwortet nicht. Mit der Hand streicht sie eine Haarsträhne hinters Ohr, ein schmutziger Streifen bleibt in ihrem Gesicht zurück. Unter größter Kraftanstrengung gräbt sie das Beet um.

»Muss man da nicht noch frische Erde hinzufügen?«, fragt Greta.

Charlotte keucht, ein Stein ist im Weg, es geht nicht voran. Sie wirft den Spaten weg, hockt sich hin und gräbt mit den Händen weiter.

Greta weicht zurück. »Mama«, sagt sie.

Und nun antwortet Charlotte doch. »Das hätte alles schön sein sollen. Mit Simon, mit euch Kindern. Bei anderen ist es auch schön. Ich versuche die ganze Zeit ... ich strenge mich so sehr an ...«

Die Erde ist zu hart, Charlotte versucht mit Gewalt, tiefer zu kommen, und dann schreit sie plötzlich das Beet an, das sich ihr widersetzt und nicht mitspielen will. »Aaah!« Ein einzelner langer Ton. Sie zerrt die erste Stiege mit Pflanzen heran, kniet sich vor die halb umgegrabene Reihe. Greta sieht die Tränen in ihren Augen, und sie sieht die Verzweiflung, mit der Charlotte die Pflanzen aus den Töpfen reißt und zwischen die Erdbrocken stopft, sieht die Blätter, die abbrechen, die feinen Wurzeln, die dem Druck nicht standhalten.

»Mama!« Obwohl sie Angst vor der Reaktion hat, geht auch Greta jetzt in die Knie, hockt sich nah neben Charlotte und versucht, sie von der Seite zu umarmen. »Mama, jetzt lass doch die Erdbeeren. Komm, wir gehen rein!«

Aber dann wird ihr klar, dass Charlotte sie gar nicht bemerkt. Greta lässt los. Die Mutter ist hinter ihrem Gesicht verschwunden, und ohne langsamer zu werden pflanzt sie die Erdbeeren ein, eine nach der anderen, und als sie damit nicht weitermachen kann, greift sie wieder nach dem Spaten.

»Ich habe immer gearbeitet«, sagt sie. »Ich hatte damals als Einzige einen richtigen Beruf.«

Als Simon am frühen Abend zurückkommt, bringt er Pizza mit. Greta und er sitzen zu zweit auf den Stufen, die von der Veranda in den Garten führen, essen die fettigen Dreiecke direkt aus der Pappverpackung, Simons Ledertasche steht neben ihnen.

Er ist schweigsam, als steckte er noch in dem Termin, von dem er gekommen ist, was auch immer es war. Greta ist ebenfalls schweigsam. Irgendwann boxt Simon sie in die Seite und fragt: »Okay, was ist los?«

Und Greta holt Luft und erzählt von Charlotte. Vom Morgen, vom Nachmittag. Holt noch einmal Luft, bevor sie sagt: »Mama war ganz woanders. Die hat mich nicht mal gesehen. Ich wollte nur...«

Vor ihnen haben sich Vögel versammelt, denen Simon Stücke vom Pizzarand hinwirft; obwohl er gefragt hat, ist sich Greta nicht sicher, ob er richtig zuhört.

»Manchmal glaube ich, sie ist gar nicht meine Mutter. Sondern meine Stiefmutter. Die mag sowieso nur Karl.«

Da lacht er. »Quatsch, natürlich ist sie deine Mutter. Ich habe gesehen, wie du aus ihr rausgekommen bist.«

Sie legt die Pizzaecke wieder hin. Wenn er abkühlt, wird der Käse zu ekligen, gummiartigen Klumpen.

»Warum streitet ihr euch immer?«, fragt Simon. »Sei einfach nett zu ihr.«

Er hat wirklich nicht zugehört.

Er schiebt die Pizzareste zusammen. »Bist du satt?«

Sie hat kaum etwas gegessen, antwortet aber: »Ja. War lecker!«, und er klappt den Karton zu und schmeißt ihn hinter sich, in hohem Bogen, wie in einer Szene im Film. Die Pappe schliddert über die Bretter, der Deckel klappt auf, die Olivenkerne hüpfen.

Ausnahmsweise lacht Greta nicht. Sie sitzen genau über ihrem Versteck, was ein sausendes Gefühl in ihrem Magen verursacht, oder vielleicht hat sie doch noch Hunger.

Simon schlägt ihr auf die Schulter. »Komm, lass dich nicht hängen. Wenn du Streit mit Charlotte hast... dann hab ich dich eben doppelt lieb. Das reicht doch, oder? Wir sind's, Säge und Ästchen! Zwei gegen den Rest der Welt!«

Gegen ihren Willen muss sie lächeln.

Am Abend kann sie nicht einschlafen. Das Haus knackt und knistert, obwohl draußen kein Wind geht, der Himmel ist immer noch hell vor den Fenstern. Auf dem Nachttisch steht Gretas Wecker, bei dem man zusehen kann, wie die Minuten umklappen. Greta holt sich die Schokolade, die sie im Schrank versteckt hat, bricht ein Stück ab und isst es.

Dann steigt Charlotte die Treppe hoch, fast unhörbar die Korksandalen auf den Stufen. Sie geht nicht ins Bad, sondern in ihr Zimmer, was macht sie dort, sie kommt wieder heraus, scheint zu warten. Steht im Flur, horcht vielleicht auch auf das Knacken, das Knistern.

Greta zieht sich den Bettbezug unters Kinn. Sie hat die Decke herausgezerrt, weil das Schwitzen nicht aufhörte, die Decke liegt jetzt als lauernder Hund auf dem Fußboden.

Wo ist Charlotte? Seit sie sich erinnern kann, hat Greta gewusst, an welcher Stelle im Haus ihre Mutter sich gerade aufhält. Sie spürt sie durch die Wände und Balken hindurch, ihre An- oder Abwesenheit, ihre Stimmungen, auf die Greta sich einzustellen versucht, die sie vielleicht sogar verursacht hat.

Charlotte geht die Treppe hinunter, und Greta dreht sich auf die Seite und atmet aus. Sie denkt an die Geografie des Hauses. Bevor sie den Kompass in die Blechbüchse unter der Veranda gelegt hat, hat sie sich in die Mitte des oberen Flurs gehockt und auf die zitternde Nadel gestarrt. Den Zimmern ließen sich fast exakt die Himmelsrichtungen zuordnen. Simon im Süden, nah an der Treppe, mit Greta neben sich. Vor ihrem Fenster geht die Sonne unter. An der schmalen Wand des Hauses liegt das Bad. Auf der anderen Seite des Flurs, im Norden und Osten, wohnen die anderen, Charlotte und Karl.

Greta streckt sich lang aus, drückt ihre Hände und Füße in die Matratze, der Hund auf dem Boden bewegt sich und knurrt sie an.

Dann muss sie doch geschlafen haben, denn plötzlich ist es dunkel.

»Was kann ich dafür, dass die Sommerferien so lang sind, ich habe die nicht bestellt.«

Sie fährt hoch. Ist es das, was sie geweckt hat? Die Eltern streiten, unten in der Küche.

»Und irgendwer muss ja mal Geld verdienen. Oder tust du das?«

Hat er es ihr gesagt, hat er ihr von der Rolle erzählt? Das sollte doch ihr Geheimnis sein. Oder geht es darum, dass er den ganzen Tag unterwegs war? Sie hört nur Simon mit seiner klaren, weit tragenden Stimme, Charlottes Antworten kann sie nicht verstehen.

»Falsch! Heike hatte dir sowieso gekündigt, das hatte nichts mit den Kindern zu tun!«

Greta legt die Hände fest über die Ohren, dann dröhnt es in ihrem Kopf, als würde ein Flugzeug starten.

Sie denkt daran, wie sie neulich oben an der Treppe stand, und unten hat sie Charlotte gesehen, im Flur vor dem Spiegel. »Guck mich an«, hat Charlotte leise zu Karl gesagt, der im Spiel einen Regenschirm hinter sich herzog. »Nach jedem Streit mit deinem Vater bin ich zehn Jahre älter.«

Sie nimmt die Finger weg, lauscht kurz. Das ist lustig: Die Sätze, die sie hört, scheinen überhaupt nichts miteinander zu tun zu haben.

»Ach so«, ruft Simon jetzt, »das Haus? Dein heiliges Haus! Hast du je zusammengerechnet, was wir hier reingesteckt haben? Gemeinsam?«

Wieder die Ohren zuhalten. Das Flugzeug. Warten. Dann wieder weg mit den Händen.

»Warum? Weil ich dir keine Pizza mitgebracht habe?«, ruft Simon. »Das ist doch lächerlich.«

Die Hände, das Flugzeug. Greta zählt bis zehn.

Simon schreit jetzt, dass Charlotte die Kinder in Frieden lassen soll. Dass sie Greta in Frieden lassen soll. »Wenn du schon keine Nähe aufbauen kannst!«

Diesmal hört Greta auch Charlottes Antwort: »Was? *Du* hast sie doch an dich gerissen, gleich nach der Geburt...«

Die Hände.

Und wieder Charlotte, jetzt lauter: »Dieses Messer hier...
Das könnte ich mir so, so reinstechen...«

»Ach, hör doch auf. Ich habe dein Drama satt.«

Greta zuckt zusammen, die Bettdecke auf dem Fußboden setzt zum Sprung an. Was für ein Messer? Sie nimmt die Hände nun ganz herunter, stemmt sich von der Matratze hoch – und schreit auf, weil sie in etwas Klebriges, Schmieriges gegriffen hat, was ist das, ist das aus ihr herausgelaufen, ist das Blut, ist sie verletzt? Ihr Herz klopft schnell, mit der sauberen Hand schlägt sie auf den Schalter der Nachttischlampe. Und erkennt im selben Moment das Silberpapier. Natürlich, sie hat vor dem Einschlafen von der Schokolade gegessen, die dann in ihrem Bett geschmolzen ist. Greta schiebt die Reste von der Bettkante, wischt die Finger am Laken ab.

Unten kracht und klirrt etwas.

»Das ist die Hölle hier«, schreit Simon.

Ein zweites Klirren. Greta springt auf, öffnet ihre Zimmertür, horcht. Aber sie kann nicht die Treppe hinuntergehen, nicht jetzt. Stattdessen tappt sie quer über den Flickenteppich und drückt auf die Klinke zu Karls Zimmer.

Er sitzt aufrecht im Bett. Auch seine Lampe ist eingeschaltet, Karl sieht Greta entgegen, sagt aber nichts.

»Rück mal.« Sie flüstert und hockt sich neben ihn.

Er hat Schluckauf. Unten wird eine Tür zugeschlagen, jemand weint.

»Ich dachte, ich besuche dich.« Greta lehnt sich an die Wand. »In meinem Zimmer fiel mir irgendwie die Decke auf den Kopf.«

Da muss er lachen. »Die Decke auf den Kopf?«

»Ja, das sagt man so.«

Er zerrt mit hektischen Bewegungen seine Bettdecke heran, breitet sie aus, versucht, sie über ihre Köpfe zu halten. Als Greta verstanden hat, hilft sie ihm, gemeinsam werfen sie die Decke in die Luft, und beim dritten Mal fliegt sie so hoch und Karl und Greta machen sich so klein, dass es funktioniert. Ihnen fällt die Decke auf den Kopf. Jetzt müssen sie beide lachen, bleiben darunter liegen.

»Ist dir nicht warm?«, flüstert Greta. Sie bekommt kaum Luft, aber sie bewegt sich nicht, und auch er bewegt sich nicht.

»Du riechst nach Schokolade«, sagt Karl. »Kann ich auch was haben?«

»Was denn für Schokolade? Das bildest du dir ein.«

Er greift unter der Decke nach ihrer Hand, zieht sie vor sein Gesicht – und bevor sie weiß, was er vorhat, steckt er sich ihren Zeigefinger in den Mund und lutscht ihn der Länge nach ab.

Am Morgen erwacht sie und weiß erst nicht, wo sie ist, etwas liegt über ihr, jemand liegt neben ihr ... Schließlich fällt es ihr wieder ein, die Bettdecke, Karl. Sie stößt die erstickende Stoffschicht von sich, schnappt nach Luft – aber warum ist das Bett nass? Hat Karl in die Hose gemacht? Greta springt auf und schüttelt sich, sie sieht auf ihn hinunter, während er sich umdreht, leise weiterschnarcht. Dann begreift sie, dass sie einfach nur sehr geschwitzt haben, der Schlafanzug klebt ihr am Oberkörper, das Bettlaken ist dunkel vor Schweiß.

Sie streicht sich die feuchten Haare aus dem Gesicht, geht auf Zehenspitzen zur Tür. Das Haus ist still, das Bad leer. Bevor sie in die Badewanne klettert, um zu duschen, schließt Greta die Tür ab, obwohl Charlotte das beiden Kindern ausdrücklich verboten hat.

Als sie wenig später die Treppe hinuntersteigt, scheint das Haus immer noch zu schlafen. Greta fühlt sich allein und frei, atmet tief ein – und erschrickt furchtbar, als sie in die Küche kommt und dort plötzlich ihre Eltern sitzen. Der Frühstückstisch ist schon gedeckt, mit Marmelade, aufgeschnittenem Obst, es gibt sogar Brötchen. Charlotte und Simon kleben auf ihren Stühlen, schauen Greta entgegen, trinken aber noch keinen Kaffee, und vor allem reden sie kein Wort, sonst hätte Greta sie ja bereits früher gehört.

Die Küche ist aufgeräumt, die Küche ist ohne Scherben, und alles scheint an seinem Platz, man sieht nicht, was kaputtgegangen ist in der Nacht. Es ist eher sauberer als sonst. Die bauchige Teekanne, die Greta so mag, ist noch da.

»Was ist denn los?«, fragt sie schließlich.

Die Eltern wechseln einen Blick.

»Nein«, sagt Charlotte zu Simon, »wir warten noch auf Karl.«

Simon sieht blass und müde aus, kocht jetzt doch Kaffee, Greta bekommt Orangensaft. Nach einer Weile steht Charlotte auf und schaltet das Radio an.

»Also lasst ihr euch scheiden?«

»Wir können uns nicht scheiden lassen, Greta, wir sind nicht verheiratet.«

Karl starrt sein Brötchen an, er hat nur einmal abgebissen, trotzdem ist sein Gesicht voller Himbeermarmelade.

»Dann verstehe ich es nicht«, sagt Greta.

Wieder werfen sich Simon und Charlotte einen Blick zu, danach erklären sie es noch einmal.

Denn es ist doch ganz einfach. Warum versteht sie das denn nicht? Da gibt es zwei Erwachsene, und da gibt es zwei

Kinder. Das geht gut auf. Wenn sich die Erwachsenen nicht mehr vertragen, müssen sie sich voneinander fernhalten. Da gibt es andererseits wenig Geld. Da gibt es aber ein Haus, das groß genug ist, groß wie zwei Wohnungen, ein Haus, in dem jeder sein eigenes Zimmer hat. Sollte das nicht reichen, um sich voneinander fernzuhalten?

»Bitte, Greta«, sagt Simon. Er streckt die Hand über den Tisch, dann zieht er sie wieder zurück und hält ihr stattdessen den Brotkorb hin.

Denn natürlich ist klar, wer wen bekommt. Greta ist das Papa-Kind, schon immer gewesen, und Karl ist Charlottes Baby.

»Habe ich dann keinen Bruder mehr?«, fragt sie. »Und das Haus aufteilen, wie soll denn das gehen?«

»Du kannst dein Zimmer behalten«, wiederholt Charlotte zum dritten Mal, »jeder behält sein Zimmer.«

»Bäder gibt es ja zwei«, springt Simon ihr zur Seite.

»Wenn ihr das untere Bad nehmt«, sagt sie zu ihm, »bekommt ihr dafür die Verandahälfte, auf die die Sonne scheint.«

»Dann müssen wir nur noch die Küche organisieren. Zum Glück steht der Herd in der Mitte.«

»Und das Wohnzimmer, vergiss das Wohnzimmer nicht.«

Greta schaut zwischen den Eltern hin und her. Charlotte hat rote Wangen, auch Simon wirkt jetzt wach, voller Energie, als wäre das die Reise, nach der er sich gesehnt hat. Und ja, Greta weiß: Charlotte ist das Wohnzimmer wichtig, wohingegen es Simon und ihr ziemlich egal ist, sie sitzen höchstens am Küchentisch, wenn sie nicht in ihren Zimmern sind.

Karl rutscht von seinem Stuhl, läuft um den Tisch herum und klettert auf Charlottes Schoß; sie umarmt ihn, lässt das

Kinn auf seinen Kopf sinken, auf die dichten blonden Haare, als wollte sie sagen: Seht ihr, Karl ist einverstanden.

»Bitte, Greta«, sagt Simon leise. »Ich halte das Streiten nicht mehr aus.«

Draußen die Vögel und andere Geräusche, die Greta nicht einordnen kann, sonst Stille. Kurz denkt sie: Warum fragen die Eltern sie überhaupt, sie haben doch alles längst entschieden. Seit Ewigkeiten sind sie sich nicht mehr einig gewesen, aber jetzt, plötzlich ...

»Das Haus aufteilen ...« An ihrem Orangensaftglas klebt Fruchtfleisch. Sie richtet sich auf. »Wie bei einem Spiel?«

Wenn Charlotte und Simon nur aufhören würden, diese vielsagenden Blicke auszutauschen. Das machen sie ja sonst nie, es ist total unnatürlich.

Simon zögert. »Ja«, sagt er schließlich. »Vielleicht können wir ein Spiel daraus machen. Oder, Charlotte?«

Keine Woche später steht Greta im Türrahmen des unteren Badezimmers und fragt: »Ist es jetzt trocken? Ganz trocken? Darf ich es anfassen?«

Es hat gar nicht lange gedauert, zu ändern, was sonst immer gleich und gleich war. Jahrelang hatten die Eltern darüber gesprochen, das kleinere Bad zu renovieren, sie hatten sich gegenseitig Vorwürfe gemacht, weil es nicht benutzt werden konnte, aber mit der Arbeit begonnen hatten sie nie. Nun, plötzlich, ging alles ganz schnell. Simon hat das kaputte Waschbecken ersetzt, die Wände gestrichen, Charlotte hat die Duschkabine gescheuert, bis sie aussah wie neu. Weil die Fliesen auf dem Boden gesprungen und fleckig waren, haben sie alles überlackiert, auch die Fugen. Auf der Dose stand, dass der Lack fünf Tage trocknen muss, bevor man den Raum betreten kann. Deshalb haben sie solange im Wohnzimmer weitergemacht, die Möbel umgeräumt, jetzt steht links das Sofa, rechts die beiden Sessel, links Charlottes Regale, rechts die metallene Stehlampe, die Simon besitzt, seit er selbst ein Kind war, zumindest hat er das Greta so erzählt. Er hat ein Bild von der Wand abgenommen und es mit spitzen Fingern in Charlottes Hälfte geschoben, wo Charlotte es sofort wieder aufgehängt hat. Simons alte Stoppuhr lag noch in Charlottes Regal, Greta hat sich nach ihr gebückt und sie in die Hosentasche gesteckt.

Auch in der Küche kamen sie rasch voran. Der Herd und die Spüle haben ihren Platz in der Mitte, sie dürfen nicht gleichzeitig, aber nacheinander von allen benutzt werden. Es gibt links einen Schrank und rechts einen Schrank. »Als sollte es so sein«, hat Charlotte gesagt. Simon hat Greta aussuchen lassen, welche Tassen und Teller sie behalten will. Sie haben den Klapptisch vom Dachboden geholt, die Klappstühle dazu, sie haben mit nassen Lappen den Staub abgewischt. Am Ende sah es eng aus in der Küche mit den zwei Tischen, sie mussten schieben und ruckeln, bis sich alle Stühle zurückziehen ließen, ohne dass sich die Beine verhakten.

Nur einen zweiten Kühlschrank müssen sie noch besorgen.

Und jetzt steht Greta im Türrahmen des neuen Badezimmers und tritt von einem nackten Fuß auf den anderen. »Bist du sicher, dass es nicht mehr klebt?« Der Lack glänzt nämlich immer noch, als wäre er flüssig, wie direkt nach dem Auftragen.

Simon zuckt die Achseln. »Probier es aus. Schlimmstenfalls haben wir einen Fußabdruck von dir auf dem Boden.«

Da hockt sie sich hin, drückt erst mal den Zeigefinger aufs

Weiß. Reißt die Faust in die Luft. »Trocken!« Die Farbe fühlt sich kühl an. Sonst ist alles heiß in diesem Sommer, immer scheint zu viel Sonne in die veränderten Zimmer, sodass man blinzeln möchte.

In der Küche sitzt Charlotte auf einem ihrer Stühle, zum ersten Mal sieht sie unsicher aus. »Dann sind wir fertig. Oder?«

Aber nein, sie sind noch nicht fertig: Greta hat eine Idee. Die Idee des Jahres, das frisch gestrichene Badezimmer hat sie darauf gebracht. Sie läuft in den Keller hinunter, um die Kurve, zu der Ecke, in der, sie weiß es genau, die Reste der roten Farbe lagern, mit der Charlotte im vergangenen Jahr das Treppengeländer angemalt hat. Greta umklammert die große Dose mit beiden Händen.

»Striche«, sagt sie atemlos, als sie wieder oben steht.

»Wie, Striche?«, fragt Simon.

»In der Mitte der gemeinsamen Zimmer. Damit jeder auf seiner Seite bleibt.«

Die Eltern schweigen. Weil keiner reagiert, hebelt Greta selbst den Deckel von der Dose, die Pinsel liegen noch im Bad.

Sie redet so schnell, wie sie gerade gerannt ist. »Wir brauchen Regeln. Wenn es ein Spiel ist, müssen wir wissen, wer richtig spielt und wer falsch. Am Ende muss man sagen können: Du hast gewonnen, du hast verloren. Wer über den Strich tritt, ist tot!«

Sehr entschlossen, fast wütend beginnt sie, im oberen Teil des Hauses. Karl spielt in der Mitte des Flurs, bleibt mit seinem Matchboxauto zwischen zwei Dielen hängen, und Greta sagt ihm, dass er zur Seite gehen soll. Wie praktisch es ist, dass Karls und Charlottes Zimmer nebeneinanderliegen und Simons und Gretas auch, auf der anderen Seite. Sie muss einfach nur einen geraden Strich durch den Flur ziehen, über die ganze Länge. Sie überlegt nicht lange, was mit den Flickenteppichen passieren soll, sondern schiebt sie in Charlottes Hälfte. Taucht den dicken Pinsel in die Farbe.

Ganz so leicht, wie sie es sich gedacht hat, geht es nicht. An drei Stellen ist der Strich schief. Man erkennt, wann nicht mehr genügend Farbe im Pinsel war, und ein paarmal getropft links und rechts hat sie auch. Egal. Greta schwitzt, wischt sich mit der klebrigen roten Hand über die Stirn.

Karl sitzt mit seinem Matchboxauto auf der falschen Seite und starrt sie an.

Sie zeigt mit dem Finger auf ihn. »Wenn ich unten fertig bin, erkläre ich dir die Regeln, ja?«

Aus der Küche kein Geräusch. Sie presst die Lippen zusammen.

Sie hat sich ein Spiel gewünscht, jetzt gibt es eins, es fängt an.

»Wo ist meine Teekanne?«

Der Strich ist schon mehrere Tage alt. Es ist ruhig gewesen im Haus, aber nun verfolgt Greta durch die halb geöffnete Küchentür, wie Charlotte suchend umherläuft, sogar eine Zeitung anhebt, als könnte sich ihre Kanne darunter verstecken.

»Hast du die etwa zu dir geräumt?«

Simon ist gerade erst aus seinem Zimmer heruntergekommen. Greta sieht, wie er kurz die Augenbrauen hochzieht, bevor er achselzuckend den Schrank öffnet, der Greta und ihm gehört. Er händigt Charlotte die Kanne aus. »Warum hast du nicht einfach selbst nachgeschaut?«, fragt er.

Greta drückt die Tür auf und tritt in die Küche. Sie hebt die Hand. Nein, nein, nein! Wie oft soll sie es noch erklären? Charlotte kann nicht selbst nachschauen, weil das gegen die Regeln wäre. Niemand darf über die rote Linie treten. Die Regeln sind die Regeln. Gretas ausgestreckter Zeigefinger sticht in die Luft: Dort, am Herd, hängt die Liste, die sie geschrieben hat.

Sie deutet auf ihre Augen und dann auf ihre Eltern, lacht laut und hoch auf. Ich sehe euch, soll das heißen, ich beobachte euch.

Doch die Eltern scheinen nicht mitlachen zu wollen. Sie blicken weder Greta noch die Liste mit den Spielregeln an, kurz stehen sie verloren in der Küche, als hätten sie vergessen, was sie gerade machen wollten.

Charlotte gibt sich einen Ruck. »Greta hat doch recht. Wenn das hier funktionieren soll...« Sie stellt die Teekanne auf die Arbeitsplatte, drückt auf den Schalter des Wasserkochers, der mit dem üblichen ohrenbetäubenden Krach loslegt.

Greta drückt die Hände auf die Ohren und schlägt die Tür zu.

Im Flur wartet Karl auf sie. Die kleinen Spiele im großen sind schnell entstanden, dieses hier heißt *Wer zuerst stolpert*. Und es geht so: Greta und Karl laufen um die Wette, so schnell wie möglich, sie auf ihrer Seite, er auf seiner. Der rote Strich kriecht über die Mitte der Treppenstufen. In der Küche verläuft er quer, aber Greta hat einen Durchgang für Karl und Charlotte hingemalt, und sie betritt diesen Durchgang nicht, sondern springt drüber weg. Im Wohnzimmer brauchte es ein paar Winkel und Beulen, damit die Teilung aufging.

Sie rennen los, nicht in die Küche, weil dort die Eltern sind, beziehungsweise jetzt nur noch Charlotte, Simon ist wieder nach oben gegangen. Ansonsten lassen sie nichts aus, rennen, bis sie keuchen und nicht mehr sprechen können, und Greta achtet darauf, dass keiner von ihnen die rote Linie berührt.

Natürlich ist sie schneller als Karl; ab und zu lässt sie ihn gewinnen, er merkt es nicht. Manchmal, wenn ihr langweilig wird, denkt sie sich etwas anderes aus, dann werfen sie einander im Wohnzimmer einen Ball zu, über den Strich. Oder sie tun so, als wüchse dort unsichtbar etwas nach oben, sie tasten die lebendige Mauer mit den Händen ab. Aber *Wer zuerst stolpert*, das Wettrennen um die neuen Hindernisse herum, ist das wichtigste Spiel in diesen ersten Tagen, und wenn Karl in der Kita ist, spielt Greta es auch allein, dann läuft sie gegen die Zeit. So, wie der Kompass eine Weile ihr wichtigstes Werkzeug war, trägt sie jetzt Simons alte Stoppuhr mit sich herum; sie weiß schon, dass sie ihm die Uhr nie zurückgeben wird; irgendwann kommt sie in die Blechkiste unter der Veranda, zu den anderen Sachen.

Karl stolpert über einen der Flickenteppiche im oberen Flur. »Mann«, schreit er, »schon wieder!« Er boxt gegen die Wand und verschwindet in seinem Zimmer. Und Greta, die gewonnen hat, spitzt die Lippen, pfeift dünn, während sie die Treppe hinuntersteigt.

Mittlerweile ist die Küche leer. Sie holt sich ein Glas eiskalte Milch – denn einen zweiten Kühlschrank gibt es nun auch.

Sie hat die Regeln formuliert und an den Herd gehängt, der in der Mitte steht.

Frühstück Charlotte und Karl 7–8 Uhr

Frühstück Simon und Greta 8–9 Uhr
Mittagessen Charlotte 12–13 Uhr (am Wochenende mit Karl)
Mittagessen Simon und Greta 13–14 Uhr
Abendbrot Charlotte und Karl 18–19 Uhr
Abendbrot Simon und Greta 19–20 Uhr
Sofort abwaschen!
Jeder hält seine Hälfte der Küche sauber!
Der Strich gilt immer!!!

Sie hat die Liste auf eine Seite aus ihrem Schreibblock geschrieben, am Rand sind die Löcher ausgerissen. Auf einer zweiten Seite befindet sich die Ergebnistabelle, mit je einer Spalte für Simon, Charlotte, Karl und Greta selbst – hier trägt sie die Minuspunkte ein, wenn jemand die Regeln gebrochen hat. Eigentlich sind es gar keine Punkte, sondern kleine rote Kreuze.

Greta trinkt die Milch aus, hockt sich auf den Boden und schreibt ein paar neue Regeln dazu.

Wer zuerst in der Küche war, entscheidet, was im Radio gehört wird!
Post auf den Herd legen!

Als Simon hereinkommt, über ihr zu kochen anfängt und irgendwann fragt: »Hilfst du mal?«, da springt sie auf. Er gibt ihr das scharfe Messer, sagt, dass sie die Zucchini schneiden soll. Ihre Ohren glühen. Sie bemerkt sehr genau, wie Charlotte wenig später die Verandatür öffnet, wie sie dieses, gerade dieses Messer in Gretas Hand sieht und schon den Mund öffnet, um zu protestieren – wie sie den Satz dann aber hinunterschluckt, zögert und wieder hinausgeht.

»Wann geht es eigentlich los mit dem Drehen?«, fragt Greta.

Simon hat die Rolle angenommen.

»Dauert noch«, sagt er.

Sie denkt daran, wie sie später zusammen essen werden, wenn die Zucchini gar ist, dann sitzen sie einander am Klapptisch gegenüber, wie sie es jetzt immer tun, und sie reden oder reden auch nicht, aber jedenfalls muss Greta keinen Salat mehr essen, wenn sie nicht will, und das ist schon mal gut.

»Alles wird super, wenn du Kommissar bist, Papa.«

Am selben Abend verbrüht sich Charlotte die Hand. Der Schrei ist im ganzen Haus zu hören. Als Simon und Greta in die Küche kommen, steht Charlotte an der Spüle, der Wasserkocher liegt auf dem Boden, alles ist nass, und Charlotte starrt ihre Hand an, die innerhalb von Sekunden feuerrot wird.

Simon ist mit einem Sprung bei ihr. »Zeig mal her.« Er berührt ihren Arm. »Kühlen«, sagt er.

Mit dem Finger prüft er die Temperatur des Wassers, das aus dem Hahn fließt, bevor er Charlottes Hand darunterhält. Charlotte stöhnt und klammert sich mit der anderen Hand an der Spüle fest; ihr Gesicht ist so weiß, dass Greta selbst ein bisschen schlecht wird.

»Wozu brauchst du auch heißes Wasser bei der Hitze?«, flüstert Simon.

Charlotte versucht zu lächeln. Er streicht ihr mit zwei nassen Fingern die Haare aus dem Gesicht. Dann sieht er Greta auffordernd an: »Guckst du mal auf die Uhr? Wir müssen hier mindestens zehn Minuten kühlen.«

Greta, die sich noch nicht bewegt hat, nickt und holt schnell die Stoppuhr aus der Hosentasche.

Sie sind alle erschrocken, dass so ein Unglück gleich in der ersten Woche passiert, und deshalb dürfen sie an diesem Abend, Greta erlaubt es ihnen ausdrücklich, noch einmal über den Strich. Simon führt Charlotte zum Sofa, deckt die Verbrennung mit einem weißen weichen Stoffstück ab und verbindet die Hand.

Greta drückt sich an ihre Mutter. »Tut es sehr weh?«
»Ehrlich gesagt ...«, Charlotte zieht scharf die Luft ein, »... ja.«

Simon öffnet die Türen im ganzen Haus und legt oben, in seinem Zimmer, eine Jazzschallplatte auf, dreht die Lautstärke so weit hoch, dass sie unten zuhören können. Zu dritt auf dem Sofa, mit verknoteten Armen und Beinen. Wie früher. Nur Karl fehlt noch, damit sie alle zusammen sind.

»Karl«, ruft Greta.

Er steht dicht bei der Tür, drückt sich ans Regal und starrt sie an. Es ist schon spät, er trägt seinen Schlafanzug, normalerweise schläft er um diese Uhrzeit.

»Komm auch her, Karl-da-drüben.« Sie streckt die Hand nach ihm aus.

Aber Karl zieht die Schultern hoch, bis zu den Ohren, und schüttelt, das Kinn fast auf der Brust, den Kopf. Als er sich umdreht und hinausläuft, bleibt er rechts vom Strich.

Charlotte steht vom Sofa auf, um ihm hinterherzugehen.

Die Tage verstreichen, viele Tage, aber auf der Wanduhr in der Küche ist die Zeit stehen geblieben. Bisher hat sich niemand dafür verantwortlich gefühlt, die Uhr wieder in Gang zu bringen – vielleicht weil sie über der Spüle und damit genau in der Mitte des Raumes hängt. Wenn Greta auszurechnen versucht, wie lange die Ferien noch dauern, kommt sie jedes Mal durcheinander. Wann ist Marie nach Ägypten geflogen? Seit sie nur noch in einer Hälfte des Hauses wohnt, vermisst sie die Freundin doppelt. In der Schule sitzen sie in derselben Bank, ihre nackten Arme liegen nebeneinander auf der Tischplatte. Manchmal schnipst eine von ihnen unerwartet mit den Fingern gegen die Haut der anderen. Dann müssen sie lachen, obwohl es wehtut, es ist ihr ganz eigener Schmerz, den niemand sonst kennt.

Aber wie wäre es, wenn Marie sie jetzt besuchen würde? Es gibt noch keine Regeln für diesen Fall. Darf Marie sich nur in Gretas Bereichen aufhalten? Und wenn sie über den Strich tritt, bedeutet das einen Minuspunkt für Greta, weil die Freundin ihr Gast ist?

Ein trötender Ton fährt in Gretas Gedanken, er muss von der Straße gekommen sein oder aus einem der Gärten. Das laute Tröten ist das Geräusch dieses Sommers, in dem die Fußballweltmeisterschaft in Südafrika stattgefunden hat. Greta hat zwei der Spiele gesehen, mit Simon zusammen auf einer Leinwand im Park, das Tröten schwoll nicht an oder ab, war ein durchgehender Lärm. Auch viele der Leute um sie herum hatten solche Tröten dabei. Und sogar jetzt, da die Spiele vorbei sind, hört man die Tröten immer noch in der Siedlung, sie haben das Finale überlebt.

Greta denkt an Lärm, an Musik, und dann denkt sie, dass Marie ja nicht zu ihr kommen müsste. Meist, wenn sie sich bei Marie zu Hause treffen, kehrt die Freundin gerade vom Ballettunterricht zurück oder muss noch Klavier üben, Bach oder Mozart und wie sie alle heißen, auf dem schwarzen glänzenden Instrument im Wohnzimmer. Später schließen sie die Tür zu Maries Zimmer, machen *Bad Romance* von Lady Gaga an, oder sie halten sich vor dem Spiegel eine Banane vor den Mund und singen wie Lena Meyer-Landrut, die findet Marie noch besser. Greta denkt daran, wie sie sich die Banane zwischen die Beine gehalten und damit herumgealbert haben. Sie denkt an die beiden Jungs, die Marie *du arschgeficktes Huhn* hinterhergerufen haben, auf dem Schulhof. Marie konnte sich gar nicht beruhigen. Dabei wusste Greta, dass Hühner überhaupt nicht ... na ja, nicht ficken. Simon hatte ihr erklärt, was *Ficken* bedeutet: *schnell hin und her bewegen*. Aber Vögel haben ja gar keinen Penis, sie drücken sich einfach nur aufeinander, und außerdem stolpert der Hahn dabei über seine eigenen Flügelfedern, was albern aussieht.

Alle Dinge mit Marie scheinen lange her zu sein.

Dann, an einem Freitagmorgen, liegt über dem oberen Flur ein Tuscheln, obwohl niemand spricht. Als Greta ihre Zimmertür öffnet, läuft Charlotte mit starrem Gesicht von rechts nach links, auf den Armen trägt sie Laken und Bettwäsche. Karl kommt aus dem Bad, läuft von links nach rechts ebenfalls an Greta vorbei, er hat vom Schlafanzug nur noch das Oberteil an, sein Gesicht ist rot. Da versteht Greta, dass er ins Bett gemacht hat. Früher ist das regelmäßig vorgekommen, in der letzten Zeit eigentlich nicht mehr. Karl schaut sie nicht an, verschwindet in seinem Zimmer.

Wenig später bringt Charlotte ihn in den Kindergarten, bevor sie zum Blumenladen geht. Greta sieht nicht, wie die beiden das Haus verlassen, aber sie hört die Tür zuschlagen, kurz darauf das unverkennbare Klappern des Gartentors, und das ist das Zeichen für sie, das Haus gehört ihr. Sie läuft die Treppe hinunter, tappt durch die Räume, Simon scheint noch zu schlafen.

Allein geht Greta einmal alle Striche ab. Gründlich. Jetzt,

nachdem Zeit vergangen ist, wird ihr klar, dass sie sich hätte mehr Mühe geben müssen. Es gibt ungeklärte Bereiche, Ecken und Winkel, die niemandem gehören. Deshalb fühlt sich auch niemand für sie verantwortlich. Mit der Hand fährt sie über ein staubiges Wandbord, auf dem Boden darunter sammeln sich Krümel, Stücke von trockenen Nudeln, Flusen.

Immer noch im Schlafanzug tritt sie auf die Veranda. Es ist ein überraschend kühler Morgen, als hätte sich die Sonne über Nacht verlaufen und wäre nun erschöpft, müsste Kraft sammeln, bevor sie wieder brennen kann. Das erste Anzeichen, dass der Sommer doch irgendwann vorbeigehen wird. Greta schirmt die Augen mit der Hand ab. Draußen setzt sich die Verwahrlosung fort. Sie haben den Garten nicht aufgeteilt, und seitdem wuchert der Rasen, in den Hecken hängt Müll, niemand gießt die Büsche. Auch das neue Erdbeerbeet scheint Charlotte schon aufgegeben zu haben, die Blätter hängen trocken auf den Boden, ein paar der Pflanzen sind aus dem Gleichgewicht, Wurzeln ragen in die Luft. Vielleicht hatte Charlotte die Erdbeeren für eine ganze Familie gedacht, nicht für eine halbe.

Ganz am hinteren Ende des Gartens, durch die Tannen hindurch kaum zu erkennen, liegt die Laube. Auch die haben sie niemandem zugeordnet, fällt Greta ein.

Sie geht zurück ins Haus. Die Liste, die sie geschrieben hat, hängt nach wie vor am Herd, aber seit einer Weile hat sie nicht mehr darauf geschaut und auch keine Kreuze mehr eingetragen. Sie haben sich an die neuen Wege und Regeln gewöhnt, sie machen kaum noch Fehler. Greta denkt daran, dass sie sich ein Spiel gewünscht hat, das immer weitergeht. Unschlüssig öffnet sie die Kühlschranktür, schließt sie wieder.

Simon kommt gähnend die Treppe herunter.

»Muss gleich noch mal schlafen«, sagt er, »bin immer noch müde.«

Er hat angefangen zu proben, er macht das an den Nachmittagen, bis in den Abend hinein, manchmal die halbe Nacht. Wenn Simon Text lernt, ist seine Tür geschlossen, und Greta respektiert es. Es gibt nur wenige Situationen, in denen er wütend wird, aber das ist eine davon: wenn man ihn beim Arbeiten stört.

»Hast du schon gefrühstückt?«, fragt er.

»Ja.«

Er holt eine Flasche Saft aus ihrem Kühlschrank, dann steckt er die Finger in die Tüte mit den Cornflakes, stopft sich eine Handvoll trocken in den Mund. Greta muss lachen.

»Sobald die Serie läuft«, sagt sie, »will ich das aber auch anschauen. Wenn du da jede Woche zu sehen bist?«

»Hm«, macht er. Mehr Cornflakes, sie knirschen zwischen seinen Zähnen. »Darüber reden wir, wenn es so weit ist.«

»Das ist so typisch. Du bist Schauspieler, und ich darf nicht mal fernsehen.«

»Nicht meine Schuld.«

»Sondern?«

»Die des bösartigen und politisch fragwürdigen deutschen Fernsehens.«

»Na!« Sie schnaubt. »Das wird sich ja nun ändern, mit dir.«

Jetzt ist er es, der lacht. Er stellt ihr die Cornflakes-Packung hin und holt auch die Milch aus dem Kühlschrank. »Ich weiß genau, dass du nicht gefrühstückt hast. Wir machen später was zusammen, ja, Ästchen? Gib mir noch eine Stunde.«

Und das machen sie wirklich, später, sie fahren mit den Rädern an der Elbe entlang bis zu einem Biergarten, in dem es, Simon ist sich da sicher, die besten, die allerbesten Steaks vom Holzkohlegrill gibt. Das ist Greta egal, solange die Pommes dick und nicht mehlig sind.

Gegen zwei radeln sie zurück, kommen wieder am Haus an, sehen sich in die Augen, zählen innerlich bis drei, holen Luft und fragen: »Nachtisch?« Sie bringen ein Talent dafür mit – aber sie haben das auch geübt: Sachen gleichzeitig sagen. Mit einzelnen Wörtern funktioniert es am besten. Nachdem sie das Vanilleeis direkt aus der Packung gelöffelt haben, geht Simon in sein Zimmer, schließt die Tür hinter sich, und Greta legt sich mit einem Buch unter die Tannen im Garten, auf die alte Picknickdecke. Kein bisschen Wind in den Bäumen über ihr, am Himmel gibt es Wolken, aber sie bewegen sich nicht. Bald schiebt sie das Buch zur Seite.

Als sie die Augen wieder öffnet, weiß sie nicht, ob sie geschlafen hat. Ihre Arme und Beine fühlen sich schwer an, wie festgebunden am Boden. Das Fenster von Simons Zimmer steht offen, und der Titelsong der Serie strömt nach draußen, fällt über den Garten her, immer wieder, er muss das auf Endlosschleife gestellt haben. Vielleicht kann er sich so besser in seine Figur einfühlen, vielleicht ist es eine spezielle Technik, die beim Textlernen hilft. Greta stöhnt, während die Melodie erneut von vorn anfängt.

Sie denkt an Steffen, Simons Freund in Berlin, an die durchdiskutierten Abende, bei denen Greta höchstens jedes dritte Wort verstanden hat. Mittlerweile weiß sie, was *Kapitalismus* bedeutet, aber als sie jünger war, hat sie *Papitalismus* daraus gemacht, vielleicht, weil es immer Simon war, der das Wort in den Mund nahm. *Papa*, der über *Papitalismus* redete, das schien zumindest auf irgendeiner Ebene logisch. Steffen hielt dagegen, die beiden stritten und lachten, Simon rauchte, und irgendwann holte Steffen eine kleine Metalldose aus der Tischschublade, streute schwarze Krümel auf den Tabak für die nächste Zigarette, die er länger und dicker baute als die bisherigen. Greta legte in dem süßen Dunst den Kopf auf die Arme, atmete tief ein und ging dann immer bald schlafen.

Auch jetzt fallen ihr noch einmal die Augen zu. Und als sie das nächste Mal wach wird, sich auf der Decke herumdreht, steht die Sonne schon tief. Wie spät ist es? Greta springt auf, lässt alles liegen, will nur schnell in der Küche nachsehen. Dort angekommen fällt es ihr wieder ein: Sie ist ja kaputt, die Wanduhr über der Spüle. Und das Telefon im Flur, das weiß sie, zeigt alle möglichen Uhrzeiten an, nur nicht die richtige. Sie bleibt davor stehen, das Telefon blinkt, jemand hat eine Nachricht hinterlassen, aber Greta hört sie nicht ab. Oder ist die Nachricht von Marie? Plötzlich denkt sie, dass sie unbedingt Marie anrufen muss. Die muss doch längst zurück sein. An der Garderobe lehnt Gretas Schulranzen, er kommt ihr fremd vor, wie aus einem anderen Leben, trotzdem kniet sie sich hin und lässt die Schnallen aufspringen. Sie holt ihr Hausaufgabenheft heraus, in dem sie ganz hinten, auf der Innenseite des Umschlags, Maries Nummer notiert hat.

Und dann steht sie wieder einfach nur da, im Flur. So wichtig, wie der Anruf eben noch war, so unmöglich scheint es ihr jetzt, das Telefon aus der Ladestation zu nehmen. Denn auch Marie kommt ihr plötzlich fremd vor. Greta weiß gerade mal noch ihren Namen und dass sie Freundinnen sind, sonst fällt ihr nichts ein, woran sie anknüpfen könnte. Es ist so vieles anders jetzt, wo soll sie denn da beginnen.

Mit dem eigenen Leben ist man ganz allein.

Simon, in seinem Zimmer, hat die fürchterliche Musik wieder angestellt. *Ruhe*, will Greta schreien, aber auch das tut sie nicht. Sie zieht sich an den Geländerstreben nach oben, macht die Beine lang und versucht, immer drei Stufen auf einmal zu nehmen. Der Wecker in ihrem Zimmer ist die letzte Möglichkeit, um zu erfahren, wie spät es ist.

Zu spät. Sie hat die Tür aufgestoßen. Sie starrt auf die Zahlen, bis die Minuten umklappen. Viel zu spät. Charlotte und Karl müssten längst hier sein, sie hätten schon vor Stunden nach Hause kommen müssen.

Karl. Mit dem sie nicht mehr streitet. Dessen weinerliche Stimme sie nicht mehr hört, mit der er ihr vorjammert, dass seine Flugzeuge nicht fliegen wollen, und sie zieht auch nicht mehr an den drei Haarsträhnen, die ihm oben am Wirbel aus dem Kopf wachsen.

In diesem Moment bricht in Simons Zimmer die Musik ab, Greta lauscht. Aber Simon kommt nicht heraus.

Es gibt eine Sache, auf die man sich verlassen kann. Charlotte geht vom Blumenladen zur Kita, holt Karl ab, und danach kommt sie mit ihm nach Hause. Sie geht nicht noch woandershin, sie geht immer zuerst nach Hause. Um vier ist sie da.

Jetzt ist es fast sieben.

Etwas muss passiert sein.

Greta schaut aus dem Fenster, von ihrem Zimmer aus hat sie die Straße im Blick, aber weit und breit ist niemand zu sehen. Sie läuft in den Flur, steht vor Simons geschlossener Tür.

Es kommt ihr plötzlich gefährlich vor, ihn zu verärgern. Als würde sie ihn auch noch verlieren, wenn sie einen Fehler macht.

Charlotte hat Greta ihr Leben lang aufgezählt, wovor man Angst haben muss. Vor Autos, das vor allem anderen, schließlich sind die Großeltern bei einem Unfall gestorben. Aber auch fremde Menschen sind eine Gefahr, es gibt Entführungen und Verbrechen. Im Wasser ertrinkt man, beim Klettern stürzt man ab. Ziegel rutschen von Dächern, Katzenbisse entzünden sich, Beeren und Pilze sind giftig, in Steckdosen lauert tödlicher Strom, Insekten stechen, Messer schneiden, Blitze setzen alles in Brand.

Sie muss sie suchen. Vielleicht geht der Wecker ja falsch, so wie alle anderen Uhren im Haus. Vielleicht sind Charlotte und Karl noch im Blumenladen, in der Kita, vielleicht sind sie aufgehalten worden. Es ist nicht weit, und auf dem Weg nach unten ist es auch nicht mehr schwierig, drei Treppenstufen auf einmal zu nehmen. Greta stürzt an der Haustür, fängt sich aber und läuft, rennt aus dem Gartentor, die Straße entlang. Bestimmt ist alles gut. Sie muss nur schnell sein, schneller als jemals zuvor, das ist die Aufgabe, Charlottes und Karls Leben hängt von ihren Beinen ab. Wenn sie schnell genug ist, wird alles gut.

»Greta?«

Die Stimme dringt zu ihr durch.

»Was hast du? Weinst du?«

Simon zieht ihr die Hände vom Gesicht. Sie hockt vor dem Haus, in der Dämmerung am Fuß der Vortreppe, das Gartentor steht weit offen, sie hat es bei ihrer Rückkehr nicht zugemacht.

»Was ist denn passiert?«

Er setzt sich neben sie.

Da bricht es aus ihr heraus. »Ich habe sie überall gesucht,

aber der Blumenladen war zu und die Kita dunkel, alle nach Hause gegangen, nur Mama und Karl nicht...«

Jetzt merkt sie selbst, dass sie weint, wütend wischt sie die Tränen weg.

»Aber...« Simon stockt.

Sie blickt zu ihm auf. »Ich war nicht schnell genug!«

Er sieht erschrocken aus, was ihre Angst noch verstärkt.

Doch dann reibt er sich mit den Fingern über die Stirn, schließt kurz die Augen. »Wusstest du das denn gar nicht?«

»Was?«

Er zögert immer noch.

Sie schreit ihn an: »Na, was denn?«

»Sie sind ins Erzgebirge gefahren. Übers Wochenende, sie sind verreist. Habe ich dir nicht Bescheid gesagt?«

Greta schlägt seine Hand von ihrem Knie. Sie schaut Simon nicht an, als sie aufspringt, ins Haus stürmt, wo sie dem Schulranzen einen Tritt gibt, dass er durch den ganzen Flur schlittert, bis er am Ende umkippt.

Nein, er hat ihr nichts gesagt. Ihr hat keiner etwas gesagt.

Und dann beißt der nächste Gedanke zu: Mit ihr fährt auch niemand weg, mit ihr fährt niemand ins Erzgebirge.

Der Wecker tickt. Der Wecker in ihrem Zimmer pocht in der Nacht. Wie Charlottes Puls, wenn sie früher manchmal zusammen auf dem Sofa gelegen haben, Greta eingerollt mit dem Kopf in Charlottes Schoß, die Wange auf Charlottes Handgelenk. Abends, kurz vor dem Schlafengehen, da war Charlotte entspannt, jeden Tag wieder, als hätte sie etwas Schwieriges überstanden. Mit der freien Hand hat sie das Buch so gehalten, dass Greta die Bilder sehen konnte, und sie hat Seite um Seite um Seite vorgelesen.

Greta schiebt die Finger unter ihr Schlafanzugoberteil und findet den eigenen Herzschlag erst, als sie sich zusammenkrümmt. Sie richtet sich wieder auf, schaltet die Nachttischlampe ein, schaut, was der Wecker anzeigt. Die Zahlen kommen ihr unwirklich vor, weil sie bisher in ihrem Leben nie zu dieser Uhrzeit wach gewesen ist.

Dass Nächte noch länger dauern können als Tage.

Sie schaltet die Lampe aus. Das Pochen des Weckers ist nicht zu ertragen, solange Charlotte nicht da ist. Greta versucht sich vorzustellen, dass sie nie mehr so auf dem Sofa liegen werden. Und dann schaltet sie die Lampe wieder ein und steht auf.

In der Geschichte, die Charlotte ihr am häufigsten vorgelesen hat, kam so etwas vor. Ein Junge, der weggeht von zu Hause.

Sie zieht sich nicht an. Anders als in dem Buch, aus dem Charlotte ihr vorgelesen hat, packt Greta auch nichts ein. Sie nimmt nichts zu essen und nichts zu trinken mit, nicht einmal eine Taschenlampe, sie will nicht von zu Hause weggehen, sie will nur schnell in den Garten, dort findet sie die Wege blind. Barfuß, in ihrem kurzen Schlafanzug, schließt Greta die Tür, bevor sie sich an Simons Zimmer vorbei zur Treppe tastet. Obwohl sie ihn nicht sehen kann, achtet sie auf den Strich, bis sie ihren Fuß auf die erste Stufe setzt.

Sie geht nicht durch die Küche, sondern verlässt das Haus durch die Eingangstür. Draußen ist jetzt doch Wind aufgekommen, die Wände strahlen noch Wärme ab, aber als Greta ein paar Schritte nach vorn macht, spürt sie, dass es kühler wird nachts. Sie legt die Arme um sich und bereut innerhalb von Sekunden, dass sie nicht wenigstens eine Decke mitgenommen hat. Im Garten sieht alles anders aus als am Tag, etwas raschelt, jemand schreit, wahrscheinlich ein Tier.

Erst als hinter ihr die Tür zuschlägt, fällt Greta ein, dass sie nicht nur keine Decke mitgenommen hat, sondern auch keinen Schlüssel.

Der Schreck fährt ihr in die Hände, die zittrig und taub werden. Kurz weiß sie nicht, was sie tun soll. Sie ist auch zu müde, um das zu entscheiden.

Dann sieht sie ihr Fahrrad im Gras liegen, noch dunkler als die dunkle Hecke dahinter, und sie geht hin und hebt es einfach auf, schiebt es durchs Gartentor auf die Straße, steigt auf und fährt los.

Durch den Wind entstehen kleine Wellen. Das Wasser schimmert kaum. Der Himmel ist an einer Stelle heller, aber der Mond kommt nicht hervor hinter den Wolken. Das Fahrrad liegt an der Wasserkante, und Greta entfernt sich nicht weit davon, damit sie es wiederfindet, sie traut dem Licht nicht. Sie umklammert den Kies unter ihren Füßen mit den nackten Zehen.

Sie hat nicht darüber nachgedacht, wo sie hinfährt. Auf halbem Weg ist es ihr klar geworden.

In der Mitte der Kiesgrube scheint es doch stärker zu leuchten. Greta blinzelt, um weiter und besser sehen zu können. Vielleicht reißt oben ein kleines Loch in den Wolken auf und der Mondschein fällt aufs Wasser, oder kann das Licht von unten kommen?

Charlotte ist mit Karl im Erzgebirge, Simon schläft. Wen gibt es noch? »Marie.« Sie flüstert den Namen, als könnte sie so die Freundin herbeiholen. Sie hätte doch anrufen sollen. »Marie.«

Vielleicht ein Boot in der Mitte der Kiesgrube, vielleicht Marie darin mit zwei Rudern in den Händen, direkt aus der Tiefe aufgetaucht oder aus Ägypten, wo es total blöd war ohne Greta, und die Kamele waren die reine Enttäuschung.
Der Lichtfleck flackert, und jetzt ruft Greta laut: »Marie!« Ein Vogel fliegt auf.
Marie hat auf einer Wange mehr Sommersprossen als auf der anderen, und ihre Ohren wirken kompliziert, wie oft hat sich Greta während des Unterrichts Maries Ohren angeschaut. Man muss nah herangehen, um diese Ohren zu sehen.
Sie streckt die Hand aus. Das Wasser zieht an ihr. Erst setzt sie einen Fuß in die dunklen Wellen, dann, fast stolpert sie, den zweiten.
Danach geht sie immer schneller ins Wasser hinein, mit den Armen schon durch die Luft schlagend, als würde sie schwimmen.

Bei der Rückkehr zum Haus tropfen ihre Haare, ein Rinnsal läuft am Hals entlang, der Schlafanzug klebt nass und kalt am Körper, reibt an der Haut. Beim Schwimmen ist ihr warm gewesen, sie ist sich verwegen vorgekommen, mit der gefährlichen, nächtlichen Tiefe unter sich, sie war überzeugt davon, genau das Richtige zu tun. Das Wasser schien ihr viel weicher als die Luft darüber. Jetzt, während sie den Po auf dem Sattel bewegt und in die Pedale tritt, denkt sie: Lächerlich! Der seltsame Lichtfleck im See ist immer weiter zurückgewichen, je näher sie ihm kam, war irgendwann gar nicht mehr zu sehen, sodass Greta nichts anderes übrig blieb als umzukehren.
Ihre Zähne klappern aufeinander. Im Vorgarten lässt sie das Fahrrad fallen und versucht gar nicht erst, die Haustür

zu öffnen. Sie kann nicht richtig denken, so sehr friert sie, aber daran erinnert sie sich noch: Sie hat sich ausgeschlossen, kommt nicht mehr hinein, auch nicht durch die hintere Tür zur Küche, die abends immer verriegelt wird. Greta ist jetzt sehr müde. Sie streckt die Arme vor, schließt schon halb die Augen, biegt um die Ecke der Hauswand, und dann hat sie die Veranda endlich erreicht, legt die Hände um das vertraute, rissige Holz, an dem man sich so leicht Splitter einzieht, und lässt sich nach unten gleiten.

Auf den Steinen ist es noch kälter. Der Wind fährt durch Gretas Versteck. Schnell rollt sie sich zusammen, zieht die Knie an die Brust und legt die Arme darum, so fest sie kann. Sie zittert am ganzen Körper, presst die Lippen aufeinander, um das Zähneklappern zu unterdrücken.

Aber trotz alledem ... sie fühlt sich besser hier unten. Nach einer Weile lässt das Zittern nach, Greta ist unendlich müde.

Jetzt will sie gar nicht mehr ins Haus.

Sie will nirgendwo anders hin, sie will überhaupt nichts mehr.

Simon, Charlotte und Karl stehen nahe beim Wasser an einer Grube. Es ist der Friedhof neben dem Blumenladen, nur dass dort normalerweise kein Bach fließt, quer durchs Gras. Charlotte hält einen Kranz fest, den größten aus dem Blumenladen, der sonst im Schaufenster hängt. Wer soll denn begraben werden? Plötzlich wird Greta klar, dass sie es selbst ist. Sie muss lachen. Oben auf dem Turm der Kapelle balanciert sie und ruft: »Hier bin ich doch, guckt mal her!«, aber keiner scheint sie zu hören.

Dann lacht sie nicht mehr. Ihre Wangen sind nass, wo

kommt das Wasser her? Ist sie aufgewacht, oder schläft sie noch? Sie hört einen Satz, ohne die Worte zu verstehen.

Es klingt wie: »Raus da.«

Plötzlich ziehen und zerren Leute an ihr, sie will das nicht, murrt und hebt abwehrend die Arme. Warum ist es überall so nass? Der Bach auf dem Friedhof, vielleicht ist sie da hineingefallen, er plätschert.

Jemand zieht sie an den Schultern unter der Veranda hervor. Sie macht kurz die Augen auf, erkennt Simons verzerrtes Gesicht. Etwas blitzt, etwas donnert, immer noch kann sie ihn nicht richtig verstehen. Obwohl es aussieht, als würde er rufen, hört sie nur Gemurmel. »Du stirbst doch nicht. Warum solltest du sterben?« Hat er das gesagt? Ist es eine Antwort auf etwas, das sie gesagt hat?

Jetzt zittert sie wieder. Die Luft sticht in ihre Haut, ihre Füße schmerzen, und sie atmet zu schnell. Da ist ein Gegenstand mit harten Kanten, den sie mit beiden Händen festhält. Simon hebt sie hoch, trägt sie weg, sie will ihm sagen, dass ihr kalt ist, aber es gelingt ihr nicht.

Das Nächste, was sie wahrnimmt, ist die Küche. Gegen die geschlossene Verandatür peitscht heftiger Regen, es ist noch gar nicht richtig Tag, oder vielleicht ist es wegen des Wetters so dunkel da draußen. Greta wird klar, dass Zeit vergangen sein muss, denn sie trägt keinen Schlafanzug mehr. Klatschnass liegen ihre Sachen auf dem Boden, neben mehreren Handtüchern, während sie in Decken gewickelt auf einem Stuhl hockt, Bettdecken, Wolldecken, sie hat gar nicht gewusst, dass sie so viele Decken haben. Simon muss Greta ausgezogen und eingewickelt haben, sie entdeckt ihn am Herd, er flucht und gibt Zucker in eine Tasse, aus der es dampft.

Sogar eine dicke Mütze sitzt auf ihrem Kopf. Trotzdem ist ihr noch kalt. Wochenlang diese Hitze, bis alles vertrocknet war, aber jetzt so ein Temperatursturz, und Regen wie eine Wand.

Wieder will Greta etwas sagen, und immer noch geht es nicht. Unter den ganzen Decken umklammern ihre Finger etwas Eckiges, sie macht sich halb frei, um erkennen zu können, was es ist: ihre Blechkiste. Weil die Bewegungen schmerzen, stöhnt sie auf. Simon hört sie und dreht sich zu ihr um. Er bringt die Tasse mit, will ihr die Blechkiste aus den Händen nehmen, aber sie drückt sie fest an ihre Brust. Simon wickelt Greta wieder ein, wobei er nach ihren Füßen tastet.

»Überhaupt nicht gut«, sagt er unruhig. »Ich kriege dich nicht warm. Trink das mal.«

Er hält ihr die Tasse an den Mund, und ihr bleibt nichts anderes übrig, als zu schlucken, der Tee ist heiß und sehr süß.

»Wenn das auch nicht hilft, rufen wir einen Arzt.«

Er sitzt auf der Kante seines Stuhls, ist selbst total durchnässt und sieht schlimmer aus, als sie sich fühlt. Immerhin kann sie ihn jetzt wieder richtig hören.

»Ist doch gut«, sagt sie mühsam, »dass es endlich regnet. Für die Pflanzen, meine ich.«

Sie denkt nach. Sie wollte ihm eine Frage stellen, eine wichtige Frage. Dann fällt es ihr ein.

»Sag mal ... wann ist eigentlich wieder Schule?«

Plötzlich, bevor er antworten kann, wird ihr schlecht von dem zuckrigen Tee, ihr Körper krampft sich zusammen, sie muss würgen, schluckt tapfer alles wieder hinunter. Simon hält inne, sein Arm schwebt in der Luft, aber sie öffnet die Lippen und trinkt weiter.

»Mann, Greta«, flüstert er. »Hast du mir einen Schreck eingejagt. Was sollte das denn?«
Sie zuckt die Achseln.
Dann fragt sie ihn, wie er sie gefunden hat.
»Dachtest du, dass ich dein Versteck nicht kenne? Ich weiß immer, wo du bist.«
Weiß er auch, dass sie an der Kiesgrube war?

Später schleppt er sie mit allen Decken die Treppe hoch. Im oberen Badezimmer dreht er die Heizung auf, was bestimmt nichts bringt, weil es ewig dauert, bis die Rohre heiß werden. Simon lässt Wasser in Charlottes Badewanne laufen und nimmt reichlich Lavendelschaumbad. Bevor er Greta hineinsetzt, stellt sie die Blechkiste vorsichtig auf einem Hocker ab.
Sie muss wieder an die Kiesgrube denken, an die eisige Tiefe. Hier glaubt sie zuerst, dass das Wasser zu heiß ist, aber schon nach kurzer Zeit fühlt es sich genau richtig an, und sie merkt, wie sie auftaut. Mit der Kälte löst sich auch alles andere. Greta schiebt mit den Händen den Schaum hin und her, bis kaum noch etwas von ihr zu sehen ist. Sie ist lange nicht im oberen Bad gewesen, nicht mehr, seit sie den Strich gezogen haben. Aber unten, bei Simon und ihr, gibt es keine Badewanne.
Sie holt Luft und erinnert sich daran, wie oft er ihr eingebläut hat, dass ihre Meinung zählt, dass sie mutig sein und für das kämpfen soll, was ihr wichtig ist.
Dann sagt sie es.
»Ich will, dass wir damit aufhören. Das Spiel macht keinen Spaß mehr. Ich kann die Liste holen – wir rechnen aus, wer gewonnen hat, und dann hören wir auf.«

Die Schaumbläschen knistern und platzen, Simon antwortet nicht. So lange nicht, bis sie weiß, dass sie verloren hat. Natürlich ist es kein Spiel, es ist nie eins gewesen.

Trotzdem versucht sie es noch einmal, diesmal mit einer Drohung: »Sonst gehe ich wieder raus. Sofort.« Sie stemmt sich mit den Händen hoch, als wollte sie aufstehen.

Er drückt sie zurück ins Wasser, kniet sich neben der Wanne auf den Boden. »Jetzt sei doch vernünftig, Ästchen. Es regnet.«

»Das ist mir egal!«

Ihre Sehnsucht ist vollkommen unsinnig. Greta ist klar, dass es die Charlotte, die sie sich gerade vorstellt, so nie gegeben hat; trotzdem schlingt sie im Lavendelwasser die Arme um sich, als wären es nicht ihre eigenen.

»Wann kommt sie zurück?«

»Morgen Abend.«

»Dann rede ich mit ihr. Ich zwinge sie, wieder meine Mutter zu sein.«

Er schließt kurz die Augen. Aber diesmal antwortet er. »Tu das bitte nicht.«

Sie erschrickt über den harten Klang in seiner Stimme.

»Wir haben das gemeinsam beschlossen, Charlotte und ich. Weil wir nicht weitermachen konnten wie vorher. So, wie es jetzt ist ... zumindest streiten wir nicht mehr. Es fällt uns auch nicht leicht, aber es war unsere Entscheidung. Eine Erwachsenenentscheidung.«

»Und ich habe einfach das Pech, euer Kind zu sein?«

»So ist es.«

Das Wasser klatscht und dröhnt, während Greta untertaucht. Er soll sie nicht sehen, er soll überhaupt nichts mehr von ihr sehen. Das Wasser drückt auf ihre Augen. Als sie

nach Luft schnappend wieder an die Oberfläche kommt, schickt sie ihn hinaus. »Ich will mich abtrocknen.«
»Aber das kann ich doch tun?«
»Nein, du sollst rausgehen.«
Sie schiebt den Schaum über ihren Körper. Er legt ihr ein dickes Handtuch hin, und nach einiger Überlegung, als würde das irgendwie helfen, noch ein zweites.

»Was hast du da eigentlich drin?«
Sie kommt aus ihrem Zimmer, und er steht in der Tür zu seinem, als hätte er auf sie gewartet. Wahrscheinlich hat er das.
Er meint die Blechkiste, die sie nun wieder in der Hand hält.
Greta trägt einen dicken Jogginganzug und Wollsocken.
»Dann sind wir jetzt also allein«, sagt sie still.
»Nein, zu zweit. Wir sind's doch: Säge und Ästchen.«
Sie lacht nicht mit, nickt auch nicht. Sie denkt an das Buch, aus dem ihr Charlotte vorgelesen hat, und dann denkt sie an ihre eigene Geschichte, in der die Mutter nun einfach nicht mehr vorkommen wird.
»Also«, wiederholt er, »was hast du da drin?«
Knapp neben dem Strich balancierend hält sie Simon die Blechkiste hin, er klappt den Deckel hoch. Das Schweizer Taschenmesser, mehrere bunte Scherben, der Stift mit der unsichtbaren Tinte, Simons Kompass, die Stoppuhr, die Blisterpackung mit der einzelnen Tablette.
»Oh.« Er hält den Streifen hoch. »Hebst du die immer noch auf?«
»Leg das wieder rein. Es gehört mir.«
Er sieht sie an. Sein Magen knurrt. Ganz offensichtlich

zählt Simon bis drei, er holt Luft und fragt dann: »Mohnbrötchen?«

Obwohl sie wusste, was er sagen würde, hat sie nicht mitgemacht.

»Es ist meine Schuld«, fragt sie, »oder?«

Er lässt die Blechkiste sinken. »Was ist deine Schuld?«

»Alles. Ich habe die Striche auf den Boden gemalt, und ich habe mir ein neues Spiel gewünscht, weil mir langweilig war.«

»Nein, es ist doch nicht deine Schuld!«

Er ist ihr bester Freund, der ihr immer die Wahrheit sagt, aber zum ersten Mal glaubt sie ihm nicht.

»Wirklich nicht. Das ist ja entsetzlich, denk doch so was nicht.«

Er zögert. Dann kniet er sich hin, die bloßen Dielen unter seinen nackten Knien, und öffnet noch einmal die Blechkiste. Als er ihr den Tablettenblister entgegenstreckt, schaut er von unten zu ihr hoch. »Weißt du, was das ist?«

»Na klar.« Sie spürt, dass sie rot wird. »Die Pille. Mama nimmt sie ja jeden Tag.«

»Ja, aber dieser spezielle Streifen … Das ist der Monat, in dem sie schwanger geworden ist. Mit dir. Da hat sie einmal vergessen … Siehst du?« Er zeigt auf die kleine, verblichene, auf die einzig übrig gebliebene Tablette. »Es war ein großes Durcheinander, deine Großeltern waren gerade gestorben.«

»Aber wenn sie damals … dann … also wolltet ihr gar kein Kind?«

Er antwortet sehr leise. »Charlotte schon. Ich nicht.«

Sie beugt sich über seine Hände. »Warum nicht?«

»Ich dachte, das passt nicht zu mir. Ich bin gern allein.«

Eine ganze Weile denkt Greta nach. »Aber warum ist es dann so, dass Mama nur Karl lieb hat? Und du mich?«

»So einfach ist das nicht.«

Sie sitzen im Flur, auf der richtigen Seite des Strichs, und nun erzählt er ihr alles. Auch, wie es damals war, als sie geboren wurde. Wie er sie zum ersten Mal auf dem Arm hielt und sich sofort in sie verliebte.

»Du hast wirklich wie ein Ästchen ausgesehen, viel zu dünn. Guck mal, so, zwischen meinen Händen.«

Er erzählt Greta von Charlotte, die sich immer vorgestellt hatte, wie schön es wäre mit einem Baby. Dass dann alles in Ordnung käme, was vorher noch geknirscht hatte. Doch nun war Greta früher gekommen, fast zwei Monate zu früh, und Charlotte war immer müde, hatte panische Angst, etwas falsch zu machen. Ihre Eltern waren tot, vielleicht würde das Kind ja auch sterben – und obendrein kümmerte sich Simon nur noch um Greta und nicht mehr um sie. Und obendrein schien Simon glücklich zu sein mit Greta.

»Es war keine gute Zeit.« Er fährt mit dem Finger in eine Rille zwischen zwei Dielenbrettern, schabt Staub heraus. »Es war ziemlich lange keine gute Zeit. Und dann kam Karl. Diesmal wollte sie alles anders machen, besser machen, Karl sollte ein Mama-Kind werden, kein Papa-Kind wie du. Na, das ist er ja auch geworden.«

Greta legt die Hände um die Knie, während ihr Simon erzählt, dass er Karl nie nahegekommen ist.

»Ich glaube, der ist mir einfach zu langsam.«

Das ist der erste Moment, in dem sie ihn unterbricht.

»Karl ist gar nicht zu langsam, du bist nur total unverschämt schnell.«

»Ja, vielleicht stimmt das sogar.« Er zieht die Schultern

hoch. »Worauf ich hinauswill ... natürlich habe ich ihn trotzdem lieb. Ich habe ihn immer lieb gehabt. So wie Charlotte dich. Es liegt nicht an euch, es liegt an uns.«

Greta streckt die Finger aus, spielt mit dem Tablettenblister. Sie macht Stirnfalten, das Plastik knackt.

Vielleicht hat Simon recht, vielleicht genügt das: eine halbe Familie. Vielleicht ist es gut.

Draußen hat es aufgehört zu regnen, die Sonne kommt wieder heraus, Simons Tür steht offen, und plötzlich ist es in seinem Zimmer gleißend hell.

Greta schaut auf die vergessene Tablette. Da ist etwas, das sie erst jetzt begreift.

»Du wolltest keine Kinder? Und dann hat Mama die Tablette vergessen und ... Na!« Sie lacht auf. »Da kann ich ja froh sein, dass ihr keine *Abtreibung* gemacht habt.«

Sie spricht das Wort vorsichtig aus und hofft, dass es das richtige ist – sie kennt den Begriff erst seit Kurzem, aus einer Zeitschrift, die Marie ihrer Mutter geklaut hat und die sie unter der Bettdecke gelesen haben, im Schein von Maries Taschenlampe.

Sein Gesicht wird fast so weiß wie das Zimmer.

Sofort wünscht sie sich, sie hätte die Frage nicht gestellt. »Nein«, sagt sie schnell, »ich will gar nichts wissen.«

Aber er redet schon. Es ist ja das, was ihn auszeichnet im Vergleich zu Charlotte, was Greta immer hochgehalten und geliebt hat an ihm. Er lügt sie nicht an.

Sie ahnt jedes einzelne Wort und weiß bereits, dass sie den folgenden Satz niemals wieder vergessen wird.

»Nicht mein Verdienst«, sagt er. »Ich hatte schon einen Termin gemacht.«

KARL, 2019

Er fährt immer mit dem Bus in die Schule.
Greta fährt immer mit dem Fahrrad.

Wenn er nicht in der Schule ist, nicht auf dem Weg dorthin und nicht auf dem Weg zurück zum Haus, hält er sich Tag und Nacht in seinem Zimmer auf. Er wäre auch jetzt besser dort geblieben, statt hier neben der Laube zu stehen, von außen an die Bretterwand gedrückt wie die Karikatur eines krummen, kleinwüchsigen Spions, die Hand auf dem unteren Rahmen des Fensters, durch das er hineinschauen will, nachdem ihn die Geräusche aus dem Inneren angelockt haben, sorgloses, unbeschwertes Lachen, etwas, das es in ihrem Garten normalerweise nicht gibt.

Er weicht sofort zurück. Unter seinen Fingern blättert die Farbe ab, aber er kann die Hand nicht wegnehmen – sie allein verbindet ihn mit dem, was er gerade gesehen hat. Sein Atem geht flach. Das Herz schlägt hektisch.

Er hat nicht gewusst, dass seine Schwester die Laube benutzt. Dass irgendeiner von ihnen die Laube benutzt, er ist lange nicht hier gewesen, im verwilderten, hinteren Teil des Gartens, der niemandem gehört, Simon und Greta nicht, Charlotte und ihm nicht. Normalerweise geht Karl nur vorn aus dem Haus, über den Plattenweg an Charlottes Rosen vorbei.

Soll er noch einmal hinschauen? Hineinschauen? Offenbar hat sich Greta die Laube schon vor einer Weile angeeignet, denn das einzige Fenster glänzt, spiegelt sauber die schmutzigen, staubigen Tannen wider, und auch das Innere der Laube, das Karl durch die Scheibe gesehen hat, wirkte aufgeräumt, bewohnt.

Er hört eines der beiden Mädchen lachen, und es irritiert ihn, dass er nicht sagen kann, ob es Greta gewesen ist. Vorsichtig bewegt er seinen Kopf, bis er wieder am Fensterrahmen vorbeischauen kann. Zuerst sieht er nur das Sonnenlicht auf den Holzwänden, die gemusterte Decke, die Greta über ein Sofa geworfen hat, den niedrigen Tisch, auf dem sich halb leere Gläser, Bierflaschen, Tabakpäckchen und kleine Plastiktüten mit Wer-weiß-was drängen, aber auch ein Krug mit einem verwelkten Strauß Wiesenblumen steht da, oder wohl eher Straßenrandblumen, es ist unwahrscheinlich, dass Greta eine Wiese gefunden hat, auf der Blumen wachsen.

Die Freundin sitzt auf dem Holzboden, mit ausgestreckten Beinen, an die Wand gelehnt, reibt sich gerade die Arme mit Sonnenmilch ein und trägt einen Bikini, das Oberteil vorn mit einer Schleife zum Zuknoten, wobei ihn die Freundin nicht interessiert, er kennt sie auch gar nicht. Greta liegt auf dem Boden. Flach ausgestreckt, näher am Fenster – da er nicht weiter aus seiner Deckung hinauswill, strengt er die Augen an, um alles sehen zu können. Greta liegt auf einem Handtuch, das an den Rändern in Fetzen hängt. Greta hat einen Arm über die Augen gelegt und liegt in der Sonne, die durchs Fenster fällt. Greta ist nackt.

Wer macht denn so etwas, sich im Inneren einer Bretterhütte sonnen? Seine Schwester, offenbar.

Er schiebt den Kopf nun doch weiter vor. Gretas Körper sieht völlig anders aus als der Körper, den er in der vergangenen Nacht vor sich gesehen hat, so wie in allen Nächten in der letzten Zeit; er glänzt nicht, ist nirgendwo muskulös, es fehlt alles Dunkle und Stählerne ... und trotzdem gibt es so viel *Hinauf* und *Hinab*, *hinauf* zu den Oberschenkeln, zum dunklen Schamhügel, zu den Hüftknochen, von dort *hinab* zum Bauchnabel, *hinauf* zu den Rippen, *hinauf, hinauf, hinauf* zu den Brüsten, die an anderer Stelle sitzen, als Karl es erwartet hätte, die nicht in die Höhe stehen, sondern weich zur Seite fallen ... und dann: *Hinab*, zum Hals hin und seitlich zu den Achseln, an denen Greta die Haare wachsen lässt, auch das ist er nicht gewohnt, nicht von dem Körper, an den er sonst denkt, aber auch nicht von den Mädchen in seiner Klasse, die sich überall rasieren, die ihre Rasierer sogar in die Schule mitbringen und miteinander vergleichen, jetzt im Sommer, seit es heiß geworden ist und Ärmel streng verboten sind. Er beobachtet das nur, er hat nichts zu tun mit den Mädchen in seiner Klasse, er hat mit niemandem an dieser Schule etwas zu tun.

Greta nimmt den Arm von den Augen, legt die Hand neben den Oberschenkel, und Karl zuckt zusammen, zuckt zurück, versteckt sich wieder, drückt den Hinterkopf an die Bretter neben dem Fenster. Die Freundin spricht, träge, er kann ihre Stimme hören durch die dünne Wand, aber nichts verstehen, erst Gretas Antwort versteht er: »Ach komm, der Zusammenhang liegt doch auf der Hand.«

Jetzt redet die Freundin ebenfalls lauter. »Du meinst, weil ... weil Männer mehr Auto fahren, mehr Fleisch essen ... was noch? Mehr Computer, mehr Telefone, mehr Spielkonsolen, Smartwatches, Fernsteuerungen ...«

Wahrscheinlich kennen sie sich von einer der politischen Gruppen, zu denen Greta geht.

»So einfach ist es nicht.« Karl hört heraus, dass Greta sich langweilt, weil die Freundin nicht schnell genug begreift. »Wenn ich ein Mann wäre, würde ich jetzt widersprechen: Aber Frauen kaufen mehr Kleidung! Außerdem sind nicht nur die Ursachen des Klimawandels patriarchal geprägt, sondern auch die Auswirkungen.«

Er schaut erneut hinein. Greta hat sich auf den Bauch gedreht und den Kopf gehoben, als könnte sie den Klimawandel so besser erkennen.

Die Freundin seufzt und zupft an ihrem Bikinioberteil. »Wieso denn die Auswirkungen? Können Frauen nicht so schnell vorm Tsunami wegrennen, oder was?«

»Wenn es kein Wasser mehr gibt, wenn ganze Ernten ausfallen und man immer weiter laufen muss bis zum nächsten Brunnen ... Zu wessen Lasten geht das in den meisten Ländern?«

Karl blinzelt. Es sieht aus, als würde Gretas nackte Haut zittern, oder flimmern, wobei er nicht weiß, ob er sich das einbildet, ob es an der glühenden Sonne liegt oder an seinen müden Augen, er könnte sofort einschlafen, in der vergangenen Nacht ist er kaum dazu gekommen, hat wieder viel zu lange vor den Monitoren gesessen.

»Jemand müsste mal etwas wirklich Großes machen«, ruft Greta hinter der Scheibe aus, und Karl erschrickt, als hätte sie nicht mit ihrer Freundin, sondern direkt mit ihm gesprochen, was sie natürlich nicht hat, sie weiß ja gar nichts davon, dass er hier herumsteht und ihren so ungewohnt realen Hintern anstarrt, und er hofft inständig, dass es dabei auch bleibt.

»Nicht jemand«, präzisiert Greta jetzt, »wir!«, und dann richtet sie sich plötzlich auf, die Sonnenmuster auf ihrer

Haut geraten in Unordnung, ihr ganzer Körper tanzt, während sie sich zur Seite lehnt, nach ihrem Handy greift, um rasend schnell darauf herumzutippen, wie bei einem Computerspiel, als handelte es sich um den kritischen Moment am Ende eines Matches.

»Ich gebe das mal in die Gruppe«, sagt sie, ohne die Finger zu verlangsamen, »dann können alle drüber nachdenken bis heute Abend.«

Karl hört den klirrenden Ton, mit dem die Nachricht bei der Freundin eingeht, die sofort nach ihrem Handy greift und nachsieht, obwohl sie genauso gut Greta fragen könnte, was sie geschrieben hat, und wahrscheinlich handelt es sich sowieso nur um ebendiesen Satz: *Jemand müsste etwas wirklich Großes machen.*

Auf dem Weg in sein Zimmer schleicht er durchs Haus, wie gewöhnlich jedes Geräusch vermeidend, er vermutet Charlotte in der Küche, sie ruft nach ihm, hat wohl doch etwas gehört, er antwortet nicht und bewegt sich klein und vorsichtig, er weiß genau, welche Treppenstufen knarren, mit wie viel Schwung er die Zimmertür öffnen muss, damit sie still bleibt. An den Rahmen gedrückt, zieht er sie von innen zu, lässt die Klinke nur zentimeterweise los.

Er atmet auf. Er stellt sich in die Mitte des Raumes, schließt die Augen und schmeckt die Luft, bis er sicher sein kann, dass Charlotte in seiner Abwesenheit nicht hier gewesen ist – sie sprüht immer zu viel von ihrem Parfüm auf, ein mit Maggi gewürzter Blumenduft, der endlos in den Zimmern hängt. Aber heute nicht, seine Höhle ist intakt. Karl lässt sich in den Drehstuhl vor dem Schreibtisch fallen, wobei er die Kleidungsstücke, die über der Lehne und den Armstützen hängen, noch mehr zusammendrückt als vorher, die Hoodies und T-Shirts sind seine Kissen, sie sind weich.

In der Höhle herrscht ewige Dämmerung. Die Folie, mit der er die Fenster beklebt hat, ist eigentlich für Erdgeschosswohnungen in Großstädten gedacht, dort soll sie vor Blicken von draußen schützen; er hingegen schützt sich vor dem Himmel, den lebendigen Bäumen und dem Rest der Welt; hinzu kommt, dass er am Morgen zuverlässig vergisst, seine Vorhänge aufzuziehen, er lässt sie einfach geschlossen und macht, wenn es wirklich zu dunkel wird, eine Lampe an, und er lüftet nie, seiner Erfahrung nach findet die Luft auch so irgendwie in sein Zimmer.

Jemand müsste mal etwas Großes machen, hat Greta gesagt.

Auf seinem Schreibtisch mit den zwei Monitoren gibt es immer blinkende Lichter, versetzte Intervalle, nie ganz zu entschlüsseln. Die Monitore selbst sind im Moment dunkel. Will er wirklich schon wieder an den Computer? Was soll er sonst tun? Zögernd schwebt seine Hand über der Tastatur, bevor er den Finger auf eine beliebige Taste fallen lässt, ein Bildschirm leuchtet auf, Karl kappt die Verbindung zu den Lautsprechern, dreht sich mit dem Stuhl nach rechts und greift nach der großen Cola-Flasche, die dort steht. Während er trinkt, betrachtet er aus halb geschlossenen Augen die Poster an der Wandschräge, die meisten davon uralt, noch aus den Ninjago- und Star-Wars-Zeitschriften, die er früher gesammelt hat – er hat nie die Energie aufgebracht, die Klebestreifen von der Silikatfarbe zu kratzen. Stolz ist er nur auf den Battle Bus, der vor einem grellen Himmel in Pink und Gelb an seinem Heißluftballon hängt. Karl hat das riesige Poster einfach über einige der anderen geklebt, und er erinnert sich an den Tag, an dem Charlotte vor seinem Schreibtisch stehen geblieben ist, um zu sagen: »Du hast ein neues Bild an der Wand, die Farben gefallen mir, so hell, der Raum wirkt plötzlich viel größer.« Der Witz an der Situation war weniger, dass sie keine Ahnung von seinem Spiel hatte und nicht wusste, was da durch den giftigen Himmel fuhr, eine mit Waffen und Kämpfern vollgestopfte Höllenmaschine nämlich, nein, der Witz war, dass das Poster dort schon wochenlang hing, wenn nicht monatelang.

Das ist alles so hilflos.

Unter dem Battle Bus, auf seinem Schreibtisch mit den Monitoren, herrscht das übliche Chaos aus schwarzem und beigefarbenem Plastik, aus Kabeln und Kopfhörern und Boxen, mittendrin der schwarze Würfel der Mini-Kamera, mit der er letztes Jahr die Insekten im Garten aufgenommen hat. Ewig her scheint das zu sein, ein Schulprojekt, für das er sich damals übertrieben engagiert hat. Karl starrt die Kamera an, dann die Eingabemaske auf dem Bildschirm. Etwas wirklich Großes, hat Greta gesagt. Was soll das denn sein, etwas Großes? Kann man das googeln? Ha ha, toller Witz.

Die Hände an die Schreibtischplatte, Schwung holen, er schafft anderthalb schnelle Umdrehungen mit dem Stuhl, bis er mit dem Rücken zu den Monitoren stecken bleibt. Vergiss die Poster, das eigentliche Problem in seinem Zimmer ist das Bett. Es ist noch das Kinderbett, 1,60 Meter lang – als er mit Charlotte darüber gesprochen hat, hat sie ihm erklärt, dass ein größeres Bett nicht notwendig sei, solange er in dieses hineinpasst – das ist eine Weile her, aber er hat das Thema seitdem gemieden, was soll er sagen? Er passt ja wirklich noch in das Bett hinein, und er wird noch lange hineinpassen, schon allein deshalb, weil er immer zusammengerollt schläft,

Arme und Beine ineinander verknäult wie die Kabel auf seinem Schreibtisch, Charlotte weiß das.
Er hasst das Zwergenbett. Er hasst es, ein Zwerg zu sein.
»Aber wenn ich mal Besuch habe«, hat er damals gesagt, in einem letzten Versuch, ihr klarzumachen, worum es geht.
»Dich besucht doch keiner«, hat sie geantwortet, und auch das ist richtig gewesen, weshalb er sie allein für diesen Satz noch mehr gehasst hat als das Bett, allein für diesen Satz hätte er sie töten können, er hat es sich kurz vorgestellt, den Arm heben, draufhalten, das Magazin leer schießen.
Er wendet sich wieder zu seinem Computer um.
Greta will etwas Großes, und er ist klein.
Er denkt an die Sätze, die der Arzt gesagt hat, bei dem er vor zwei Jahren gewesen ist: dass es sich um eine Wachstumsstörung oder Wachstumsverzögerung handle, für die man keine eindeutige Ursache finden könne, dass es für eine Therapie mit Hormonen zu spät sei, dass auf den Röntgenaufnahmen der Wachstumsfugen zu erkennen sei, dass Karl durchaus noch wachsen könne, es wisse nur niemand, ob er das wirklich tun werde, und erst recht nicht, wann.
Damals ist Karl dreizehn gewesen, jetzt ist er fast fünfzehn, und es hat sich nichts verändert, er ist immer noch nur 1,52 Meter groß, und natürlich ist er auch nicht in der Pubertät, ihm wachsen keine Schamhaare, keine Achselhaare, kein Bart, er bekommt keinen Stimmbruch; er hat alles über Wachstumsstörungen gelesen, was er finden konnte im Netz, wahrscheinlich weiß er mittlerweile mehr darüber als der Arzt, bei dem er gewesen ist, aber das nutzt ihm überhaupt nichts, weil man nichts machen kann gegen das Kleinsein, schon gar nichts Großes. Höchstens kann man große Dinge

tun, *obwohl* man klein ist, Karl denkt an den höllenschnellen Lionel Messi, der heute noch jeden Gegenspieler ausdribbelt und mit dreizehn Jahren nur 1,40 Meter gemessen hat, er denkt an Charlie Chaplin – bei Napoleon sind sich die Forscher mittlerweile einig, dass er gar nicht klein gewesen ist, sondern nur klein *gewirkt* hat, ein entscheidender Unterschied.

Er denkt an Greta, die nicht so klein ist wie er. Und sofort kommen die Bilder aus der Laube zurück. Er springt aus dem Drehstuhl auf, rennt durchs Zimmer und wirft sich aufs Bett, kurz darauf hört er draußen, vor seiner Tür, etwas knacken, das kann nur Charlotte sein, Greta ist ja im Garten und Simon wie so oft nicht da, wahrscheinlich dreht er, spielt den ewigen Kommissar, also steht Karl noch einmal auf, geht zur Tür und lauscht, wartet, bis Charlotte die Treppe hinuntergestiegen ist.

Er gibt der verknüllten Decke einen Tritt, dass sie auf den Boden rutscht, bevor er sich erneut ausstreckt, sich gerade hinlegt und nach oben starrt. Er breitet die Arme aus, und seltsamerweise fühlt es sich gut an: an das Große zu denken, an die Größe dessen, was Greta vorhat, auch wenn er immer noch rätselt, worum es sich dabei handeln könnte.

Jetzt lässt er sie kommen, die Bilder aus der Laube, einzeln, langsam.

Die Freundin von Greta, die Freundin im Bikini, ist nicht Marie gewesen. Karl erinnert sich noch gut an Marie, mit der Greta früher jede freie Minute verbracht hat, die ständig zu Besuch gewesen ist und mit Greta in einem Bett geschlafen hat, die ernsthafte, stille Marie mit den rötlichen Zöpfen. Was ist passiert, seit wann ist Marie nicht mehr gekommen? Es muss ein Prozess gewesen sein, kein großer Streit zwischen den beiden, sodass es ihm nicht gleich aufgefallen ist. Plötzlich hatte Greta hier, da, dort eine andere Freundin, und immer hatten die Neuen etwas zu tun mit Kampagnen, Jugendgipfeln, Demonstrationen, mit Diskussionsveranstaltungen und Streiks. Marie ist zwischen all dem Engagement verschwunden, als hätte sie nicht mehr hineingepasst.

Karl dreht sich auf den Bauch, drückt seinen Penis, der natürlich auch zu klein ist, in die Matratze. Er schwitzt, öffnet den Mund, atmet Staub, Haare, Fussel ein von dem ungewaschenen Laken, das sofort feucht wird.

Die Freundin ist ihm egal, Marie ist auch egal, in Wahrheit denkt er nur deshalb die ganze Zeit um die Ecke, weil er nicht weiß, ob es in Ordnung ist, an Greta zu denken, an das zu denken, was mit ihm passiert ist, als er Greta dort überraschend entdeckt hat, in der Sonne, vollkommen nackt. Hat er sie vorher nie so gesehen? Nein, verdammt. Doch, bestimmt, aber sie müssen jünger, sie müssen Kinder gewesen sein, und das sind sie heute nicht mehr ...

Er bewegt sich, spürt die Anspannung, versucht loszulassen, sich auf die Wellen in seinem Körper einzulassen, und bei alldem versucht er zu vergessen, dass es seine Schwester ist, an die er denkt. Er hat so lange darauf gewartet, dass etwas passiert, endlich einmal. Und sie ist ja gar nicht richtig seine Schwester, sie sind fast gar nicht zusammen aufgewachsen, er kennt sie kaum.

Kurz kommen ihm die gewohnten Bilder dazwischen: der andere, glänzende, muskulöse Frauenkörper mit den stählernen Rüstungsteilen über der Brust und an den Schultern, der sich im Spiel schneller bewegt, als man schauen kann, während sich aus dem Rücken acht schmale, krabbelnde Spinnenbeine schieben ... Aber er will das jetzt nicht, er will weiter an einen echten Menschen denken und dabei immer stärker zittern und schaudern.

Und auch wenn er es wieder nicht bis über den Berg schafft, auch wenn es wieder nicht ganz klappt, er die Erlösung wieder nicht erreicht, spürt er, dass diesmal etwas anders ist. Ein mächtiges Brennen frisst sich durch seinen Körper, bis in die Zehenspitzen, bis in die Haarwurzeln, im Hals entsteht eine höchst aufregende Übelkeit, Karl vergisst zu atmen. Das ist es, das ist der richtige Weg, und schon dieses Kurz-Davor macht ihn so glücklich, wie er es noch niemals gewesen ist, nicht mit elf, als er zu Weihnachten das Lego Technic Cargo Plane bekam, das größte Lego-Flugzeug aller Zeiten, zwar gebraucht, aber bis auf wenige Teile vollständig, nicht mit zwölf, als er es geschafft hat, eine fiebrige Erkältung vorzutäuschen, sodass ihm die Klassenfahrt erspart blieb, und nicht im vergangenen Jahr, als er gemerkt hat, wie viel stärker er ist als Charlotte.

Er stellt sich die Erlösung, wenn sie dann irgendwann kommt, wie eine Explosion vor, das Bild vor seinen Augen wird anschwellen, Greta wird in die Luft gesprengt werden und mit heißer weißer Flamme lodern, dann, wenn es endlich so weit ist.

Als er aufwacht, liegt er immer noch bäuchlings auf dem Bett, die Erregung ist abgeklungen, die Jeans drückt unangenehm im Schritt, und draußen dämmert es schon, es muss Abend geworden sein. Als Nächstes spürt er, dass er nicht allein im Raum ist.

»Du hast es vergessen? Es ist Sonnabend, wir wollten grillen. Hast du mich vergessen?«

Er rollt sich herum und blinzelt, um sie besser erkennen

zu können, dabei weiß er doch, wie sie aussieht, kennt ihre Haut, dünn und trocken, auf den Armen und Händen wie knitterndes Papier, kennt ihre Haare, eher hellgrau als blond, fast weiß, wenn die Sonne scheint, sie dreht die Haare am Hinterkopf immer zu einem kleinen Knoten zusammen, aber so nachlässig, dass sich im Laufe des Tages die meisten Strähnen lösen. Er kann sich nie merken, wie alt Charlotte ist, ungefähr fünfundvierzig, ab und zu rechnet er es aus, vergisst es aber sofort wieder.

Die Augen fallen ihm zu, er ist nach wie vor müde, will nichts anderes als weiterschlafen. Er versucht, die Zähne auseinanderzukriegen. »Warum hast du mich nicht geweckt?«

»Das mache ich doch jetzt, ich wecke dich, ich habe das Fleisch mariniert, mit Knoblauch und Chili, wir können ein bisschen reden, ich habe auch diese Päckchen gemacht, mit Schafskäse und Tomaten, die du so magst.«

»Ich kann die nicht ausstehen.« Er hört, dass er vor Müdigkeit lallt.

»Wirklich? Das wusste ich nicht. Das tut mir leid.«

Der Umriss, den er von Charlotte wahrnimmt, wird kleiner, sie ist zusammengezuckt, dann in die Knie gegangen, sie hat sich auf den Teppich gesetzt, die Arme um die Beine geschlungen und den Kopf tief gesenkt.

»Ach, schlaf ruhig«, flüstert sie plötzlich. »Im Grunde ist das ja das Beste, was man machen kann, schlafen.«

Er driftet ab, die Sekunden verstreichen, er kämpft darum, ihr etwas Freundliches zu sagen. »Aber das Fleisch, du hast doch extra...«

»Das hält sich bis morgen.«

Wieder ist Zeit vergangen zwischen seinem und ihrem Satz. Ist sie wirklich da, oder hat er nur geträumt? Warum ist er so müde? Er reißt die Augen auf, kann ihren Umriss jetzt nicht mehr sicher zuordnen – hat sie sich hingelegt auf den Teppich?

Klappt die Tür?

Der Schlaf ist ein Rausch, gegen den er nicht ankommt, aber dann glaubt er noch einmal, ihre Stimme zu hören.

»Ich will nur, dass es dir gut geht.«

Der Computer knackt und brummt im Zimmer wie ein zusätzlicher Mensch, Karl hat ihn nicht heruntergefahren.

»Du bist doch mein einziges Kind«, flüstert Charlotte.

Als die Sommerferien beginnen, verlieren die Tage und Nächte endgültig ihre Struktur. Simon ist immer noch nicht zurück, Charlotte geht dreimal die Woche arbeiten, auch Greta verbringt viel Zeit in der Stadt, wahrscheinlich mit den Freunden, mit denen sie Großes plant. Karl sieht Greta durch einen Spalt am Rand der Folie, mit der er das Fenster beklebt hat, er sieht sie, wenn sie ihr Fahrrad vom Haus wegschiebt oder zurückkommt, wobei sie mit der freien Hand das Handy ans Ohr hält und telefoniert, selbst beim Fahrradschieben wirkt Greta noch elegant, sie hat diese Art, die Füße ein entscheidendes bisschen weniger anzuheben als andere Leute, nicht so viel weniger, dass sie über den Boden schleifen, nur so viel, dass dieses Greta-typische Gleiten entsteht, bei dem sich die Hüften die ganze Zeit bewegen.

Aber er reicht ihm nicht, der Spalt. Karl läuft durch sein Zimmer, betrachtet die Dinge auf seinem Schreibtisch.

Am Montag der zweiten Ferienwoche steht er auf, ohne auf die Uhr zu sehen, zieht irgendeine Jogginghose an, wartet, dass Greta die Treppe hinuntergeht, öffnet dann die

Zimmertür und schaut nach links und rechts den Flur entlang, ob er wirklich allein ist. Im Haus herrscht Stille. Auf den Dielen, wenn auch blass und zertreten, sieht man den langen roten Strich, einen von jenen Strichen, die Greta vor vielen Jahren über die Böden gezogen hat. Karl glaubt, sich an den Tag erinnern zu können, obwohl Charlotte das bestreitet: Er sei damals noch zu klein gewesen.

Jetzt. Er nimmt die Kamera vom Tisch, trägt sie vorsichtig zwischen zwei Fingern – und läuft zuerst aufs Klo, weil er immer aufs Klo muss, wenn er nervös ist. Charlottes und sein Badezimmer liegt im oberen Stockwerk, was ihm stets praktisch vorgekommen ist, er müsste sonst ständig die Treppe hinunter. Er legt die Kamera auf dem weichen Badvorleger ab, und während er den Klodeckel anhebt, überlegt er zum ersten Mal, dass er auch mit Simon das Bad teilen könnte – wäre das nicht sinnvoller? –, doch der Gedanke kommt von weit her. Als Karl mit der Kamera aus dem Raum geht, lässt er den Deckel demonstrativ oben, schließt auch die Tür nicht hinter sich, wie das Charlotte tut, und betritt den Flur links vom Strich, auf seiner Seite. Normalerweise denken sie gar nicht darüber nach, sondern halten sich intuitiv an die alten Wege; sie haben sich so sehr darauf konzentriert, am Anfang, in seiner Erinnerung mehrere Jahre lang, bis es sich angefühlt hat, als wären über den Strichen tatsächlich unüberwindbare Mauern gewachsen, und dieses Gefühl für die geteilten Räume verliert man nicht mehr, das sitzt zu tief. Mein Tisch, dein Tisch, unser Sofa, eure Sessel, allerdings sind einige Ecken dauerhaft vergessen worden, sie sind nach der Aufteilung ungenutzt geblieben und verstaubt, und auch als Charlotte und Simon zwischendurch einmal das Haus komplett neu gestrichen haben, ist in diese Ecken (es gibt zwei von ihnen im Flur, eine in der Küche und eine im Wohnzimmer) keine Farbe gelangt.

Das, was er vorhat, spielt sich in keiner Grauzone ab. Er bleibt vor Gretas Zimmer stehen, holt Luft, hebt den Fuß – und dann steigt er endlich mit einem großen Schritt über den Strich, drückt die Klinke und ist drin, sofort zieht er die Tür wieder hinter sich zu.

So sieht es also aus.

Er ist zum ersten Mal in ihrem Zimmer. Das nicht so aufgeräumt ist wie das von Simon, in das er manchmal einen Blick werfen kann, wenn die Tür offen steht. Gretas Zimmer zeugt unübersichtlich von allen Wegen, die ihre Energie in den letzten Jahren genommen hat. Karl hat wenig Zeit, sich umzusehen, registriert trotzdem die Staffelei, daneben fertig gemalte Bilder, die Rückseiten nach vorn gedreht – dann die Schaukel, die von der Zimmerdecke hängt, und die schmutzigen Abdrücke an der Wand, dort, wo sich Greta beim Schaukeln wieder und wieder abgestoßen hat. Er geht an der Nähmaschine vorbei, an einem Ständer mit selbst geschneiderten Theaterkostümen, es gibt zwei Skateboards, ein Snowboard, Rollerblades, ein Keyboard und drei Saxofone, Karl schüttelt den Kopf, eine alte V8-Kamera, eine beeindruckende Sammlung Cowboystiefel, immer hat eins das andere abgelöst bei Greta, bis sie schließlich wirklich angekommen ist: neben dem Schreibtisch in mehreren Kisten die aktuelle Obsession, Schilder und Transparente, Info-Material, Poster, Zeitschriften und Sticker.

Karls Finger schwitzen, während sie die Kamera festhalten.

Die Idee, Greta heimlich aufzunehmen wie damals die Insekten mit ihren krabbelnden Beinen, hat ihn nicht mehr losgelassen. Es geht ihm, wie er sich immer wieder versichert, nicht darum, Greta noch einmal nackt zu sehen. Aber er will... etwas. Wenigstens etwas von ihr. Der Kompromiss, den er für sich gefunden hat, ist der Schreibtisch, die Kamera soll den Computer zeigen, damit Karl auf diese Weise herausfinden kann, was es ist: das Große, das Greta plant. Und nun kommt ihm sogar der Zufall zu Hilfe, denn schräg neben Gretas Schreibtisch steht ein Bücherregal, wie gemacht für seine Zwecke, er findet ein Buch mit schwarzem Einband, das exakt die richtige Breite hat, also schaltet er die winzige, quadratische schwarze Kamera ein, schiebt sie ins Regal, positioniert das Buch darüber, es ist perfekt, erst recht, wenn man zwei Schritte zurücktritt, das Buch ragt nicht einmal über die anderen Bücher hinaus, und Karl denkt, dass Greta die Kamera entweder sofort entdecken wird oder nie.

Er hat aufgehört zu atmen. Noch als er die Tür zum Flur öffnet, hält er die Luft an – erst, nachdem er sicher in seinem Zimmer angekommen ist, keucht er, fühlt sein Zwergenherz im Hals rasen, so weit ist es in die Höhe gesprungen. Mit schnellen Fingern weckt Karl den Monitor auf, stellt die Verbindung her und erschrickt zuerst, als das Bild schwarz ist, denkt schon, dass es nicht funktioniert, bis ihm einfällt: Die Kamera schaltet sich über einen Bewegungssensor ein, und in Gretas Zimmer ist ja niemand, weil Greta in der Stadt ist, wo sie sich wahrscheinlich mit Freunden trifft, um die Welt zu retten.

Am Nachmittag kommt Charlotte zurück, sie klopft an, und er denkt, dass er ihr zumindest das beigebracht hat, aber dann macht sie alles zunichte, indem sie nach dem Klopfen einfach hereinkommt, ohne seine Reaktion abzuwarten. Hätte er nicht nackt sein können, hätte er nicht gerade damit beschäftigt sein können, sich am Kabel der Deckenlampe zu erhängen, mit Schlagschatten an der Wand dahinter, wie er es einmal in einem Film gesehen hat?

»Ich bringe dir deine Wäsche.«

Er hat nicht hochgeschaut, nur aus dem Augenwinkel gesehen, dass sie die Tür mit dem Ellenbogen aufgeschoben hat. Es gibt einen einzigen Geruch, der ihr Parfüm übertrifft: das Waschmittel, das sie benutzt und bestimmt viel zu stark dosiert, denn es kann nicht Sinn und Zweck des Ganzen sein, dass es im Haus ständig riecht wie in einer Wäscherei; die Wäschereimeisterin Charlotte steht jetzt also auf seinem Flickenteppich, balanciert zwischen den Händen einen Stapel Hosen, T-Shirts, Unterhosen und Socken, alles gefaltet, die T-Shirts auf Kante, Charlotte faltet jede Art von Wäsche, faltet sogar Karls Unterhosen, einmal links herum, einmal rechts herum, dann in der Mitte hochklappen.

»Ich bringe dir deine Wäsche?«

Als sie es wiederholt, weiß er, dass er hätte antworten müssen, aber was soll er denn antworten auf einen Satz wie *Ich bringe dir deine Wäsche*?

»Das sehe ich«, sagt er – und dreht sich nun doch um, gerade rechtzeitig, um zu erkennen, wie sich Charlottes Augen weiten. Er weiß, was sie denkt. Zu allen Verletzungen ihres Lebens kommt also hinzu, dass er ihr, während sie gerade seine schmutzige Wäsche gewaschen hat, eine freche Antwort gibt. Er sieht das Zittern in ihrem Gesicht, und obwohl er die Situation schon tausendmal erlebt hat, obwohl er dieses Gesicht und dieses Zittern seit Jahren in- und auswendig kennt, spürt er, dass der Mechanismus von stummem

Vorwurf und schlechtem Gewissen noch immer funktioniert: Sie tut ihm leid. Sie ist arm dran und er ein Arschloch.

Aber was hätte er anderes sagen können?

Vorsichtig setzt sie den Stapel auf einer freien Ecke seines Bettes ab. Sie atmet tief ein, nähert sich wie nebenbei seinem Fenster, zieht die Vorhänge auf, sie wird also nicht gleich wieder gehen, und Karl schließt kurz die Augen, gleichermaßen eine Reaktion auf Charlotte wie auf das blendende Licht, das durch die Folie kaum gedämpft wird. Währenddessen hat sie offenbar beschlossen, über seine Frechheit hinwegzugehen, sie stößt sich vom Fensterbrett ab, lächelt ihn an, gibt sich Mühe, dass es ein Lächeln ist, bei dem sich die Wangen heben. »Und was machst du gerade so?«

Ihr Blick geht zum Computer, schnell minimiert er mit einer Tastenkombination – Windows-Taste und D – sämtliche geöffneten Fenster, sodass der Desktop zu sehen ist.

»Nichts.«

»Sag mal, was hältst du davon, wenn wir am Sonnabend unseren verpassten Grillabend nachholen? Der Grill steht noch unten.«

Sie kommt heran und legt die Hand auf die Lehne seines Stuhls. Sie haben es beim letzten Mal auch am Abend danach nicht auf die Veranda geschafft, sodass Charlotte das marinierte Fleisch schließlich weggeworfen hat, obwohl sie sonst nie etwas wegwirft, die Rinde dünner als millimeterdünn vom Käse schneidet und das Brot noch auftoastet, wenn es völlig vertrocknet ist. Geld bleibt ein ständiges Thema, deshalb wird bei ihnen nichts verschwendet. Für seinen leistungsfähigen Computer hat Karl damals zwei Geburtstage und einmal Weihnachten in die Waagschale schmeißen müssen, und seitdem hat Charlotte auf technische Wünsche mit völligem Unverständnis reagiert. Sie versteht das Problem nicht. Für sie ist jedes elektrische Gerät etwas, was man einmal kauft, und dann hält es ein Leben lang – sie ist ehrlich entsetzt, wenn nach fünfundzwanzig Jahren ihr Fön kaputtgeht oder nach zehn Jahren kein Update mehr möglich ist für das Betriebssystem, das sie auf ihrem Laptop installiert hat.

Bevor er aus seinen Gedanken zurückfinden kann, fährt sie fort: »Weißt du übrigens, wer zurückkommt? Der große Schauspieler. Haben sie wohl doch noch alle Szenen in den Kasten gekriegt.«

»Wieso, hat es länger gedauert als geplant?«

»Frag mich nicht. Glaubst du, er teilt mir seine Termine mit? Wahrscheinlich weiß er die nicht mal selbst.«

Und plötzlich begreift er, worum es geht: um das Bild, das sie beide und der Grill auf der Veranda abgeben werden. Er ruckt hart mit dem Stuhl, sodass ihre Hand von der Lehne rutscht, er legt die Finger über die Maus, er stellt sich vor, wie er, sobald Charlotte aus dem Zimmer ist, die gefaltete Wäsche auseinanderreißen und über den Boden kicken wird, und dann sagt er möglichst laut und so deutlich, dass sogar sie es verstehen muss: »Alles klar, also Samstag ab acht einmal Pärchenabend – war's das?«

Einmal, nur einmal ist es anders gewesen zwischen den Eltern. Und daran kann er sich auf jeden Fall erinnern, da ist er nicht mehr zu klein gewesen, in jenem Winter. Heike, eine alte Freundin von Charlotte, hat sie besucht, aber das ist auch schon wieder, er rechnet nach, über sechs Jahre her. Er ist damals acht gewesen, in der dritten Klasse, und diese Heike hat ihn beeindruckt, sie ist ihm unvorstellbar groß und ausladend vorgekommen, wie sie da breitbeinig am Küchentisch saß, am falschen Küchentisch, wenn sie doch zu Charlotte gehörte, aber in diesem speziellen Fall haben weder Charlotte noch Simon darauf aufmerksam gemacht. Heikes Stimme donnerte, wie Karl noch nie eine Stimme hatte donnern hören, und als Heike das erste Mal lachte, blieb ihm buchstäblich der Mund offen stehen. Er erinnert sich daran, wie Heike ihn angeschaut und noch lauter gelacht und dann gerufen hat: »Mund zu, es zieht!«

Als er am Abend Gute Nacht sagte, stand eine dicke Flasche mit elegantem Etikett auf dem Tisch, und die drei Erwachsenen saßen drum herum, tranken Schnaps aus kleinen Gläsern, Heike und Simon schienen sich glänzend zu verstehen, auch Charlotte hatte rote Flecken auf den Wangen und strahlende Augen. Karl ging nach oben, legte sich ins Bett, ließ aber die Tür zum Flur weit offen, weil er so hören konnte, was unten gesprochen wurde, zumindest Heikes dröhnende Stimme war bestens zu verstehen. »Ein Strich im Wohnzimmer«, rief sie irgendwann, »ihr seid ja bescheuert. Da habt ihr euch total verrannt, wacht mal auf!«

Karl sprang auf und stellte sich in die Tür, während Simon und Charlotte unten nicht laut wurden, nicht verbissen alles abwehrten, sondern zuzuhören schienen, sogar immer noch lachten ab und zu; er versuchte, seine frierenden Füße aufeinanderzustellen, um weniger Kontakt mit dem Boden zu haben, und dann erst sah er, dass am anderen Ende des Flurs, in ihrer eigenen, weit offenen Tür, Greta stand. Sie schauten sich an, in dem Licht, das über die Treppe von unten heraufdrang, sagten aber nichts zueinander, und irgendwann, als es wirklich zu kalt wurde, gingen sie jeder für sich in ihre Zimmer zurück.

Am Morgen nach der kalten Nacht ist Heike verschwunden gewesen, die Schnapsflasche stand halb leer auf dem Tisch, und etwas zwischen Charlotte und Simon schien sich verändert zu haben. In den Tagen danach lehnten sie manchmal neben der Spüle und teilten sich eine Banane, sie achteten nicht mehr so sehr auf die Striche, sprachen miteinander, und abends tranken sie weiter zusammen Schnaps, das Lachen stieg hoch in Karls Zimmer, bevor sie dann am Morgen alle zusammen frühstückten, Greta spielte sogar mit Karl im Garten, zweimal, bis Charlotte und Simon schließlich, nach einer Woche, doch wieder zu streiten anfingen. Danach war schnell alles beim Alten. Nur Karl dachte noch lange an Heikes Besuch und sehnte sich in diese Winterwoche zurück.

Jetzt ist es viel zu warm. Es muss auch früher schon heiße Sommer gegeben haben, aber er kann sich an keinen vergleichbaren erinnern. Er schwitzt und schiebt sich die Jogginghose über die Hüften, lässt sie auf den Boden fallen, zwischen die dort verstreuten, sauberen Sachen, die ihm Charlotte gebracht hat; er trägt jetzt untenrum nur noch alte Socken und eine seiner peinlichen bunten Kinderunterhosen. Dann hört er Greta, die endlich in ihr Zimmer gegangen sein muss, und springt zum Schreibtisch, holt das Bild der Kamera auf den Monitor. Das Bild ist bläulich, die Farben taugen wenig, aber das ist ihm egal – wichtiger ist, dass das Bild überhaupt nichts zeigt: Die Kamera ist zwar aktiviert worden, weil Greta an ihr vorbeigelaufen ist, aber dann hat sie sich nicht an den Schreibtisch gesetzt, sondern muss in einer anderen Ecke des Zimmers verschwunden sein, Karl starrt auf ihren zugeklappten Laptop, hören kann er nichts, weil in die billige Kamera natürlich kein Mikrofon integriert ist.

Das ist doch alles Murks. Endlich passiert mal etwas, und er bekommt nichts mit. Er drückt die Finger so fest auf die Maus, dass es wehtut, ihm wird noch heißer, und dann, als er es nicht mehr aushält, springt er auf, öffnet seine Tür einen Spaltbreit.

Offenbar hat auch Greta die Tür zu ihrem Zimmer nicht geschlossen, offenbar telefoniert sie, und offenbar tut sie das bei weit aufgerissenem Fenster, denn er hört nicht nur ihre Stimme, sondern außerdem ein dröhnendes Flugzeug und die Vögel draußen. Er kann nicht verstehen, was Greta sagt, weshalb er sich näher heranschleicht, wobei er diesmal auf seiner Hälfte des Flurs bleibt, bis er nicht nur das Zimmer, sondern wirklich sie sieht: Sie hält das Handy ans Ohr und hat ein Bein hochgezogen und auf dem Fensterbrett abgestellt, sie schaut aus dem Fenster nach draußen, ihre verwaschene Leggins ist früher vermutlich rosa gewesen, und jetzt versteht Karl auch, was Greta sagt, und nach einer Weile begreift er, dass sie mit einer Freundin telefoniert, vielleicht mit der Freundin, die neulich in der Laube gesessen hat. Sie sprechen zuerst über jemanden, den die Freundin treffen und vielleicht küssen wird, aber nur, wenn er wieder diesen leichten Bart trägt, der die Voraussetzung zu sein scheint für alles, was die Freundin an dem Mann interessiert – und dann sprechen sie plötzlich über die andere Greta, die berühmte schwedische Greta, und es geht um genau diese Namensgleichheit, die die Freundin anscheinend lustig findet oder großartig *für die Bewegung*, was Greta wie in Anführungszeichen wiederholt. »Wie du das sagst«, widerspricht sie der Freundin, »dabei ist es nur Zufall. Ein bekloppter Name, den meine bekloppte Mutter für mich ausgesucht hat.« Aber am Ende lächelt sie doch und sagt den Namen ganz schnell und oft hintereinander, Greta-Greta-Greta-Greta-Greta-Greta-Greta, wie bei einem Spiel, bis der Name seinen Sinn verloren hat und klingt wie das hässliche Krächzen der Vögel vor dem Fenster.

Genau in diesem Moment bemerkt sie Karl, der unvorsichtig geworden und über den Strich getreten ist.

Greta nimmt das Handy nicht vom Ohr und sagt auch nichts zu der Freundin. Stattdessen sieht sie Karl in die Augen, bevor sie demonstrativ, Zentimeter für Zentimeter, ihren Blick nach unten wandern lässt über seinen Körper – und wieder hinauf. Sie hebt die Augenbrauen. Dann, und das kommt jetzt schnell und plötzlich, bewegt sie sich. Sie dreht ihren Körper zu ihm auf: Das hochgestellte, rechte Bein bleibt auf der Fensterbank, verändert sich überhaupt nicht, aber die linke Körperseite klappt in einer erstaunlichen Dehnung in Karls Richtung, sodass Greta nun nicht mehr mit der Seite, sondern mit dem Rücken zum Fenster steht, das obere Bein weit abgespreizt, und Karl alles erkennen kann, die Brüste unter dem T-Shirt und auch ihren Schamhügel in der engen Leggins.

Erst da schaut er ebenfalls an sich hinunter und begreift, was sie gesehen hat: An den Füßen die ausgetretenen, schmutzigen Socken – aber das ist nicht das Schlimmste, das Schlimmste ist, dass er nicht daran gedacht hat, vor dem Verlassen des Zimmers die Joggingbuxe wieder anzuziehen; Karl starrt seine nackten, hässlichen Beine an und die bunte Kinderunterhose, unter deren Stoff sich sein weicher Minipimmel abzeichnet.

Er dreht sich um, flieht, rennt in sein Zimmer zurück, und während er die Tür zuschlägt, hört er noch Gretas Lachen, hört, wie sie ruft: »Weißt du, was gerade passiert ist?«, und auf einmal riecht er sich, diese ganzen zu kurzen und untrainierten Bestandteile seiner selbst, er hat Schweißflecken unter den Achseln, und auch als er es ernsthaft versucht, kann er sich nicht daran erinnern, wann er zuletzt geduscht hat.

In seinem Kopf läuft das Sich-Öffnen ihres Körpers ab, immer und immer wieder, er hat nicht gewusst, wie beweglich ein Mensch sein kann. Wahrscheinlich kommt die Beweglichkeit daher, dass Greta, seit sie klein war, mit Simon zusammen Tai-Chi gemacht hat, manchmal mit, manchmal ohne alberne Stöcke oder Schwerter, und fast immer im Garten, auch bei Regen, auch im Winter bei Frost, aber mittlerweile gibt es ja kaum noch Frost, mittlerweile ist Schwitzen ja der Normalzustand.

Dass Simon wirklich zurück ist, bemerkt Karl Tage später, als er in die Küche hinuntergehen will. Bevor er sein Zimmer verlässt, vergewissert er sich, dass er Jogginghose und Turnschuhe trägt, zu groß ist die Angst, sich noch einmal eine solche Blöße zu geben wie neulich. Er steckt das Handy in die Hosentasche, drückt die Klinke, tritt neben den blassen Strich, der den Flur, wie ihm wieder einmal klar wird, länger wirken lässt – und sieht Simons offene Tür. Er ist zurück. Karl bleibt stehen. Vielleicht ist die neue Staffel abgedreht, eine von sehr, sehr vielen, denn Simons Serie ist beliebt und läuft immer weiter, während der Kommissar, den er spielt, älter wird, auch die anderen Darsteller müssen alt geworden oder ersetzt worden sein, Karl weiß es nicht, Charlotte und er besitzen keinen Fernseher, und er hat sich sowieso nie für Simons Serie interessiert, das ist nicht sein Stoff, das ist nichts für ihn, zu langsam, zu wenig Waffen.

Durch Simons geöffnete Zimmertür fällt das Licht in den Flur, der Rahmen ist ebenfalls wie ein Fernseher, wie ein Kasten, Simon taucht darin auf, läuft hin und her, dann bleibt er stehen und streckt den Arm aus, nur noch der Arm ist zu sehen, was auch immer der Rest des Körpers macht. Karl überlegt, ob er schon einmal in Simons Zimmer gewesen ist, kann sich nicht daran erinnern, was hätte er dort auch zu suchen gehabt, aber das mit dem Licht hat sich schon immer so verhalten: als würde die Sonne in Simons Zimmer stärker hineinscheinen als in die anderen Zimmer des Hauses, oder als strahlte der weiße Raum aus eigener Kraft diese blendende Helligkeit aus.

Vielleicht ist es ja an der Zeit, egal, was Charlotte sagt. Es muss doch erlaubt sein, dass er einmal mit seinem Vater spricht?

Gerade da kommt Simon wieder ins Bild, und so alt ist er eigentlich gar nicht, er sieht jünger aus als Charlotte, sportlich in seinen weiten Leinenhosen und dem weißen T-Shirt, er ist barfuß, hat ein glattes Gesicht, nur die Haare oben auf dem Kopf werden weniger, wobei selbst das auf seltsame Weise noch jungenhaft wirkt. Und dann schaut Simon sogar auf, schaut Karl an, mit einem Blick, der plötzlich nah scheint, offen und wie eine Aufforderung, dass Karl genauso offen zurückschaut – und er will ja, will zurückschauen, aber es gelingt nicht, im Haus ist ein Knacken zu hören, weshalb er zusammenzuckt, und Simons Blick kommt ihm strahlend vor wie das Zimmer, man muss die Augen schließen – und das tut Karl, er senkt den Blick, dreht sich abrupt um, stampft extralaut die Treppe hinunter, wobei er bei jedem Schritt hart mit der Hand gegen das Geländer schlägt.

»Du musst doch irgendwas machen, statt nur so rumzuhängen.«

Charlotte wendet das Fleisch, und Karl hustet, der Rauch zieht in seine Richtung, obwohl er schon dreimal den Stuhl weggeschoben hat, Charlotte legt die Sachen immer zu zeitig auf den Rost, wenn es noch gar nicht genügend Glut gibt.

Dass sie diesen Grillabend auf der Veranda nicht aufgegeben hat, ist etwas, das sie auszeichnet, sie lässt von nichts ab, setzt immer wieder neu an, auch bei Menschen, auch bei Beziehungen. So kann es passieren, dass sie einen Streit mit Karl am folgenden Tag überhaupt nicht mehr erwähnt, als wären die wütenden, verletzenden Sätze nicht gefallen, als wäre sie nicht weinend ins Bett gegangen – Karl hat sich schon oft gefragt, ob er verrückt wird, wenn sie am nächsten Morgen einfach in der Küche sitzt, lächelt und ihm seine Cornflakes und die Milchpackung reicht. Er kann nie vorhersagen, wann sie in einer solchen, scheinbar guten Stimmung aus der Nacht heraus- und in den neuen Tag hineinkommen wird, und er weiß nicht, ob die Beharrlichkeit des Weitermachens eine gute Eigenschaft ist; manchmal hat er den Verdacht, dass er diese Eigenschaft von ihr geerbt hat, und auch da weiß er nicht, ob ihm das gefällt, eher nicht, denn auf keinen Fall will er so werden wie sie.

Um den Grillabend nachzuholen, hat sie frische Steaks gekauft. Er hätte nicht mehr Nein sagen können, er hätte nicht einfach einschlafen können diesmal, dabei macht ihn die Vorstellung, einen ganzen Abend mit ihr zu verbringen, schon wieder unendlich müde.

»Du kannst doch nicht wochenlang so rumhängen«, insistiert sie jetzt, während er den Stuhl erneut verrückt und weit hinten, bei den Tannen, Greta entlanggehen sieht, wahrscheinlich auf dem Weg in die Laube.

Einem plötzlichen Impuls nachgebend lässt er sich im Stuhl nach vorn fallen, so weit es geht, er schleift mit den Armen über den Boden und spürt, wie sich der heiße Rauch in seine Haare frisst und die Funken in seinen Nacken springen, bis dort irgendetwas verbrannt riecht, wahrscheinlich das T-Shirt, das er schon wieder seit Tagen nicht gewechselt hat.

»Pass doch auf«, sagt Charlotte entsetzt, »was machst du denn?«

»Na rumhängen!!!«

Es ist ihm lauter herausgekommen als beabsichtigt, seine Stimme klingt dumpf so weit unten, tief zwischen seinen Beinen, wo er wirklich mal alles loslässt, hängen lässt, bis es im Rücken zieht und zerrt, aber dann tut es irgendwann stärker weh und er kriegt Schiss und richtet sich schnell wieder auf, damit nichts kaputtgeht in seinem Rücken, sodass er am Ende für immer so bleiben muss: gekrümmt.

Charlotte sieht ihn an, schüttelt den Kopf, bevor sie das Fleisch kontrolliert, mit den Fingern Auberginenscheiben aus einer Plastikdose fischt und nachschaut, ob sie rundum von Öl bedeckt sind, immer kontrolliert sie alles, und trotzdem macht sie ständig Fehler, zum Beispiel hätten die Brotscheiben, die sie ebenfalls auf dem Grill röstet, längst heruntergemusst – es ist kein Geheimnis, dass Charlotte keine gute Köchin ist, was man schon daran erkennt, dass Karl nachts manchmal an Simons Kühlschrank geht und die Reste vom Abendessen stiehlt.

Ihre Finger, mit denen sie die Auberginen festhält, zittern. Das Schweigen, das jetzt zwischen ihnen entsteht, wird unangenehm, und es wird, je länger es andauert, immer schwerer zu durchbrechen sein.

»Ich hänge doch gar nicht herum«, sagt er schließlich.

»Wieso, was tust du denn?« Ihre Hände beruhigen sich sofort. Sie ist unerträglich vorhersehbar, diese Erwartung in ihrer Stimme, die sie nicht einmal zu verbergen sucht.

»Ich... habe etwas vor. Ein Projekt. Ich werde etwas Großes machen.«

»Oh, was denn Großes?«

Wenn er nicht antwortet, redet sie meist einfach weiter, als hätte er sie nur versehentlich nicht gehört oder als hätte sie umgekehrt seine Antwort nur nicht verstanden, so ist es auch jetzt.

»Etwas für die Schule? Kann ich dir dabei helfen? Brauchst du Material? Warst du schon in der Bibliothek?«

Ich entwickle ein Computerspiel, bei dem ein ganzer Planet voller Affen komplett in die Luft gesprengt werden muss.

Nein, so nicht. Was wäre etwas Großes für sie? Sie löchert ihn so lange, bis er aufspringt und doch das Brot vom Grill holt, es auf einen Teller wirft, sich dabei die Finger verbrennt und flucht, bevor er die Hand in der Luft schüttelt.

»Ach Mensch«, sagt Charlotte, »die sind ja schon ganz schwarz.«

Sie meint das Brot, nicht die Fingerkuppen.

»Ich schreibe ein Buch.«

Er lässt sich wieder in den Stuhl fallen, kann dabei zusehen, wie ihr Gehirn rotiert, eine der Auberginenscheiben rutscht in die Asche.

»Ein Buch?« Sie stemmt die Hände in die Hüften, ohne an die ölige Grillzange in ihrer Rechten zu denken, dann streicht sie sich die verschwitzten Haare aus der Stirn. »Ein Buch«, flüstert sie andächtig.

»Ja«, sagt er laut. »Bücher verändern die Welt, ist das nicht, was du denkst? Dass Bücher die Menschen, die sie lesen, zu besseren Menschen machen?« Er muss lachen.

Aber sie merkt noch immer nichts, beugt sich vor, atmet ihm selig ins Gesicht, ausgerechnet jetzt, wo der Grill endlich nicht mehr qualmt. »Worum geht es? Und wie weit bist du? Zeigst du mir den Anfang? Dann musst du auch ganz viel lesen, bisher hast du ja nicht gelesen, aber niemand schreibt ein Buch, der selbst nicht ... Soll ich dir etwas leihen?«

Er starrt sie an. Ihm ist nicht klar gewesen, *wie* sehr sie sich darüber freuen würde. Wenn es nicht schrecklich unnütz wäre, in jeder Hinsicht eine Vergeudung von Lebenszeit, dann würde er jetzt vielleicht Lust kriegen, *wirklich* ein Buch zu schreiben.

Und dann kommt er doch, der Moment, in dem sie endlich begreift: *Oh. Er hat gar kein Projekt, er schreibt überhaupt kein Buch.*

Sie hört sofort auf, ihn zu bedrängen, es kann nur Sekunden dauern, bis sie das Thema wechseln wird, um die Situation zu überspielen, aber er sieht ihre Enttäuschung. Sie hat ihm geglaubt, kurz ist er der Sohn gewesen, den sie sich immer gewünscht hat. Und er sieht noch mehr: Charlotte ist nicht überrascht. Denn das ist doch klar gewesen, dass Karl es nicht hinbekommen wird, von ihm ist einfach nichts zu erwarten, schon gar nichts Großes.

Obwohl er sie vorgeführt hat – und obwohl sie nun weiß, dass er sie vorgeführt hat –, schafft er es nicht, sich als Sieger zu fühlen. *Sie hat recht! Er kann nichts, er ist nichts, für keinen von ihnen!*

Karl bricht der Schweiß aus, sein Herz rast, und er will weg, wenigstens einen Moment den Kopf freikriegen, er hält es nicht mehr aus, springt auf, drängt sich an Charlotte vorbei. »Ich muss pissen«, sagt er, läuft aber nicht ins Haus, sondern rennt die Stufen hinunter in den Garten – soll sie denken, was sie will, folgen wird sie ihm nicht, und er weiß die Richtung, zur Laube, denkt er, zur Laube, und dann denkt er noch: Jetzt ist das Fleisch auch verbrannt, genau wie das Brot.

»Ha!«

Plötzlich steht Greta vor ihm, ohne dass er sagen könnte, wo sie hergekommen ist, so als wäre sie überhaupt nicht in die Laube gegangen vorhin, sondern als hätte sie hier die ganze Zeit auf ihn gewartet, hinter den Zweigen der Tannen, zwischen den vertrockneten Nadeln.

»Hab ich dich erwischt!«

Er weicht zurück, aber sie tritt sofort wieder auf ihn zu, er könnte heulen, geht heute denn alles schief?

»Du Spanner! Hast du gedacht, ich merke nicht, wie du mich verfolgst? Was soll das werden? Was willst du?«

Sie scheint ihm, so nah, noch größer zu sein als sonst, als wäre sie gewachsen in den vergangenen Tagen, und in der Tanne neben ihm fängt ein Vogel an zu rascheln und zu schnarren, Karl sieht ihn aus dem Augenwinkel mit den Flügeln schlagen, hässlich, grau, der Vogel macht es ihm schwer, sich auf Greta zu konzentrieren.

»He, ich rede mit dir. Bist du stumm?«

Wirklich hat er bisher kein Wort gesagt, denn je größer sie wird, desto kleiner kommt er sich vor, und je drängender sie von ihm verlangt, den Mund aufzumachen, desto weniger fühlt er sich dazu in der Lage.

»Was ist eigentlich los mit dir???«

Er würde gern einen Knopf drücken, so wie früher, mit einem Doppelklick auf die Maus das Spiel anhalten, um ein Stück zurückzugehen, ein Level niedriger wieder einzusteigen und die Szene dann besser zu beherrschen. Er hat keine Angst vor Charlotte, aber er hat Angst vor Greta, die vor ihm steht und nun so laut spricht, dass man schon sagen kann, dass sie ihn anschreit, und als sie noch näher kommt und er nicht mehr ausweichen kann, während sie drohend und überlebensgroß vor ihm aufragt – als überhaupt nichts mehr bleibt, was er tun kann, er nicht mehr aus noch ein weiß, vor nicht, zurück nicht – da wird ihm alles zu viel, Charlotte, Simon, Greta, da schließt er die Augen.

Sofort wird es still.

Keine Geräusche von draußen mehr, der Vogel verstummt, und es fühlt sich an, als würde Karl tief in sich hineingehen, an einen Ort unterhalb der Brust, mittig, nicht seitlich wie das Herz. Er atmet flach und schnell, immer schneller, glaubt sogar, ein Wimmern auszustoßen, wofür er sich schämt, aber auch diese Scham hat gleich nichts mehr mit ihm zu tun, er zittert am ganzen Körper, alles dreht sich, er weiß, er wird fallen, und er sehnt sich danach, ihm ist kotzübel.

Er spürt Gretas Verblüffung.

Dann spürt er, dass sie die Hand nach ihm ausstreckt.

Und schließlich, es durchfährt ihn vom Kopf bis zu den Füßen, berührt sie ihn. Sie legt ihre Finger auf seinen Arm, die Stelle brennt, und das allein macht alles besser, Karl gelingt es mit Mühe, seinen Atem zu verlangsamen, und irgendwann schafft er es, immer noch mit geschlossenen Augen, selbst einen Arm zu heben, selbst die Hand nach Greta auszustrecken, bis auch er ihre Haut unter den Fingerkuppen fühlt und ihren Oberarm umgreifen kann wie etwas, das ihm Halt gibt. Er hört sie atmen.

So stehen sie einige Sekunden im Garten; ginge es nach ihm, könnten sie für immer dort stehen bleiben. Aber Greta zieht sich schnell zurück. Ihre Hand zuckt, sie lässt sie fallen, aus ihrem Hals dringt ein nicht unfreundliches Räuspern, bevor sie ihren Oberkörper wegdreht, nur eine Winzigkeit, doch die reicht aus, um seine Finger abrutschen zu lassen. Sie sind wieder getrennt. Greta räuspert sich noch einmal, und danach hört Karl, wie sie sich entfernt, langsam, ruhig, die gleitenden Schritte genauso entspannt wie sonst auch.

Er könnte wirklich heulen, und selbst als er sicher ist, allein zu sein, dauert es lange, bis er die Augen öffnet.

Noch in dieser Nacht heult er auch wirklich.

Er starrt den Monitor mit dem blinkenden Cursor an, als würde Greta nicht zwei Wände weiter auf der anderen Seite des Hauses in ihrem Bett liegen und schlafen, sondern als steckte sie irgendwo dort drinnen, hinter einer hauchdünnen Schicht aus Glas, Metall und Kunststoff. Auf dem anderen Monitor ist das Bild der Kamera geöffnet. Aber wie man sieht, sieht man nichts, denkt er; an all den vergangenen Tagen hat man nichts gesehen, es ist eine zum Schreien blöde Idee gewesen, die Kamera auf den Schreibtisch zu richten, denn offenbar hält sich Greta überall in ihrem Zimmer auf, bloß nicht am Schreibtisch. Nur ein einziges Mal hat er mitverfolgen können, wie sie sich hinsetzte und den Laptop einschaltete. Das Bild ist unscharf gewesen, die Auflösung schlechter als erwartet, aber als er die Augen zusammenkniff, konnte er erkennen, dass sie ihren Instagram-Account öffnete; sofort erwachte der Spion in ihm, er konzentrierte sich wahnsinnig, um ihren Fingerspitzen auf der Tastatur und damit ihrem Passwort zu folgen, doch nicht einmal das funktionierte, lediglich die Anzahl der Zeichen glaubte er zu erkennen, es waren acht, und das erste ist vielleicht ein *s* gewesen und das letzte ziemlich sicher eine *0* oder ein ß.

Er blickt erneut auf das tote Bild der Kamera, und plötzlich kann er die Tränen nicht mehr zurückhalten. Er zieht die Nase hoch, fährt sich mit dem Unterarm übers Gesicht, aber das Heulen hört nicht auf – auch als er vom Computer weggeht und eine schnelle Runde durchs Zimmer läuft, wird sein Schluchzen nur lauter und höher. Er greift nach der Colaflasche auf dem Schreibtisch, um einen Schluck zu trinken, atmet falsch ein, verschluckt sich, spuckt die Cola aus, hustet, weint immer schlimmer, sieht sich selbst dabei von außen, das hat es noch nie gegeben, er hat keine Kontrolle darüber, gleich wird ihn jemand hören, er schafft es nicht, Luft zu holen, und jetzt bekommt er wirklich Angst, denn so kann es nicht weitergehen.

Er braucht etwas, wenigstens etwas.

Während ihm immer noch Tränen übers Gesicht laufen, zwingt sich Karl durchzuatmen, sich mit weichen Beinen zurück auf den Stuhl zu setzen und die Hände auf die Tastatur zu legen. Er fängt an zu tippen. Als er einmal dabei ist, fühlt es sich fast selbstverständlich an. Als Erstes öffnet er Instagram über den Browser, dann startet er mit der Registrierung. Er hatte bis jetzt keinen Social-Media-Account, wozu auch, aber um Gretas Seite lesen zu können, braucht er ein eigenes Profil. Er wählt einen Allerweltsnamen, den er im selben Moment wieder vergisst, den er sich auch nicht merken muss, weil der Computer die Zugangsdaten speichert.

Karl fährt sich ein letztes Mal mit den Händen übers

Gesicht, bevor er sich wieder hinsetzt. In dieser Nacht wird er keine Cola mehr brauchen, er ist hellwach. Obwohl Gretas Account öffentlich zugänglich ist, weiß er, dass er erneut eine Grenze übertritt, wie mit der Kamera. Er ist der Spion im Haus, sein Herz stolpert, als er zu lesen beginnt. Er versucht, es wie eine sachliche Untersuchung anzugehen. Gretas Profilbild zeigt sie von schräg oben, ein Selfie, das ihr wohl schmeicheln soll, obwohl er selbst findet, dass ihr Gesicht von vorn oder im Profil noch besser aussieht, ruhiger, weniger herzförmig. Er vergrößert das Bild, das Blau ihrer Augen muss sie mit einem Filter bearbeitet haben, genau wie das Blau des Meeres im Hintergrund, offenbar ist das Foto auf einer Reise mit Simon entstanden, die beiden teilen eine seltsame Leidenschaft für Italien, die Karl nicht nachvollziehen kann, Pizza, Nudeln, Eis gibt es schließlich auch hier. Aber vielleicht ist er nur neidisch, weil Charlotte mit ihm nie irgendwo hingeflogen ist, er klickt das Bild schnell weg und scrollt nach unten, um sich einen ersten Überblick zu verschaffen.

Und dann? Eigentlich weiß er es schon nach einer halben Stunde. Aber er kann es nicht glauben, und deshalb sitzt er mit brennenden Augen da, die rechte Hand an der Maus, die Finger auf den Tasten, vor dem Fenster wird es hell, die Vögel wachen auf und behaupten, dass der neue Tag beginnt, und es ist eine solche Enttäuschung. Er hat gehofft, Greta endlich näherzukommen, etwas über sie zu erfahren. Aber dann ist es immer nur um Politik gegangen, ums Klima, um Permafrostböden in Sibirien und Brände in der Arktis und ähnlich weit entferntes Zeug. Greta stellt Screenshots ein von komplizierten Zeitungsartikeln und Studien, die sie im Begleittext zusammenfasst und kommentiert, sie fotografiert auf Demos, lädt Slogans hoch, eine abstrakte Flut von Zitaten und Verweisen, manchmal ergänzt durch einen Link, und noch dazu ist alles auf Englisch, immer bloß *New York Times* und *Guardian*, er versteht die Fachbegriffe nur zum Teil, sogar die Diskussionen in den Kommentaren werden auf Englisch geführt.

Er hat nichts über ihre eigene Aktion erfahren, ihr großes Vorhaben, an keiner Stelle ist davon die Rede gewesen. Nein, das Einzige auf Gretas Profil, das wirklich mit ihr verknüpft scheint, ist dieses blöde Foto am Meer, das ihm immer fremder vorkommt, je öfter er es anschaut, und das überhaupt nicht zu den vielen ernsten Themen passt, ein Bikinifoto am Strand, obwohl doch, wie Karl erfahren hat, die Mittelmeerfische einen qualvollen Tod sterben, genau wie die Amphibien, die Vögel und die Insekten und die Nashörner und die Faultiere, und die Bäume sowieso.

Er erhebt sich, geht ans Fenster, draußen scheint die Sonne, trotzdem will er noch nicht schlafen, sondern weitermachen, vielleicht ist es ein ähnliches Nicht-Aufgeben-Wollen wie das von Charlotte, aber so ist es nun eben – ausgerechnet in diesem Moment kann er seine Mutter erstmals ein wenig nachvollziehen. Er will herausfinden, warum diese Dinge für Greta derart wichtig sind, er kann nicht zurück, er wird sich einarbeiten müssen.

Karl greift zu und zieht zum ersten Mal seit langer Zeit den Vorhang vor seinem Fenster zur Seite. Er packt den Stoff so fest, dass oben zwei der durchsichtigen Häkchen aus der Schiene springen. Mehr Licht, hier muss Licht rein, er bekommt eine Ecke der Fensterfolie zu fassen, zieht mit aller Kraft, und dann ist es so weit: Die Sonne scheint in sein Zimmer, fast genauso weiß und so hell wie bei Simon.

Auch Ende Juli scheint die Sonne noch. Hört gar nicht mehr auf zu scheinen, gerade noch, dass sie jede Nacht kurz untergeht. An einem uninteressanten Ort in Niedersachsen wird ein neuer Hitzerekord gemessen, 42,6 Grad, der heißeste Tag seit Beginn der deutschen Wetteraufzeichnungen, wobei der letzte Hitzerekord vom Vortag stammt, sodass Karl sich fragt, ob das jetzt immer so weitergehen wird, jeden Tag dasselbe Geschrei: Weltrekord, das Wetter schreibt Geschichte! Die betreffenden Online-Meldungen sind vollkommen falsch bebildert, hauptsächlich mit Wasser nämlich, mit Aufnahmen von Freibädern, Seen und pummeligen Kindern unter Rasensprengern, grünes, giftig nachkoloriertes Gras unter den Füßen, was für ein Beschiss.

Er wechselt zurück zu Gretas Seite, die jetzt immer offen ist auf seinem Rechner, und er liest ihre Zusammenfassung eines BBC-Berichts, der erklärt, warum höchstens noch achtzehn Monate bleiben, um den Planeten zu retten, während die Gletscher verschwinden, das schmelzende Grönlandeis den Meeresspiegel ansteigen lässt; Karl lädt sich den Originalbeitrag herunter und googelt die wenigen Fachwörter, die er noch nicht kennt. Er liest nicht nur die Artikel, auf die Greta hinweist, sondern auch alles, was in den Kommentaren hinzugefügt und gegenübergestellt wird; er folgt jedem Querverweis auf jeder Website, bis sich ausgehend von seinem Computer ein gigantisches Netz spannt, in dem ein Faden zum nächsten führt, ohne dass jemals ein fertiges Bild entsteht, immer gibt es noch eine Information, die eingefügt, gegengecheckt und gegebenenfalls verworfen werden muss. Die Richtung allerdings ist klar, die Daten lügen nicht, die Studien sind nicht gefälscht, alle ernst zu nehmenden Wissenschaftler schreien dasselbe in die Welt hinaus: Die

BBC hat recht, die *New York Times* hat recht, der *Guardian* hat recht, und Greta sowieso, beide Gretas, sie haben ihn überhaupt erst auf diese Spur gebracht.

Er folgt der Spur. Doch es reicht nicht, er braucht mehr.

In ihren Posts hat Greta kein einziges Mal ihren großen Plan erwähnt, deshalb muss er Zugang haben zu ihren anderen Kanälen, es ist Zeit für Level 2, ihr Handy.

Aber für ihr Handy braucht er ihr Passwort. Wie wird das immer gemacht im Film: Passwörter knacken, als gäbe es nichts Einfacheres auf der Welt? Er könnte Simon fragen, ha ha.

Karl trommelt mit den Fingern auf den Tisch, bevor er es fürs Erste mit ihrem Social-Media-Account versucht. Gretas Mailadresse kennt er, weil sie unten im Flur an Simons schwarzem Brett hängt, über dem Wandbord mit dem alten Festnetztelefon, das nie, überhaupt nie klingelt. Also fehlt wirklich nur noch das Passwort. 12345678? Qwertz? Ihr Geburtstag? Er überlegt. Viel zu einfach, dann eher der Geburtstag der anderen Greta, oder wahrscheinlich überhaupt kein Geburtstag, höchstens ... Jetzt fällt es ihm wieder ein, der erste Buchstabe ist ein *s* gewesen. Er gibt die Kombination ein: *sb881970*, drückt auf Enter: natürlich falsch. Er versucht es mit *sb080870*, wieder falsch. Ihm ist nicht klar, wie schnell der Zugang gesperrt wird, er will schon aufgeben, als er plötzlich denkt: Ich habe nicht auf ihre linke Hand geachtet. *SB080870*.

Und dann ist er drin. Er ist Greta.

Nein, oder? Er springt auf, dass der Stuhl zurückrollt, das gibt es ja nicht, er dreht sich um, rennt zum Bett, wieder zum Schreibtisch, das gibt es wirklich nicht, er wartet auf den Moment der Erregung – aber sein stärkstes Gefühl ist ein anderes. Seit er sich erinnern kann, hat Gretas Intelligenz in diesem Haus als feststehende Größe gegolten, selbst bei Charlotte, unverrückbar und sicher wie die Treppe zwischen den zwei Stockwerken. Und jetzt? Wie kann sie derart naiv sein? Simon ist prominent genug, um von jeder Oma in jedem Supermarkt erkannt zu werden – zwar schirmt er sein Privatleben ab und hat die Familie in Interviews oder Talkshows kaum erwähnt, trotzdem wissen sicher alle Bekannten von Greta, wer ihr Vater ist, und noch der hinterletzte Idiot muss in der Lage sein, mit wenigen Klicks Simons Geburtstag herauszufinden. Die Wahrscheinlichkeit, dass Karl der Erste ist, der Gretas Profil gehackt hat, liegt bei null.

Die Treppe zwischen den zwei Stockwerken ist eingestürzt.

Schon zwei Tage später schlägt er zu. Er hat die neue Operation so oft im Kopf durchdacht, dass sie gar nicht schiefgehen kann. Draußen auf dem Flur hört Karl die Geräusche, auf die er gewartet hat: Gretas Tür wird geschlossen, sie steigt die Treppe hinunter, auf dem Weg ins Bad, um sich fertig zu machen. Sonst hat sie ihr Telefon immer dabei, in der Küche, in der Laube, sogar auf dem Klo; nur wenn sie duschen geht, lässt sie es in ihrem Zimmer zurück. Karl hat sie beobachtet, er weiß genau, wie viele Minuten das Wasser rauscht, wie lange sie ihre Haare föhnt, sich schminkt – und während er jetzt aufsteht und die Klinke drückt, um in den Flur zu gehen, startet in seinem Kopf ein Countdown, mit eckigen, neongelben Zahlen, zu denen er sich wie in einem Computerspiel bewegt, der kleinwüchsige Meisterspion: raus aus seinem Zimmer, ruhig atmen, über den Strich, rein in

Gretas Zimmer. Simon und Charlotte sind nicht im Haus, alles spielt ihm in die Hände.

Das Handy ist leicht zu finden mitten auf Gretas Schreibtisch. Der Timer in seinem Kopf sagt ihm, dass er gut in der Zeit liegt, als er das Telefon nimmt und in die Hosentasche steckt, dann lautlos zurück in den Flur schleicht, in sein eigenes Zimmer, wo er schon alles vorbereitet hat, und nur ganz kurz macht er sich Sorgen, sie wäre diesmal vorsichtiger gewesen, ihr Handypasswort könnte ein anderes sein als wieder Simons Geburtstag, sein Finger fährt rasend schnell von einer Zahl zur anderen, aber nein, das Passwort stimmt. Die Installation selbst ist eine Sache von Sekunden, er muss lediglich die Webanwendung über einen QR-Code mit dem Smartphone verbinden, schon hat er sämtliche Nachrichten und Chatverläufe von Gretas Messenger auf dem Monitor – geradezu unheimlich einfach scheint ihm das, eine echte Sicherheitslücke, die ihm jetzt glücklich entgegenkommt. Er steht wieder auf, ohne eine einzige Zeile gelesen zu haben, vorher muss das Handy an seinen Platz zurück – er haucht darauf und wischt die Oberfläche an seinem T-Shirt ab, fragt sich erst danach, ob ein Telefon ohne Fingerabdrücke nicht eigentlich viel verdächtiger ist als der schmierigste Fleck, den man hinterlassen kann – wieder über den Flur, im Bad brüllt gerade erst der Föhn los, und schon liegt das Ding an derselben Stelle, von der er es weggenommen hat, Karl schiebt es millimetergenau zurecht und atmet tief durch, voller Vorfreude auf die nächsten Stunden.

»Scheißtechnik!«

Ist das Greta, am Fuß der Treppe? Er ist noch nicht weit gekommen, hört sofort auf zu lesen, schleicht auf Socken in den Flur, bis er von oben auf ihren Scheitel sehen kann, sie trägt schwarze Leggins, ein übergroßes buntes Shirt, schmeißt das Handy in ihre Handtasche und flucht.

»Was ist denn los?«

Simon fragt aus der Küche nach, in der er bestimmt wieder kocht an diesem Nachmittag, denn wenn Simon zu Hause ist, kocht er beinahe ununterbrochen, Karl versteht nicht, wie man so viele Stunden am Herd verbringen kann, auch wenn er indirekt davon profitiert. Erst in der vergangenen Nacht hat er wieder vor Simons und Gretas Kühlschrank gestanden, gekostet, was übrig geblieben war, Hühnchen offenbar, chinesisch wahrscheinlich, das Kochbuch lag noch auf dem Tisch, aber das Zeug war so unfassbar scharf, dass Karl die Gabel aus der Hand gefallen ist und er in der dunklen Küche nach Luft geschnappt und einen schmerzhaften Schluckauf bekommen hat.

»Mein Handy. Das Teil macht, was es will«, antwortet Greta, und Karl springt das Herz in die Höhe, während er schnell in sein Zimmer rennt. Scheiße, fuck, *doppelfuck*, mit fliegenden Fingern drückte er Windows-Taste und L, sperrt den PC, der Login-Screen leuchtet auf – den Computer herunterfahren kann er nicht, sonst würde sich der Messenger schließen, er müsste dann ein weiteres Mal Gretas Handy stehlen –, Karl wartet darauf, dass jemand die Treppe hoch- und zu ihm hereinkommt, er schiebt die Tastatur weg, hört eine Stufe knarren, legt die Hände flach auf den Tisch, schließt die Augen ...

Aber nichts geschieht. Offenbar haben sie ihn noch nicht im Verdacht. Langsam beruhigt er sich, und gleich darauf hört er, wie Greta das Haus verlässt.

Er wartet noch eine Weile. Dann loggt er sich wieder ein.

Zuletzt hat sie jemandem geschrieben, der sich *Storm-Watch* nennt. Karl findet mehrere Nachrichten, die sich alle auf dasselbe Ereignis zu beziehen scheinen, *Ausführung in process*, hat *StormWatch* geschrieben und wenige Tage später: *offizielle Anmeldung inklusive polizeilicher Genehmigung: check*. Endlich! Er hört innerlich den Trommelwirbel, das muss sie sein, die große Aktion, die Greta plant, und auch wenn *StormWatch* angemessen paranoid ist und offensichtlich Angst hat, dass jemand mitliest, ist Karl auf der richtigen Spur – er wird bald wissen, worum es geht. Er verfolgt Gretas Kommunikation mit *StormWatch* über zwei Monate zurück, sie sprechen mehrmals über die bevorstehende Landtagswahl, Greta findet es eine Zumutung, mit siebzehn nicht wählen zu dürfen. Die Artikel, die verlinkt sind, lange Essays, setzen sich mit den neuen Rechten in Ostdeutschland auseinander und mit einem ihrer Lieblingsthemen: der Leugnung des Klimawandels. Vom *Klimawahn* hat der sächsische Landesvorsitzende gesprochen und dafür geworben, *diese aktuelle, auf natürliche Weise entstandene wärmere Periode in der Menschheitsgeschichte* doch einfach auszunutzen, schließlich sei die Vegetation dadurch üppiger, es gebe mehr zu essen, heizen müsse auch niemand, und überhaupt: *Heimatschutz ist der eigentliche Umweltschutz*.

Karl wechselt auf die Website der Partei, um sich das mal im Original anzuschauen, sieht viel Blau, sieht auch viel Grün, Heimat eben, Schlösschen und Flüsschen, und außerdem wird die Wahlkampf-Abschlusskundgebung angekündigt: in der Innenstadt, auf dem Neumarkt, am 25. August.

Die Sonne geht unter, aber auch wenn es irgendwann dunkel wird, brennt etwas in Karl. Er kann sich durchs Haus bewegen, die Treppe hinauf und hinunter, von einem Zimmer ins andere, ohne Licht zu machen, etwas geht von ihm aus. Er leuchtet so, wie die Monitore in seinem Zimmer leuchten, und immer häufiger hält er es nachts nicht mehr aus am Computer, schwitzt und keucht, bis er sich schließlich hochstemmt, was ihm mühsam vorkommt, als wäre er in der Hitze mit der Plastiklehne verschmolzen, er reißt sich los, macht sich auf den Weg in die Küche hinunter, wo er sich auf einen Stuhl an der Wand setzt, und zwar, und das ist das Ungeheuerliche daran, nicht an seinem und Charlottes Tisch, sondern an dem von Simon und Greta, denn er hat durch Zufall herausgefunden, dass dieser eine wackelige Stuhl am besten hilft gegen die Unruhe, die ihn jetzt immer umtreibt, auf diesem Stuhl fühlt er sich Greta nahe, als hätte das Holz ihren Körper gespeichert, den Abdruck ihrer Beine, ihres Rückens, Karl legt die Handflächen auf den Tisch oder drückt sie gegen die kühle Wand und entspannt sich.

Hier sitzt er auch in einer Nacht im August.

Charlotte leuchtet nicht, sie kann sich nicht wie er sicher im Dunkeln bewegen, deshalb schaltet sie draußen im Flur die Deckenlampe an. Er hat ihre Schritte schon auf der Treppe erkannt, nun öffnet sie die Tür einen Spaltbreit – eine Weile sagen sie beide nichts und bewegen sich auch nicht.

»Karl?« Endlich fragt sie. »Bist du das dort hinten?«

Er flüstert: »Mach das Licht aus.«

Sie haben einander kaum gesehen in der letzten Zeit, während der Ferien, noch weniger als sonst, tagsüber ist das Haus für ihn auf sein Zimmer zusammengeschnurrt. Und

Charlotte hat mal wieder einen neuen Job angefangen, er hat gar nicht genauer nachgefragt, worum es sich handelt, so wenig interessiert ihn die x-te Elternzeitvertretung in irgendeinem Kleinstverlag oder Büro.

Als sie hinter sich greift, erlischt die Lampe im Flur, Charlotte tastet sich durch die Küche in seine Richtung, zögert zwischen den beiden Tischen, setzt sich dann aber zu ihm.

»Ist alles in Ordnung? Was machst du hier, mitten in der Nacht?«

»Nichts ist in Ordnung.«

Wie durch ein Wunder fragt sie nicht sofort nach, sondern lässt ihm die Zeit, die er braucht. Er sieht, während sie auf dem Stuhl hin und her rutscht, einzelne Teile von ihr: eine schmale, erhobene Hand, eine Kuhle am Hals, den weiten Ausschnitt des Nachthemds, die Rundung ihrer Wange.

»Ich bin in der falschen Zeit geboren. Das ist alles total kaputt. Als du so alt warst wie ich ... sogar später ... man hätte die Welt noch retten können. Jeder hätte das machen können, jeder für sich allein ... Es hätte ja genügt, nicht Auto zu fahren ... Da hatten sie noch nicht gewonnen!«

»Wer denn?«

»Die ganzen Schweine! Die Kapitalisten! Der Präsident von Amerika kauft ein Naturschutzgebiet in Schottland, nur um da Golf zu spielen. Oder ...«

Sie scheint ihm zuzuhören, sie hört ihm zu, und er hört nicht mehr auf.

»... oder Kanadier, die in Griechenland irgendwelchen Goldstaub aus der Erde waschen wollen. Die packen dreißig Minen auf eine einzige Halbinsel ... da sieht es aus wie auf dem Mond, nichts mehr da, nur vergifteter Boden. Ich meine ... Mama!«

Als er merkt, wie er sie genannt hat, redet er schnell weiter.

»Warum *hast* du die Welt denn nicht gerettet? Ich weiß, was du gearbeitet hast damals. Leute wie du... *Ihr* habt bestimmt, wie das Scheißinternet aussehen soll, *ihr* habt die Digitalisierung, die Globalisierung... Das ist alles in dieser Zeit... Und jetzt sagst du nicht mal was dazu!«

»Na warte mal.« Sie sitzt mittlerweile ganz still, aber sie ist nicht wütend geworden, nicht einmal zittrig, was ihn erstaunt, vielleicht kennt er sie doch nicht so gut wie gedacht. »Ich überlege noch«, sagt sie leise. »Machst du mich wirklich für die Globalisierung verantwortlich? Ist das nicht eine Nummer zu groß?«

»Erzähl du mir nichts übers Kleinsein!« Er schnaubt durch die Nase.

Sie lacht, schiebt ihren Stuhl zurück, der eigentlich Simons Stuhl ist, und dann fragt sie, ob er ein Bier trinken wolle. Er denkt, er hätte sich verhört, nickt sicherheitshalber, obwohl sie das wahrscheinlich kaum sehen kann – da geht sie schon zum Kühlschrank, öffnet die schwere Tür, steht plötzlich im Licht, zieht zwei Flaschen aus dem Gemüsefach und schlägt die Tür wieder zu, sucht in der Schublade nach dem Öffner, mit dem sie ein Bier nach dem anderen aufhebelt. Sie kommt zum Tisch zurück, stellt Karl eine Flasche hin und trinkt zuerst, mehrere lange Schlucke. Nach dem Absetzen holt sie tief Luft.

»Ich weiß davon nicht so viel, Karl, ich weiß nichts über Griechenland. Ich habe auch bestimmt nicht genügend nachgedacht in meinem Leben, und glaub mir: Ich war nie gut genug, als dass ich die Globalisierung hätte lostreten können. Das Beste, was ich zustande gebracht habe... bist du. Und ich bin sehr, sehr froh, dass es dich gibt. Dich großzuziehen...«

Sie bricht ab, nimmt schnell noch einen Schluck.

»Weißt du, Babys können nichts am Anfang. Nicht sprechen, nicht laufen, das ist ja klar, aber ... nicht mal trinken! Nicht mal schlafen! Sie können überhaupt nichts. Es ist absolut schrecklich.«

Er will ihr widersprechen, aber dann weiß er gar nicht, warum. Erst jetzt kostet er ebenfalls von dem Bier, es ist bitter und schmeckt ihm nicht, trotzdem gefällt ihm, wie es eiskalt seinen Hals hinunterläuft.

»Als ich es geschafft habe, dir nach und nach alles beizubringen ... das war ein Wunder. Irgendwann brauchtest du keine Windeln mehr. Du hast aus einem Glas getrunken statt aus der Flasche. Du bist Fahrrad gefahren, du konntest lesen, und nur ein kleines bisschen später hast du mir zum ersten Mal meinen Computer erklärt.« Sie lächelt. »Ich habe dir alles beigebracht, was ich konnte. Alles, was ich selbst weiß. Du bist jetzt schon klüger als ich.«

»Na ja«, sagt er. Warum ist sie plötzlich so nett? Er trinkt mehr Bier und dreht verlegen die Flasche, von der Kondenswasser über seine Finger läuft.

»Vielleicht ist es das, worauf ich hinauswill ... Irgendwann ist es vorbei mit dem Muttersein. Natürlich sind die Kinder besser als die Eltern.« Sie fährt sich flüchtig mit der Hand über die Stirn und klingt jetzt müde. »Du machst das schon gut, Karl, ich bin stolz auf dich.«

Ein Gedanke formt sich in ihm. Ist das also ihr Beitrag zur Welt – er selbst? Und sie, die Kinder, müssen es von diesem Punkt an in die eigene Hand nehmen? Greta hat das längst verstanden. Er sollte aktiv werden wie sie, sich etwas einfallen lassen, statt beleidigt in seinem Zimmer zu hocken.

Er richtet sich auf. Das Bier steigt ihm in den Kopf. Er

setzt die Flasche an den Mund, hält sie schräg und bläst hinein, bis ein Ton herauskommt, ein zweiter und immer mehr, raunende, klagende, brüllende Töne. Er hört erst auf, als ihm die Lippen wehtun.

Sie sitzen noch eine Weile schweigend da. Irgendwann ist Charlottes Flasche leer, und Charlotte nimmt sie und stellt sie in die Spüle und lässt Wasser hineinlaufen und dreht den Hahn wieder zu und schüttet das Wasser aus und trocknet sich die Hände am Geschirrtuch ab und stellt die Flasche zu dem anderen Altglas an der Wand, und nichts an diesem komplizierten Vorgang ist Karl unangenehm, all das findet er völlig in Ordnung.

Der erste Blick, der erste Schritt und der erste Klick am nächsten Morgen gelten Gretas Messenger. Wie weit ist sie in der Zwischenzeit vorangekommen mit *ihrer* Aktion, wann geht es los? Aber dann muss er feststellen, dass sie überhaupt nicht vorangekommen ist, stattdessen hat sie einer Freundin erklärt, wie man süße Zucchinimuffins bäckt. *Mit gemahlenen Mandeln! Vanillezucker! Und dann mit Butter und Honig essen!* Was soll das denn, wie kann sie sich mit so etwas abgeben, während … er starrt auf den Bildschirm, öffnet seine üblichen Nachrichtenquellen … während Forscher berechnet haben, dass die menschliche Zivilisation schon gegen Mitte des Jahrhunderts am Ende sein wird. Da gibt es erstens die Auswirkungen der globalen Erwärmung, die niemand bekämpft und die massiv zunehmen wird, da gibt es zweitens die stetig wachsende Weltbevölkerung, viel zu viele Menschen, wie soll man das denn lösen, und die Natur wird immer radikaler ausgebeutet, das Artensterben beschleunigt sich, in der Folge werden fremde Viren auf den Menschen überspringen, und bei einer Erwärmung um 2,4 Grad bis 2050 wird der Meeresspiegel um zwei, vielleicht sogar drei Meter steigen, die Tropen werden unbewohnbar, ein Drittel der Erdoberfläche verwandelt sich in Wüste, und was all das bedeutet, ist doch klar, bewaffnete Kämpfe um die letzten Ressourcen, der Atomkrieg steht vor der Tür – aber Greta schreibt: *Zucchinimuffins sind die Macht.*

Karl zieht die Hand von der Maus zurück und fährt sich mit allen Fingern über den Kopf. Dann wechselt er zu Instagram. Warum hat Greta, statt Rezepte auszutauschen, nicht die Diskussion fortgeführt, in der es um die Blöcke N und P des Kraftwerks Boxberg geht? Boxberg ist eines der gesundheitsschädlichsten Kohlekraftwerke Deutschlands, die Schadstoffbelastung liegt extrem hoch. Das Lausitzer Kraftwerk wird von der LEAG betrieben, hinter der die tschechische EPH-Gruppe steht – und zu EPH hat Greenpeace schon 2016 ein Schwarzbuch herausgegeben, in dem es um Korruptionsvorwürfe geht, um die Anonymität von Offshore-Gesellschaften, um fehlende Finanzreserven für die Rekultivierung der zerstörten Landschaften. Karl googelt ein Interview mit einem der Vorstandsmitglieder. Das dazugehörige Foto zeigt den Mann vor einer Villa, die Karl bekannt vorkommt – und wirklich heißt es in der Bildunterschrift, es handele sich um eine von EPH kürzlich erworbene Immobilie im *schönen Dresden*, das über die A17 vom *schönen Prag* aus mit dem richtigen Auto schneller zu erreichen sei als mit einem Privatjet.

Er denkt nach. Greta muss alles wissen, was er weiß, schließlich ist er nur ihren Posts und Gedankengängen gefolgt, nur sie hat ihn dazu gebracht, zu recherchieren, die Zusammenhänge zu erkennen – warum ist sie dann so wenig radikal, warum führt ihre ganze Arbeit zu keiner Veränderung?

Plötzlich kann er nicht mehr widerstehen und tut etwas, das er noch nie getan hat. Er scrollt ans Ende der mittlerweile auf 78 Kommentare angewachsenen Debatte zu Boxberg, lockert die Finger über der Tastatur, bevor er, fast ohne nachzudenken, eine Zusammenfassung der bisherigen Argumente in die Maske tippt, gefolgt von der Forderung, die am weitesten geht: Sofortige Abschaltung zumindest der beiden ältesten Blöcke N und P! Er liest sich alles noch einmal durch, es klingt hundertprozentig nach Greta und wird der Sache neuen Schwung geben, er schickt den Kommentar schnell ab.

Erst danach wird ihm das Risiko klar. Sollte Greta entdecken, was er geschrieben hat, wird sie im allerbesten Fall an einen technischen Fehler glauben (jaja, träum weiter) – sehr viel wahrscheinlicher ist, dass sie sofort ihr Passwort ändert, und dieses neue Passwort wird dann nicht mehr so leicht zu erraten sein wie das alte. Aber da nun schon alles egal und er einmal dabei ist, ruft Karl gleich noch diesen Kerl aus ihrer Parallelklasse auf, *BenjaminZ* (wobei kein Mensch weiß, wofür das Z stehen soll), *BenjaminZ* jedenfalls stört Karl schon länger, weil er nie etwas Substanzielles beiträgt, aber mit Likes nur so um sich schmeißt und Gretas Profilbild bereits achtmal kommentiert hat, das sagt doch alles, da ist klar, was der will. Mit nur zwei Klicks schmeißt Karl *BenjaminZ* aus Gretas Kontaktliste; sie ist mit so vielen Leuten vernetzt, dass er hoffen kann, sie werde das Fehlen eines einzelnen Idioten nicht bemerken.

In diesem Moment trifft mit leisem *Pling* auf dem anderen Monitor, im Messenger nämlich, eine neue Nachricht ein,

Karl zuckt zusammen, erwartet kurz, dass Greta höchstpersönlich sich an ihn wendet – *Karl! Hab ich dich erwischt! Sofort raus aus meinem Profil, du Psycho!* –, aber natürlich ist es nur eine neue Nachricht an sie, und die Nachricht ist, er blinzelt zweimal, es gibt sie also doch noch, die Nachricht ist von Marie.

Ciao Greti, lange her, weiß gar nicht, wo du bist und stehst ... Jedenfalls werd ich achtzehn, der 25. ist ein Sonntag in diesem Jahr, und ich würd mich so freuen, wenn du auch mitfeierst, ab fünf ungefähr in die Nacht rein – am alten Platz im Park, wie früher. Achtzehn, was wir uns darunter mal vorgestellt haben ... Jetzt ist alles anders, aber du bist immer noch du, und ich bin immer noch ich, oder? Bitte komm, du fehlst mir ...

Karl verschränkt die Hände, bevor er Gefahr läuft, noch einmal in Gretas Namen irgendwas hinzutippen. Ihr eigener achtzehnter Geburtstag ist erst im Frühling, sie ist immer die Jüngste, aber niemand bemerkt es. Im Frühjahr werden es nicht mehr achtzehn Monate sein, in denen sich das Klima retten lässt, dann sind es nur noch ... er starrt auf seine Finger, um es nachzurechnen ... neun.

Nach der Nacht in der Küche zuckt er nicht mehr zusammen, wenn Charlotte die Treppe hochsteigt und an seine Zimmertür klopft. Er schaltet nach wie vor auf den Login-Screen, sobald sie hereinkommt, aber er motzt sie nicht an, als sie über eines seiner Kabel stolpert und dabei das Ladegerät aus der Wand reißt. Sie hat bemerkt, dass er die Vorhänge zur Seite gezogen hat und das Zimmer nicht länger eine unaufgeräumte Höhle ist – und als sie ihn fragt, ob man möglicherweise dieses Fenster sogar öffnen könne, nur einen winzigen Spalt, für einen kurzen Moment ... da müssen sie beide grinsen. Er geht hin, dreht den Griff, der wie eingerostet ist, schwingt das Fenster weit auf und lässt das Geräusch eines Autos herein, das draußen vorbeifährt, und dann stehen sie nebeneinander, sehen in den Himmel, reden über irgendetwas, und am Ende sagt Charlotte: »Wenn du es schaffst, dein Zimmer zu lüften, dann sollte ich mich vielleicht endlich um den Rasen kümmern.«

Als sie weg ist, bleibt er noch eine Weile am Fenster stehen und lässt es schließlich geöffnet, während er zu seinem Schreibtisch zurückkehrt. Auf dem Weg sammelt er eine leere Chipstüte auf, zerknüllt sie, wirft sie in den Mülleimer.

Greta schreibt sich Nachrichten mit einer Freundin. Karl wird erst nach einer Weile klar, dass sie über Marie sprechen.

Ist das nicht die mit dem Klavier?

Ich kenne sie nur von früher, schreibt Greta.

Dass Marie Klavier spielt, hatte er völlig vergessen. Hastig gibt er jetzt ihren vollen Namen bei Google ein und schlägt sich mit der Hand vor die Stirn, als die Ergebnisse angezeigt werden.

Erneut Gewinnerin im Finale von »Jugend musiziert«.

»Die junge Matinée« startet ins neue Jahr. Dmitri Schostakowitsch, Klavierkonzert Nr. 2 op. 102, 1. Satz, Allegro. Johann Sebastian Bach, WK II: Präludium und Fuge a-Moll.

Nachwuchspianistin im Interview.

Warum hat er ausgerechnet Marie noch nie im Netz gesucht? Er scrollt nach unten, die Einträge nehmen kein Ende. Ihm fällt auf, dass Greta nicht geantwortet hat auf Maries Geburtstagseinladung, auch nicht abgesagt, sie hat überhaupt nicht reagiert.

Es gibt kaum noch Gras. Er steht auf der Veranda, schließt kurz geblendet die Augen, blinzelt in die gleißende Sonne. Und das wenige Gras, das es gibt, scheint nicht mehr zu wachsen, obwohl es niemand mäht. Dafür schießt Unkraut in die Höhe, das sich offenbar besser gegen die Hitze behaupten kann, dem die Trockenheit vielleicht sogar in die Hände spielt beziehungsweise in die tatsächlich handähnlichen, zackigen Blätter.

Karl ist vor Wochen zuletzt im Garten gewesen, zumindest kommt es ihm so vor, und genau hingesehen hat er schon viel länger nicht. Ihm fällt ein, dass Charlotte über den Rasen gesprochen hat, er hat in dem Moment nicht darauf geachtet, er sieht erst jetzt, was sie meint.

Der Garten ist weg. An vielen Stellen wächst gar nichts mehr, blanke Erde, wahrscheinlich hat Charlotte das Gießen und Sprengen aufgegeben, weil alles sofort verdunstet. An der Hausecke steht die Regentonne, an die Karl sich erinnern kann aus einer anderen Zeit, obwohl sie ihm damals größer vorkam – jetzt bleibt die Tonne trocken und leer, seine Kindheit ist tot, alles andere stirbt, seit wann fliegen keine Hummeln mehr durch den Garten?

Nur am Zaun zu den Nachbarn der Flieder, der hält sich noch, auf einem Blatt blitzt etwas, Wasser kann es nicht sein, Karl geht näher heran und erkennt, dass da ein Tier sitzt, zwar keine Hummel, aber ein Käfer. Ein riesiger, glänzender goldener Käfer, die Farbe lässt ihn unecht wirken, wie ein Schmuckstück, und während Karl sich hinkniet, empfindet er eine plötzliche Erleichterung, Insekten und Spinnen haben ihn immer fasziniert, er denkt an die Biologie-Hausaufgabe, für die er damals die Kamera benutzt hat, er denkt an die Spinnenfrau auf seinem Bildschirm, fühlt das bekannte warme Ziehen in den Hoden, er will den Käfer auf die Hand nehmen, ihn über seinen Arm krabbeln lassen – aber als er ihn anhaucht, vorsichtig gegen das Blatt tippt, fällt das Tier ins Gras, wo es liegen bleibt. Auch der Käfer ist tot.

Karl springt einen Schritt zurück, stolpert. Es ist, als würde es ihm erst in diesem Moment richtig klar: Die Dürre, von der er gelesen hat, die Katastrophen, die ihn seit Wochen beschäftigen, all das findet nicht in den Medien statt, auch nicht irgendwo weit weg auf der Welt, in Afrika oder Florida oder an den Polkappen. Es passiert hier, vor seiner Haustür, es ist längst da. Die Sache ist noch viel größer, viel dringlicher als gedacht – etwas in ihm sagt: Zu spät, es ist sowieso zu spät! –, höchstens, denkt er, wenn sie alle, wenn wirklich *alle* Menschen *radikal* ihr Leben änderten, und zwar *sofort*, in dieser Sekunde ...

Er legt sich neben den Käfer. Er legt sich mitten hinein in den Staub, auf die Grasreste, er breitet die Arme aus und drückt die Handflächen gegen den Planeten.

Vom Nachdenken tut ihm der Kopf weh, während er in seinem Zimmer herumläuft, er wird mit jemandem sprechen müssen, über das Klima, über den bevorstehenden Untergang, nur mit wem? Er schließt das Fenster, öffnet es wieder, als könnte die Lösung nur draußen liegen, er hört die Motorsäge eines Nachbarn, und irgendwann hört er Stimmen auf der Straße, vor ihrem Haus, eine der Stimmen gehört Charlotte – und die andere? Bekommt sie Besuch? Eigentlich bekommt sie nie Besuch, genauso wenig wie er.

Und dann erkennt er die zweite Stimme. Es ist Heike. Obwohl der Tag, an dem er Heike gesehen hat, viele Jahre zurückliegt, ist die Erinnerung so präsent, dass er die dröhnende Stimme zuordnen kann. Er beugt sich vor, und tatsächlich, da sind sie, Charlotte und eine kräftige blonde Frau, sie hat sich verändert, sie ist älter geworden, aber es gibt keinen Zweifel, sie ist wieder da.

Charlotte und Heike haben das Tor noch nicht erreicht, sind auf der Straße stehen geblieben, redend, gestikulierend, Charlotte zeigt über den Zaun, Heike lacht. Dann gehen sie weiter, gleich werden sie im Haus sein.

Er schlägt das Fenster zu, überlegt fieberhaft, fasst blitzschnell einen Entschluss, er rennt die Treppe hinunter, stürmt in die Küche, und als er die Stimmen schon im Flur hört, tut er etwas, was er sonst nie tut: Er greift nach dem großen Spaghettitopf, füllt ihn mit heißem Wasser, wirft Salz hinterher und stellt den Topf auf den Herd. In dem Moment, in dem die beiden Frauen die Küche betreten, setzt er den Deckel auf den Topf.

Charlotte sieht ihn erstaunt an.

»Hallo«, sagt er, »ich wollte gerade Nudeln kochen.« Er gibt sich Mühe, seinen Atem zu verlangsamen und so cool und erwachsen zu klingen wie möglich. »Esst ihr mit?«

Charlotte stellt ihm Heike vor, dabei weiß er doch, wer sie ist, und dann zögert sie, während Karl es schon vor sich sieht: Sie werden zu dritt essen, vielleicht sogar an Simons und Gretas Tisch, weil mit Heike alles anders und aufgehoben ist – er geht im Kopf die Soßen durch, die er nachts an Simons Kühlschrank gekostet hat, Tomaten aus der Dose, Knoblauch, Olivenöl, Chili, das kann doch nicht so schwer sein –, und Heike ist genau der richtige Mensch, um über die Digitalisierung zu streiten, er wird sie zum Einstieg fragen, was sie beruflich macht, mittlerweile, ob sie noch … Und da bemerkt er, dass sie an ihm vorbeigegangen ist. Nur ganz kurz hat sie ihn angeschaut, lediglich aus dem Augenwinkel, jetzt öffnet sie die Tür zur Veranda, scheint in Gedanken versunken und sagt bloß über die Schulter, und sie sagt es nicht einmal zu ihm, sondern zu Charlotte: »Danke, nur was zu trinken, ein Bier wäre passend.«

Dann ist sie draußen.

Das Blut steigt ihm in den Kopf. Um nicht hochsehen zu müssen, um irgendetwas zu tun zu haben, reißt er die Folie auf und schüttet die Spaghetti in den Topf, die ganze Packung, sie stehen über den Rand, dabei hat das Wasser noch gar nicht gekocht, es zischt nur leise, sodass es in der Küche stickiger wird als ohnehin schon.

Charlotte hebt die Schultern. »Vielleicht später? Wir haben uns wahnsinnig lange nicht gesehen, da wollten wir ...«

Er starrt den Herd an, während sie zwei Flaschen Bier aus dem Gemüsefach nimmt, was ihn an die gemeinsame Nacht in der Küche erinnert, und nachdem sie die Verandatür so leise hinter sich geschlossen hat, als wollte sie Karl nicht stören, packt er den Topf mit beiden Händen. Er denkt nicht darüber nach, ob die Griffe heiß sein könnten, er hebt den Topf in die Höhe, kippt mit einer einzigen Bewegung das heiße Wasser und die fast rohen Spaghetti in die Spüle, wobei ein Teil danebengeht, auf dem Fußboden und der Arbeitsplatte landet – soll sich darum kümmern, wer will. Das Gas dreht Karl noch ab, bevor er nach oben geht in sein Zimmer.

Er reißt das Fenster auf. Er beugt sich vor, verdreht den Kopf und kann die beiden sehen, sie sitzen nicht auf der Veranda, sondern haben ihre Stühle zu den Tannen gezogen, wo es Schatten gibt, auch wenn der kaum zu helfen scheint, denn

Karl beobachtet, wie sich zuerst Heike das T-Shirt über den Kopf zieht (sie trägt ein Achselshirt darunter, das wie ein weißes Männerunterhemd aussieht), und wenig später knöpft Charlotte ihre Bluse auf. Sie wirkt in diesem Moment viel jünger, erinnert ihn an jemanden, er kommt nur nicht darauf, an wen. Die beiden Frauen stoßen mehrmals mit ihren Bierflaschen an, lautes Klirren, ansonsten ist wenig zu hören, worüber sprechen sie? Charlotte zeigt mit der Hand verschiedene Höhen an, als wollte sie etwas demonstrieren, Heike schüttelt sich am ganzen Körper. Sprechen sie über Kinder? Plötzlich beugt Heike sich vor, legt Charlotte eine Hand auf den Arm, und Charlotte sitzt ganz still und lächelt die Hand an wie ein Geschenk, bevor sie ihren Stuhl näher an Heikes heranrückt, sich mit dem ganzen Oberkörper an Heike lehnt, es sieht seltsam richtig aus, als sollte es genau so sein, die Größen passen. Karl weicht zurück, aber bloß ein Stück, bloß so weit, dass er noch sehen kann, was geschieht. Er hört, wie Charlotte leise lacht, ein *vertrautes* Lachen, nicht in dem Sinne, dass es *ihm* vertraut wäre, denn er hat dieses Lachen noch nie gehört, sondern in dem Sinne, dass es so klingt, als wären *Charlotte und Heike* zutiefst vertraut.

Und dann steht Charlotte auf. Und weil Heike sie halb umarmt, muss sie ebenfalls aufstehen – und diesmal kann es keinen Zweifel geben, worüber die beiden sprechen, denn Charlotte befreit einen Arm und deutet zum Haus hin, nach oben, sie zeigt genau auf Karls Fenster –, flüstert Heike etwas ins Ohr – und das sehr viel lautere Gelächter, das jetzt aufbrandet, bei beiden Frauen und schneller, als Karl das Fenster zuschlagen und verriegeln kann, dieses Gelächter klingt vollkommen anders, nämlich hart und gemein.

Nicht mit mir, hämmert es in seinem Kopf, während er alle Sachen vom Schreibtischstuhl auf den Boden fegt. Er stößt gegen die Tastatur, der Monitor mit Gretas Messenger wird hell. *Nicht mit mir*. Wie hat er sich so einwickeln lassen können von Charlotte? Es muss mit dieser Nacht in der Küche zu tun gehabt haben, dabei hat sie ihm auch dort nur Scheiße erzählt, denn was soll das schließlich heißen, *dass er ihr Beitrag zur Welt sei* – was ist das anderes als eine billige Art, sich aus der Verantwortung zu ziehen? *Nicht mit mir*. Niemand braucht solche Eltern. Er kann immer noch mit Greta zusammenarbeiten.

In den vergangenen Tagen sind die Hinweise deutlicher geworden.

Helium ist am Start.

Am Neumarkt angekommen versuchen wir, uns so zu positionieren, dass alle an uns vorbeimüssen. Wir bleiben ansprechbar, für jeden, der noch erreichbar ist.

Habt ihr die Luftballons besorgt?

Ich schicke die Route rum, genau einprägen.

To-Do: Den Taschenalarm an den Ballon binden, aktivieren, dann so loslassen, dass er möglichst direkt über die Veranstaltung schwebt. Ich hab's ausprobiert, es ist LAUT!!!

Und plötzlich, als er die Nachrichten noch einmal im Zusammenhang liest, ist vollkommen klar, was Greta plant. Er hat es geschafft, er hat es endlich herausgefunden. Aber er freut sich nicht darüber. Er wird stattdessen noch wütender, denn ... was soll das sein? *Luftballons?* Ein bisschen Protest, um den Wahlkampfabschluss zu stören? Die haben doch den Schuss nicht gehört! Die wissen ja nicht mal, wie ein Schuss klingt!

Es liegt an dieser Stadt, denkt er. Am Fluss, an der Lage im

Tal oder … Darüber ist er bei seinen Recherchen mehrmals gestolpert: Hier bei ihnen bleibt jeder Widerstand brav – wenn es wirklich zur Sache geht, sind mit Sicherheit Leute von außerhalb beteiligt.

Trotz des geschlossenen Fensters hört Karl, wie sie im Garten wieder loslachen, Heike und Charlotte, und er hebt die Arme, haut unkontrolliert mit den Händen auf den Schreibtisch, mehrmals, bis die Handballen schmerzen und er an die Cola-Flasche stößt, bis die Flasche umkippt und die Scheißcola in die Tastatur fließt, wo sie wochenlang alles verkleben wird.

Nicht mit mir. Er wird es ihnen zeigen. Er wird allein klarkommen in Zukunft.

Er nimmt sich die Route vor, die *StormWatch* herumgeschickt hat, zieht das gelbe Männchen auf die Karte, wechselt in die Straßenperspektive, er geht die ganze Strecke ab. Er schaut sich alles an und denkt nach. Bis er es erkennt. Das Haus, die Villa. Wahrscheinlich täuscht er sich … aber es hat genau so ausgesehen, mit dem niedrigen Mäuerchen an der Straße, mit dem Sandstein, den gelben Ziegeln, den Säulen vor dem Wintergarten … Er sucht, bis er das Interview mit dem Foto wiederfindet. Es ist wirklich dasselbe Haus, dieses *nette kleine Wochenendhaus* der EPH, mit dem richtigen Auto schneller zu erreichen als mit einem Privatjet. Und es liegt direkt an der Route.

Die helle Tür zu dem hellen Zimmer steht ein Stück offen, aber Simon ist weit und breit nicht zu sehen. Karl hat lange darüber nachgedacht, es scheint keine andere Möglichkeit zu geben, und als nun zur einzigen Möglichkeit die Gelegenheit hinzukommt, da geht er einfach hinein, stellt sich vor, er wäre unsichtbar, so wie man im Internet unsichtbar sein kann, wenn man es will – er geht quer durch den Raum, blickt von Simons Fenster aus auf den Vorgarten, der seinen Namen nicht mehr verdient und in dem Simon am Tor steht, im Gespräch mit dem Alten, der ihnen immer die Post bringt, wobei er genauso vertrocknet aussieht wie Charlottes Rosenbüsche.

Es ist wirklich die Gelegenheit. Er braucht Geld, um seinen Plan Realität werden zu lassen.

In den vergangenen Tagen hat er gründlich recherchiert, eine alte Anleitung gefunden und sich über einen anonymen Browser mit zwei Gruppen in Verbindung gesetzt, die sich mit solchen Sachen auskennen, einer Gruppe in Berlin und einer in Florida. Die englische Bezeichnung für einen Brandsatz lautet *incendiary device*. An einem Abend unter der Woche ist Karl mit dem Bus in die Stadt gefahren und hat in dem bisschen Dunkelheit, das dieser Sommer hergibt, die Lage der Überwachungskameras festgestellt, das Haus ist leer gewesen – natürlich kann das bei einem Wochenendhaus an einem Sonntag dann anders aussehen, aber er denkt nicht lange darüber nach, er hat sich schon entschieden. Er hat zwei Stellen ausgemacht, die er für geeignet hält, besonders der hölzerne Wintergarten fängt bestimmt gut Feuer.

Er steht in Simons Zimmer, jetzt muss es schnell gehen.

Zurück zur Tür, sie schließen, sich mit fliegenden Händen daran machen, die drei schmalen Fächer von Simons Schreibtisch zu durchsuchen, nebenbei nach draußen lauschen, ob im Vorgarten noch geredet wird, das ist alles eins. In Simons Schreibtisch: Druckerpapier, alte Filme und Serienstaffeln auf CDs, Bürokram, dazwischen seltsamerweise ein weißes

Babyhandtuch mit Kapuze, außerdem ein paar Bücher, vier Hanteln und weiter hinten eine kleine Blechdose, in der sich grüngraue knubbelige Pflanzenteile befinden – auch wenn Karl so was noch nie von Nahem gesehen oder gar geraucht hat, ist ihm klar, dass es Gras sein muss. Er riecht an der Dose. Bevor er sie wieder schließt, nimmt er eine der knubbeligen Blüten heraus, schiebt sie vorsichtig in die Hosentasche.

Bei Simon überrascht es ihn – dass Greta kifft, weiß er schon lange. Er hat gesehen, wie sie auf der Veranda einen *Sticky* nach dem anderen dreht, so nennt man sie nämlich, diese dünnen Zigaretten. Er hat mehrere Chatverläufe abgespeichert, in denen es um Drogen geht, Greta hat keine Geheimnisse mehr vor ihm.

Er wird nervös, die Uhr tickt, und wenn es nicht im Schreibtisch ist, wo dann? Er kann doch nicht *daran* scheitern. Er braucht gar nicht viel, um seinen Plan auszuführen, aber selbst wenig Geld ist Geld, das er nicht besitzt, in seinem Kopf läuft er die Liste ab, *Postpakete*, denkt er, *Plastikflaschen mit Schraubverschluss, Zeitungspapier, Benzin, Öl, Gefrierbeutel, Vitaminbrausetabletten*, er denkt: *Zigarettenfilter, Plastiktrichter, Textilklebeband*, er denkt: *Kaliumpermanganat, Glyzerin, Einwegspritzen, Sekundenkleber*. Er sortiert die Liste nach Dingen, die er schon hat, und Dingen, die noch fehlen, außerdem muss er eine Sturmmaske kaufen, damit man ihn auf den Bildern der Überwachungskameras nicht erkennt, bloß dass er natürlich pleite ist, wie immer, weil er alles sofort in seinen Computer steckt. Und von Charlotte ist nichts zu erwarten, erstens aus den bekannten Gründen und zweitens, weil er kein Wort mehr spricht mit ihr, seit er sie mit Heike im Garten gesehen hat.

Simon und der Postbote reden nach wie vor. Karl gibt den Schreibtisch auf, wendet sich der weißen Kommode zu, die an der anderen Wand steht und in deren oberster Schublade mehrere Notizhefte liegen, er nimmt eines der Hefte heraus, blättert es auf, alle Seiten sind dicht mit Simons Schrift bedeckt, wie die Zettel, die Simon für Greta in der Küche hinterlässt. Sind das Tagebücher? Karl zögert, aber ihm bleibt keine Zeit zum Lesen, denn so uralt der Kerl von der Post auch ist: Bevor er zum Sterben umfällt, wird er sich irgendwann doch noch von Simon verabschieden. Er will das Heft gerade wieder in die Schublade legen, als etwas herausgleitet und im nächsten Moment schon unter das niedrige Bett rutscht, Karl hat nicht viel erkennen können, nur dass es sich um ein Stück festes Papier handelt, das offenbar zwischen den Seiten gesteckt hat.

Sein Herz klopft, er schmeißt das Heft in die Schublade zurück und lässt sich auf die Knie fallen, kommt aber mit den Fingern nicht an das Papier heran, der Raum zwischen dem Fußboden und dem verdammten Futon ist zu eng, lediglich ein paar Krümel lassen sich ertasten. Das darf doch nicht wahr sein. Er drückt die Schläfe gegen die Dielen und starrt ins Dunkle. So geht es nicht. Also sieht er sich eilig im Zimmer um, springt auf, da hängt dieser gerade, glänzende, vielleicht einen Meter lange Stock an der Wand, den Simon für sein Tai-Chi-Zeug benutzt – damit kann es klappen. Er reißt den Stock von der Wand, schiebt ihn unters Bett, holt Staubflusen und ein Bonbonpapier hervor und dann, beim dritten Versuch, endlich das Papierstück. Als er es umdreht, ist es ein Foto, schwarz-weiß, klein, kaum größer als ein Passbild.

Zuerst denkt er, es wäre eine Aufnahme von Greta. Er

sehnt sich nach Greta. Die Form des Gesichts, Augen, Nase, alles stimmt, und das Lachen ist unverkennbar, es fährt ihm direkt in den Körper. Aber er kennt die Frisur nicht. Und die Frau wirkt älter als Greta, auch das Foto selbst wirkt alt, hat abgestoßene Ecken – und wer lässt heute überhaupt noch Fotos anfertigen, und dann noch in Schwarz-Weiß.

Karl sitzt, den Rücken an Simons Futon gedrückt, in dem Staub, den er unter dem Bett hervorgeholt hat, wobei er das Bild so dicht vor seine Augen hält, als müsste er sich jeden Millimeter einprägen. Dann geht die Tür auf.

Er schaut erst hoch, als Simon schon mitten im Zimmer steht; fast ist es ihm egal, ertappt zu werden.

»Oh. Guten Tag.« Simon ist nicht überrascht, oder er ist ein verdammt guter Schauspieler. »Bist du nicht Karl? Karl, der auf der anderen Seite des Flurs wohnt?«

Langsam fällt auch ihm selbst wieder ein, wer er ist, warum er hier ist, er sieht die offene Kommodenschublade, die Unordnung und den Dreck auf dem Boden. Simon bückt sich nach dem Tai-Chi-Stock, wischt ihn an seinem T-Shirt ab und hängt ihn zurück an die Wand.

»Karl? Was ist los?« Er sieht jetzt besorgt aus.

Karl streckt ihm einfach das Bild hin. Simon geht neben ihm in die Knie, greift nach dem Foto – Karl fragt sich, wann sie sich das letzte Mal körperlich derart nah gewesen sind, Simon riecht anders als Charlotte, er riecht fremd, nach einer Welt außerhalb des Hauses, was auch immer das sein soll, ob es nun dieses Italien ist, wo Simon mit Greta hinfährt, oder etwas anderes, Karl kneift die Augen zusammen, zu, auf, zu, auf, zählt innerlich bis zehn, die Ferne darf man sich nicht vorstellen, dann ist man verloren.

»Ach, das. Lange her.« Auch Simon sieht sich das Foto

sehr genau an. »Sie sind sich wie aus dem Gesicht geschnitten, oder?«

Er nickt. Genau so hat Charlotte ausgesehen, als sie mit Heike im Garten saß, sie hat ausgesehen wie Greta, mit einem Lachen, das Greta von ihr geerbt hat, obwohl Charlotte selbst heute gar nicht mehr so lacht, oder eben nur dann, wenn Heike zu Besuch ist.

Er steht auf, zwingt sich, an etwas anderes zu denken, er denkt: *Kaliumpermanganat.*

Von unten reicht ihm Simon das Bild zurück, immer noch ohne auf das Chaos im Zimmer einzugehen. »Wenn du möchtest, darfst du es behalten.«

Aber Karl schüttelt den Kopf. Was soll er damit? Er wirft das Foto in die offene Schublade, geht zur Tür, glaubt schon, dass es funktioniert, dass er einfach so verschwinden kann, als ihn Simons Stimme im letzten Moment doch festhält: »Etwas möchte ich dich noch fragen. Was hast du denn eigentlich gesucht?«

Er bleibt im Türrahmen stehen, ohne sich umzusehen. »Nichts«, sagt er schließlich. Er hört die eigene leise Stimme, denkt: *Textilklebeband*, denkt: *Plastiktrichter*, und er hört, wie Simon aufsteht, hört auch, wie entspannt Simon klingt, als er fragt: »Brauchst du Geld?«

Karl riskiert einen Blick über die Schulter. Wenn man aus überhaupt keiner Richtung Hilfe erwartet, wie kann sie dann trotzdem aus der Richtung kommen, aus der man sie am wenigsten erwartet hat?

Simon nickt, als hätte er die Antwort gehört, wartet nicht länger ab, sondern geht zu der weißen Kommode, schiebt die Schublade mit den Tagebüchern zu – dann zieht er die nächste Schublade auf, die zweite von oben, in der, Karl kann es schon von der Tür aus sehen, mehrere grüne Hunderter liegen. Ein Stapel Geld. So wie Charlotte T-Shirts im Schrank stapelt. Nur eine Schublade weiter!

Als Simon dreihundert Euro abzählt und sie Karl hinhält, lächelt er. »Meinst du, das reicht?«

Und Karl räuspert sich, treibt sich innerlich an, mit dem Rhythmus aus seinem Kopf, *Gefrierbeutel, Zigarettenfilter,* streckt schließlich die Hand aus und sagt in der Hoffnung, dass seine Stimme genauso gelassen klingt wie die von Simon: »Ja, danke, das reicht.«

Nach und nach hat er alles besorgen können, was auf seiner Liste steht. Er hat Handschuhe benutzt und aufgepasst, keine Fingerabdrücke, Haare oder Fusseln zu hinterlassen. Er hat Benzin und Öl im richtigen Verhältnis gemischt und in die Flaschen gefüllt, die Gefrierbeutel wird er erst am letzten Tag dazulegen können. Er hat Kaliumpermanganat in die leeren Vitamintablettenröhrchen geschüttet, Zigarettenfilter in kleine Trichter gestopft, beides mit Textilklebeband zusammengefügt – das sind die Zünder, denen er vor Ort noch das Glyzerin zugeben muss. Er hat die Pakete aufgeschnitten, die Zünder an der richtigen Stelle platziert, er hat Zeitungspapier zerknüllt und bereitgelegt, er hat getestet, in welchem Rucksack er die Pakete unauffällig transportieren kann, er hat beschlossen, pro Brandsatz *zwei* Zünder einzubauen, damit im Zweifelsfall wenigstens *einer* funktioniert, er hat sich nach dem zeitlichen Verlauf der geplanten chemischen Reaktion erkundigt, der auch mit der Außentemperatur zu tun haben wird, wobei die leicht abschätzbar ist in diesem Sommer, denn es wird, wie an allen anderen Tagen, heiß sein. Wenn Karl bei jedem Schritt richtig vorgegangen ist, wird es keine Explosion geben, sondern einen stetig ansteigenden Brandverlauf, und es wird ihm möglich sein, den zweiten Brandsatz zu zünden und wieder in der Menge des Demonstrationszuges zu verschwinden, bevor der erste vollständig auflodert und die Flammen aufs Haus übergreifen.

Die Sommerferien sind vorbei, die Schule hat begonnen, er fährt morgens mit dem Bus hin, sitzt im Klassenzimmer, fährt am Nachmittag mit dem Bus zurück, es berührt ihn nicht. Er schreibt die Erklärung, die er später online stellen will, er ist bereit.

Als er nichts mehr tun kann, an dem Abend, an dem alles fertig ist, schaltet sich endlich doch einmal die verfluchte Kamera ein. Wie zur Belohnung. Er hat sie schon fast vergessen gehabt, hat geglaubt, sie wäre kaputtgegangen oder der Akku hätte zumindest den Geist aufgegeben. Aber plötzlich gibt es ein Bild. Und kurz darauf begreift er, was er da sieht. Denn Greta, die sich nie an ihrem Schreibtisch aufhält, um zu lernen oder etwas für die Schule zu machen, Greta, die den Laptop im Zweifelsfall eher mit ins Bett nimmt, in die Küche oder in die Laube, Greta sitzt nun schief auf dem Holzstuhl, über den Bildschirm läuft irgendein Film, und Greta öffnet den Reißverschluss ihrer Hose, bevor sie mit der Hand zwischen ihre Beine fährt. Obwohl er sie nicht von vorn sieht, ist alles klar. Sie bewegt den Arm.

Nicht einmal ganz am Anfang, als er die Kamera in ihrem Zimmer versteckt hat, hat er sich *so etwas* vorgestellt.

Er zittert und schluckt. Will sich beeilen, bekommt aber selbst kaum die Hand hinter den Bund der Jogginghose, seine Finger scheinen ihm heute besonders klein, und dann merkt er, dass er es nicht im Sitzen machen kann, direkt vor dem Bildschirm wie Greta – also steht er auf, rennt zum Bett, von dem aus der Monitor ebenfalls gut zu erkennen ist –, die Luft weicht aus seinem Zimmer, ihm ist schwindlig, er will das so sehr, hockt auf der Bettkante, beugt sich vor, reibt, bis das Handgelenk wehtut, bis alles wehtut – er beißt die Zähne fest aufeinander... Doch dann, mit einem erstickten Ausruf, lässt er los. Zieht mit einem einzigen Ruck Unterhose und Jogginghose hoch, stolpert beim Sprung zu seinem Schreibtisch, fällt fast hin, schafft es aber noch, die Kamera auszuschalten.

Er kann das nicht. Es geht, wenn er sich Greta vorstellt, aber es geht nicht, wenn er sie wirklich sieht, wenn sie da ist. Das ist unmöglich. Er sieht dann, wie sie mit ihm zur Kiesgrube gefahren ist, wie sie beim Balancieren vom Zaun abstürzte und mit blutigen Knien ins Haus gerannt kam, er sieht sie mit ihrer Katze, die sie nur kurz gehabt hat, bevor die Katze weggelaufen oder überfahren worden ist.

Er hat immer angenommen, dass Greta weniger einsam wäre als er, der riesige Freundeskreis hat ihn daran glauben lassen, aber jetzt ist er sich nicht mehr so sicher. Vielleicht sind sie einander doch nicht so unähnlich. Während er auf den leeren Monitor schaut, zwingt er sich, an etwas anderes zu denken, an die Vorbereitungen, die er getroffen hat, geht alles noch einmal durch. Er grübelt herum an dem vagen Gefühl eines Fehlers, das ihn nicht verlassen will, und nach einer Weile kommt er darauf: Greta. Egal, was passieren wird bei der Demonstration – es darf nicht auf sie als Veranstalterin zurückfallen, sie darf nicht mit dem Brand in Verbindung gebracht werden. Die Polizei stünde sofort bei ihnen im Haus. Am besten, denkt Karl, ist Greta überhaupt nicht dabei.

Als ihm die Lösung einfällt, die naheliegende Lösung, die die ganze Zeit offen vor ihm gelegen hat, lacht er vor Erleichterung. Es sind ja nicht nur der Wahlkampfabschluss und Gretas Protestaktion, die an diesem 25. August stattfinden. Er beugt sich vor, beginnt zu tippen, achtet darauf, nicht versehentlich die Kamera wieder zu aktivieren, er ruft Gretas Messenger auf und sucht, bis er die Nachricht findet, auf die er antworten will.

Und dann ist endlich Sonntag. Er füllt die Gefrierbeutel mit Benzin und bettet sie zusammen mit dem Zeitungspapier in die Postpakete, links und rechts von den Zündern, und es fühlt sich an, als würde er sich von außen dabei zusehen. Danach gibt es endgültig nichts mehr vorzubereiten, die Stunden schleichen so langsam vorwärts, dass etwas mit ihnen nicht stimmen kann, auch Karl selbst schleicht durchs Haus, hat den ganzen Tag Hunger, kann aber immer nur wenig essen, eine halbe Scheibe Toast oder eine Viertelbanane, in seinem Mund wird alles zu Brei und lässt sich nicht schlucken. Er weiß genau, wann er sich auf den Weg machen muss, nur die Zeit vergeht einfach nicht, jetzt steht er schon zum fünften oder sechsten Mal in der Küche, diesmal schafft er es, einen Zwieback zu essen, während er zur Wanduhr hochstarrt.

Greta kommt herein, einen konzentrierten Ausdruck im Gesicht. Sie hat sich umgezogen, hat das Kleid, in dem sie den Vormittag über im Garten herumgelaufen ist, gegen eine Jeans getauscht und ein enges schwarzes T-Shirt mit dem Aufdruck *Make The World Greta Again*. Mit beiden Händen trägt sie ihre Schultertasche, die schwer beladen wirkt, sie setzt sie auf dem Tisch ab, und Karl will sich sofort zurückziehen, er muss daran denken, wie seine Kamera Greta gefilmt hat, die Bilder springen ihn an, ihr zitternder Rücken, ihr angewinkeltes Bein, er will sich mit gesenktem, wahrscheinlich knallrotem Kopf an ihr vorbeischieben und in sein Zimmer gehen, aber als er auf dem Weg zur Tür ein letztes Mal zur Wanduhr hochsieht, stockt er. Die Zeit hat sich noch immer nicht verändert, und das kann sie auch gar nicht, er bemerkt es erst jetzt: Die Zeiger stehen still.

Greta hat zwei Packungen Kekse und eine Trinkflasche ganz oben in ihre Tasche gestopft, nun schaut sie auf, folgt seinem Blick zur Uhr – und versteht sofort.

»Brauchst du Batterien?«

»Batterien?« Er ist verwirrt.

»Na, für die Uhr!« Sie lacht. »Ich habe auch mal gedacht, dass sie kaputt ist. Sind aber nur die Batterien, die man jedes halbe Jahr wechseln muss. Ich habe immer welche da, warte ...«

Er kann auf keinen Fall warten. Wenn die Uhr eine falsche Zeit anzeigt, muss er sofort nach oben, auf sein Handy schauen, auf den Computer, er muss wissen, wie spät es ist, nur hat sich Greta schon zur Seite gebeugt, sportlich wie immer, sie hat eine Schublade aufgezogen und wühlt darin herum.

»Da sind sie. Kannst du einfach austauschen.«

Sie hält ihm zwei dicke, runde Akkus hin. Kurz sackt etwas in ihm zusammen, sein Blick geht weit nach oben zu der Uhr. Hat Greta ihn noch nie angeschaut? Dann ist es ihm plötzlich wichtig, sich nicht länger vor ihr zu verstecken, und er holt tief Luft, bevor er in einem einzigen, viel zu schnellen Satz hervorstößt: »Ich komm da nicht ran hast du noch nicht bemerkt dass ich ein Zwerg bin?«

Vorher ist sie freundlich gewesen, aber in Eile. Jetzt sieht sie ihn endlich richtig an, wird ebenfalls rot, öffnet den Mund. »Entschuldige«, sagt sie leise und dann lauter, entschlossen: »Halt mal!« Sie schiebt ihm die Akkus in die Hand, stemmt sich hoch, ist mit einem Satz auf die Arbeitsplatte gesprungen, ihr Dutt wippt, vorsichtig nimmt sie die Uhr von der Wand, hockt sich wieder hin und öffnet eine Klappe an der Rückseite – Karl tritt näher, sodass sie die Batterien gemeinsam wechseln können, mit einander zugeneigten Köpfen. Obwohl er so viel an sie gedacht hat, sieht Greta von Nahem ganz anders aus, der Mund genau wie seiner, die Lippen immer leicht geöffnet, das ist ihm nie aufgefallen. Als sie sich bewegt, dort oben auf der Arbeitsplatte, stößt sie mit dem Knie gegen seine Schulter, sie holt ihr Handy aus der Hosentasche, schaut darauf, korrigiert die Zeit auf der Wanduhr. »So«, sagt sie erleichtert, streckt sich wieder und schiebt das Gehäuse zurück auf die Schrauben im Putz.

Es ist tatsächlich später, als Karl geglaubt hat. Er hört das Ticken, spannt sich innerlich an. Er weiß ja, worauf er wartet. Der Demonstrationszug startet in einer Stunde, deshalb hat sich Greta umgezogen und ihre Tasche gepackt, sie will sich auf den Weg machen. Und das darf sie nicht.

Im Moment hat sie noch immer die Hände an der Uhr. »Ist das gerade«, fragt sie, »guckst du mal?«

Er tritt zurück. »Ja, sieht total schön aus.« In seiner Anspannung ist ihm die Antwort herausgerutscht, bevor er darüber nachgedacht hat.

Aber Greta scheint nichts blöd zu finden an seinen Worten, sie lächelt ihn nur an, bevor sie von der Arbeitsplatte springt. »Zumindest läuft alles wieder.«

Dieser normale, kleine Satz trifft ihn, direkt in den Magen. Wie recht sie hat.

Noch einmal blickt er zur Wanduhr, dann klingelt es endlich an der Tür.

Es ist Greta, die zuerst in den Flur geht, es ist Greta, die öffnet. Es ist Greta, die zutiefst erstaunt vor Marie steht, vor einer Marie, deren Gesicht Karl sofort erkennt, wobei er wirklich Gretas Kinderfreundin darin sieht, das Mädchen mit den rötlichen Zöpfen, nicht die Nachwuchspianistin aus dem Netz. Weil die beiden damals immer zusammen gewesen sind, hat er oft, wenn er an Greta dachte, auch an Marie gedacht.

»Was machst du denn hier?«, fragt Greta mit völligem Unverständnis, das noch übertroffen wird von dem Unverständnis in Maries Stimme: »Wieso, du hast mir doch geschrieben, dass ich dich abholen soll? Die Party? Heute?«

»Ich habe dir nicht geschrieben!«

Karl steht daneben, bei dem Wandbord mit dem alten Festnetztelefon, sein Herz hämmert. Greta und Marie werden sofort laut, er weiß nicht, was er machen soll, er hat sich das ganz anders vorgestellt, und nun stehen sie hier und streiten von null auf hundert.

Dann hört er, in einer kurzen Pause, ein Ticken der Uhr in der Küche, nur einmal, tick, doch das reicht, dass er sich wieder mit Greta dort stehen sieht, beim Tauschen der Batterien – und plötzlich wird er ruhig, als hätte er alle Zeit der Welt, die Hitze verschwindet aus seinem Kopf, das Hetzen und Rennen fällt von ihm ab, er kann noch einmal Gretas Satz hören, dass alles wieder läuft, endlich läuft es in die richtige Richtung, und dann wird ihm das Entscheidende klar.

Er will gar nichts Großes. Was er wirklich dringend will, das ist eine Schwester, mit der er jedes halbe Jahr die Küchenuhr von der Wand nimmt. Er will eine Mutter, mit der er das Grillfleisch verkohlen lassen kann, und einen Vater, der überhaupt einmal sein Vater ist. Er merkt, wie er die Fäuste schließt, um das Gefühl zu packen. Er will diese drei, weil sie die einzige Familie sind, die er haben kann. Und das wiederum bedeutet ganz bestimmt, dass er jetzt keinen Scheiß bauen darf, nach dem er am Ende weggesperrt wird wegen Brandstiftung oder Körperverletzung oder, was weiß denn er, wegen Terrorismus.

In diesem Moment ruft Marie: »Natürlich hast du mir geschrieben! Das bilde ich mir doch nicht ein!«

Greta hat Flecken auf den Wangen, aus ihrem Dutt sind Haare gerutscht, die ihr elektrisch um den Kopf stehen. »Heute ist die wichtigste Demo meines Lebens, da hätte ich doch keine blöde Party zugesagt!«

Karl tritt an die beiden heran. Es ist seine Schuld, dass sie hier stehen und streiten, er ist der Einzige, der erklären kann, was wirklich passiert ist. Er muss sich nicht einmal überwinden, holt tief Luft.

»Greta.«

Sie hört ihn nicht.

Marie schreit: »Warum gibst du nicht zu, dass du mir geschrieben hast? Was läuft da verkehrt bei dir?«

»Bei mir? Was weiß ich, wer dir geschrieben hat, ich jedenfalls nicht!«

»Greta«, versucht er es noch einmal, dringlicher, »*ich* habe Marie geschrieben, weil ich nicht wollte, dass du auf die Demonstration gehst, wegen ... egal, jedenfalls ...«

»Karl, nicht jetzt.«

»Ich habe deinen Account gehackt!« Seine Stimme kippt, aber Greta hört immer noch nicht zu.

»Warum bist du so gemein?« Marie hat Tränen in den Augen.

Und plötzlich schreit Greta nicht mehr zurück. Sie lässt die Arme fallen, bläst die Wangen auf, dreht sich um, als wollte sie davonrennen, in die Küche oder ins Wohnzimmer, dreht sich dann erneut um, kommt wieder zum Fuß der Treppe, stößt die angestaute Luft durch die Nase aus. »O Mann, Marie. Nun fang nicht an zu heulen. Da verläuft die Wimperntusche.«

Natürlich heult Marie daraufhin sofort. Aber sie muss auch lachen. Sie fährt sich über die Wangen, wischt die Finger an ihrem Kleid ab, während sie heiser zu Greta sagt: »Du blöde Kuh. Schönen Dank auch.«

»Ich weiß.« Greta denkt nach, beißt mit den Zähnen auf ihrer Unterlippe herum, bis Karl versteht, womit sie immer noch kämpft: *die wichtigste Demo ihres Lebens*. Er zuckt innerlich zusammen. Sie soll sich einen Ruck geben und zu Maries Geburtstag gehen, sie muss! In seinem Leben gibt es niemanden, der ihn so unbedingt dabeihaben wollen würde, keine Marie – das soll einfach gut werden zwischen den beiden.

»Okay«, sagt Greta schließlich.

Er spürt die Erleichterung im ganzen Körper.

»Okay?«, fragt Marie.

»Ich komme mit.«

»Du kommst...«

»Hör auf zu wiederholen, was ich sage, sonst überlege ich es mir noch mal anders.« Gretas Gesicht wird weich, alles wird weicher im Flur, das Licht, die Luft zwischen den Wänden, so kommt es Karl vor, so ist das mit Greta, so ist das mit seiner Schwester, sie kann einen Raum verändern. Sie sagt: »Ich wusste nicht mehr, dass wir ... Ich komme mit.«

Marie zieht die Nase hoch, und dann stolpert sie einen Schritt nach vorn, fällt Greta um den Hals, und Greta lacht, hält sich mit einer Hand am Geländer fest. Sie scheinen ihn völlig vergessen zu haben.

Denkt er, denn genau da dreht sich Greta zu ihm um. »Warte mal ... du hast meinen Account gehackt?« Offenbar hat sie ihn doch gehört, aber erst mit Verspätung verstanden, was er gesagt hat. »Du? Warum das denn?«

»Also ...« Er spürt, wie er wieder rot wird, obwohl er doch eigentlich mit Greta sprechen, ihr alles erklären möchte, aber nun steht Marie dicht neben ihr und schaut erwartungsvoll, mit hochgezogenen Augenbrauen, und es ist ihm unendlich peinlich, dass er ihr falsche Nachrichten geschickt hat. Er schwitzt, dann fängt er einfach an. »Also, da war dieses Gespräch, das ich gehört habe ...«

Sie starren ihn an. Beide, Greta und Marie. Greta zögert, legt kurz die Stirn in Falten. Und dann sagt sie: »Moment.« Sie bewegt leicht den Kopf, so, dass nur er es sehen kann. »Erzähl es mir morgen, Karl. Es ist nicht so schlimm, wirklich.« Noch einmal bewegt sie den Kopf, deutet dabei unauffällig mit den Augen auf Marie. »Ich meine, hey, ich gehe auf eine Party!« Sie lächelt, und das Lächeln ist ebenfalls nur für ihn bestimmt. »Ist doch super gelaufen – im Grunde, Karl, muss ich mich bei dir bedanken. Danke.«

Er begreift, dass sie ihn vor Marie nicht bloßstellen will. Jetzt hat auch er Tränen in den Augen. Er fühlt sich verstanden – seine Schwester weiß, wie es sich anfühlt, Karl zu sein. »Selber danke«, sagt er, er sagt es ernst und sieht, dass sie weiß, wofür er dankbar ist.

Die stark übertriebene, wegwerfende Handbewegung, mit der sie antwortet, kennt er von Simon. »Ach! Nicht nötig! Aber danke dafür, dass du dich bedankst ...«

Und da muss er endlich lachen, genau wie vorher Marie. »Danke«, sagt er schnell, »dass du dich dafür bedankst, dass ich mich bedankt habe ...«

»Ihr seid ja bescheuert«, unterbricht sie Marie. »Bin ich nicht die Einzige, die sich hier bedanken muss?«

Greta schaut Karl noch eine Weile an, das Grübchen in ihrer Wange fällt ihm zum ersten Mal auf. Marie geht kurz ins Bad, und Greta tritt sich die Turnschuhe von den Füßen, zerrt aus einem Stapel Schuhe ein Paar goldene Sandalen, die sie stattdessen anzieht. Sie nimmt ihre Jacke vom Haken, verstaut einige Sachen darin, lässt die Tasche in der Küche stehen, sie löst das Gummi, das den Dutt zusammenhält, sodass ihre langen blonden Haare über die Schultern fallen, sie wirft einen Blick in den Spiegel und fährt sich mit einem Lippenstift über den Mund, kann dabei nicht aufhören zu lächeln, der Lippenstift verschmiert, und bevor sie mit Marie durch die Tür nach draußen verschwindet, legt Greta Karl beide Hände auf die Schultern. Sie sieht ihm in die Augen, drückt ihn kurz sehr fest an sich und sagt: »Wir reden morgen, du und ich. Versprochen.«

Wir, denkt er und weiß, dass noch niemand etwas Besseres zu ihm oder seinen Schultern gesagt hat.

In seinem Zimmer entfernt er Gretas Messenger von seinem Rechner und löscht das falsche Instagram-Profil, er löscht die zahllosen Dokumente, die er gesammelt hat, löscht seinen Browserverlauf. Er versucht, alles zu entfernen, was verdächtig sein könnte, seine Finger tanzen über die Tastatur.

Nebenbei verfolgt er die Berichterstattung über den Wahlkampfabschluss der Arschlöcher, die Gegendemonstration von Gretas Gruppe scheint weitgehend ohne Eskalation zu verlaufen, nur in den Foren ist von Übergriffen die Rede, von Drohungen, Bierflaschenwürfen, Tritten und einer Sitzblockade, die mit körperlicher Gewalt beendet wurde. Karl nimmt sich seinen Rucksack vor, wirft das Zeitungspapier in den Papierkorb, zerreißt die Postpakete in kleine Stücke, die er hinterherstopft – alles andere verstaut er vorsichtig, die Bestandteile voneinander getrennt, wieder in den Fächern.

Am Abend steht er ungeduldig hinter seiner Tür, während erst Charlotte und später auch Simon ins Bad und danach in ihre jeweiligen Zimmer gehen, er schiebt den Kopf hinaus und beobachtet, wie erst bei seiner Mutter und später bei seinem Vater der schmale Streifen Licht über der Schwelle verschwindet. Seine Schwester ist noch nicht zurück. Er wartet in seinem Zimmer. Vor dem Fenster geht in den umliegenden Häusern eine Lampe nach der anderen aus, kein Auto fährt mehr, es wird vollkommen ruhig, und obwohl Karl eigentlich erst beginnen wollte, wenn auch Greta wieder zu Hause ist und schläft – er hat sich darauf gefreut, sie die Treppe hochsteigen zu hören –, überlegt er es sich um halb eins anders. Das kann ja ewig dauern, und am Ende kommt sie vielleicht gar nicht, sondern übernachtet bei Marie, das liegt doch nahe.

Also setzt er den Rucksack auf und schleicht sich nach unten. Er lässt die Verandatür offen stehen, holt Charlottes Spaten aus dem Schuppen, geht weit nach hinten zu den Tannen, er stellt vorsichtig den Rucksack ab, gräbt mehrere tiefe Löcher, immer ein Stück voneinander entfernt, unter verschiedenen Bäumen, der Boden ist hart, aber Karl flucht nicht, sondern freut sich auf den Moment, in dem alles unter der Erde verschwunden sein wird. Nachdem er den Inhalt des Rucksacks auf die Löcher verteilt hat, schmeißt er die Sturmmaske hinterher und überlegt, ob er etwas vergessen hat. Einer Eingebung folgend fährt er mit der Hand in die Hosentasche, findet darin Krümel, die er ratlos zwischen den Fingern zerreibt, bis ihm wieder einfällt, was es ist: Das Gras, das er bei Simon hat mitgehen lassen. Er holt die Krümel aus der Tiefe der Jogginghose, wirft sie zu den Benzinflaschen und dem anderen Zeug. Kurz steht er einfach nur da, holt Luft, und die Freude wird größer.

In diesem Moment vollkommener Stille hört Karl, wie im Haus das Telefon zu klingeln beginnt, das Festnetztelefon im Flur, das seit Jahren nicht mehr geklingelt hat, dessen durchdringende, nervtötende Melodie er trotzdem sofort erkennt. Er lässt den Spaten fallen. Es ist zu spät, sie sind ihm auf die Schliche gekommen, haben ihn erwischt, denn wer anderes als die Polizei sollte mitten in der Nacht bei ihnen anrufen? Erst nach einer Ewigkeit hört das Telefon auf zu läuten, die Melodie bricht mitten im Ton ab.

Einen Augenblick ist es ruhig, dann beginnt das Klingeln erneut. Schließlich geht in Charlottes Zimmer das Licht an, wenig später verstummt das Telefon. Und endlich, sehr laut in der Nacht, durch die der Schall weit trägt – vom Flur in die Küche, über die Veranda in den Garten, bis ganz nach hinten zu den Tannen –, endlich beginnt Charlotte zu schreien, während Karl, bei aller Angst, die er vor der Polizei hat, denkt: Jetzt übertreibt sie aber, er denkt: Sie schreit, als wäre jemand gestorben.

SIMON, 2019–2020

Ich sehe Greta unter der über hundertjährigen Eiche, die schon genauso aussah, als Greta laufen lernte. Jemand hat ein Stück Schleifenband an einen Ast geknüpft, von dem es schlaff herabhängt. Ich sehe, wie der Mond aufgeht und Greta den Kopf nach hinten wirft, um die langen Haare aus dem Gesicht zu bekommen, und wie sie lacht, während sie diskutiert, ohne Pause diskutiert sie, und dabei redet sie schneller als alle anderen. Ich sehe diese anderen, ich sehe Marie, wie sie leere Flaschen einsammelt, die Picknickdecke zusammenfaltet, mitten in der Nacht, nach eins, und ich höre, wie sie ruft, dass die Party vorbei ist. Dann sehe ich Greta ihr Fahrrad aus dem Gras aufheben, zum Abschied mit der Hand durch die Dunkelheit wedeln und sich auf den Weg nach Hause machen.

Nein, anders. Sie hatte auch gar kein Fahrrad dabei.

Also sehe ich, dass sie sich langweilt. Marie zuliebe ist sie mitgekommen, aber nun kennt sie keine dieser durchgeistigten Geigerinnen und keinen dieser draufgängerischen Posaunisten, was soll sie mit denen reden? Sie widersteht dem Impuls, ständig ihr Handy zu checken, vielleicht sogar jemanden anzurufen und nach dem Verlauf des Protestes zu fragen, der lange vorbei ist. Stattdessen trinkt sie zu viel von dem Rotwein, den Marie mitgebracht hat, zumindest an diesem Abend und unter diesen Leuten trinkt Greta am schnellsten von allen. »Kunststück«, würde sie sagen. Ich sehe, wie viel lieber sie mit Marie allein wäre, dass sie vor allem den aufdringlichen Posaunisten provozieren möchte, um ihn loszuwerden, etwas muss passieren, und als sie nur noch zu fünft sind, da zieht sie ihr Tütchen Gras aus der Tasche, den Tabak, die Blättchen, zeigt über die Wiese, über die Straße auf das dunkle, von einem Baugerüst eingerahmte Haus am Rand des Parks. »Rauf aufs Dach«, sagt sie. »Wer kommt mit?« Unerwarteterweise trauen sich alle, nicht einmal der Posaunist lässt sich abschütteln, nur ein Wimpernschlag und sie sind dort, klettern das Gerüst hoch, von einer Leiter zur nächsten, kichernd, sich gegenseitig die Hände zustreckend, es ist hell genug, Marie trägt die letzte Flasche Wein in ihrem Rucksack. Das Dach bleibt ihnen versperrt. Vom obersten Gerüstboden geht es nicht weiter, Greta zuckt die Achseln, lässt sich auf die schmale Plattform fallen, ihre Füße baumeln in der Nacht, während Marie sich vorsichtig neben sie hockt, wegen der Höhe merklich zitternd. Sie trinken, sie rauchen, dann werden sie müde, alle fünf, steigen vorsichtig wieder nach unten, sagen Gute Nacht, war schön, bis bald, gehen in verschiedene Richtungen auseinander.

Nein.

Leider auch nicht.

Sie steigen auf das Gerüst. Der Posaunist unterdrückt einen Fluch, als er sich den Finger klemmt; bestimmt denkt er darüber nach, ob der geklemmte Finger sein Spiel beeinflussen wird in den nächsten Tagen, trotzdem gibt er nicht auf. Sie sitzen zu fünft auf den Brettern, trinken, lassen das Gras herumgehen, und plötzlich ist Greta zufrieden, ich sehe, wie sie die Augen schließt, den Rauch drei Sekunden in der Lunge behält, ausatmet, einen Schluck von dem Wein trinkt. Hier oben zu sein, mit dem Blick auf die Stadt, verändert alles, die Gespräche sind ehrlicher und vertrauter, ein fremder Liebeskummer wird erzählt, eine grundlose Angst, sogar der Posaunist senkt die Stimme. Später steigen er und die beiden anderen nach unten, suchen den Weg zurück. Marie und Greta, auf der schmalen Plattform, bleiben nebeneinander liegen, die Gerüststangen enden über ihnen.

Obwohl ich nicht dabei gewesen bin, kann ich nicht weg. Ich bin immer dort. Mittlerweile bin ich dabei gewesen.

Sie sind eingeschlafen. Greta muss im Schlaf zur Seite gerollt und abgestürzt sein, so steht es im Bericht.

Es ist etwas mehr als drei Monate her, genauer gesagt dreizehneinhalb Wochen, der Kalender zeigt heute den 28. November an. Vor einem Monat, neun Wochen nach Gretas Tod, hat mir mein Agent eine Sprachnachricht geschickt. Ich gehe nicht ans Telefon, deshalb hat er es gar nicht erst mit einem Anruf versucht. In der Sprachnachricht hat er verkündet, eine glänzende Idee zu haben, seine Stimme ist in die Höhe gesprungen und hat sich in irrem Gelächter verlaufen, wie immer, wenn er von etwas vollkommen überzeugt ist. Der Agent hat unter anderem Folgendes gesagt: *fan fucking tastic*, *back in the game* und *you're so money*, alles in ein und derselben Nachricht. Die glänzende Idee war, dass wir die entstandene Aufmerksamkeit nutzen und ich jetzt, genau jetzt, also sofort, meine Autobiografie schreibe. In diesem Abschnitt der Nachricht gab es ausnahmsweise mehr deutsche als englische Wörter.

Wenn es nicht sowieso egal wäre, bräuchte ich einen neuen Agenten.

Tatsächlich versuche ich seit einiger Zeit, alles aufzuschreiben, in der Hoffnung, dass *alles* dadurch nicht mehr *alles auf einmal* ist, sondern sich zumindest ein Nacheinander ergibt, von einzelnen Wörtern, der Leere zwischen ihnen, ein Nacheinander von Sätzen, Absätzen und Seiten. Natürlich werde ich nie damit fertig werden, weil mein Leben nicht lang genug ist, um Gretas viel zu kurzes Leben festzuhalten, das Schreiben ist so viel schwerfälliger als die Wirklichkeit. Dennoch kann *alles* in Gretas Fall nicht *unendlich viel* bedeuten. Würde ich ewig leben und nie etwas anderes tun, als jeden Greta-Moment aufzuschreiben, an den ich mich erinnere – irgendwann müsste zwangsläufig ein Ende kommen.

Gretas Ende.

Anders wäre es, wenn ich über mich selbst schreiben würde. Ich wäre ja niemals in der Lage, meinen eigenen Tod zu berichten. Weder dann, wenn ich ewig leben würde, noch dann, wenn ich stürbe. Im Moment scheint mir allerdings vollkommen unwichtig, was ich über mich selbst denken kann. Nur das, woran ich mich aus Gretas Leben erinnere, ist wichtig.

Und nichts von dem, was ich aufschreibe, keine Seite, keinen Absatz, keinen Satz, nicht das kleinste Wort wird der Agent jemals zu lesen bekommen.

Ich bin in die Küche hinuntergegangen. Irgendwann in den vergangenen Tagen musste ich eingekauft haben, der Kühlschrank war voll. Ich hatte im Zimmer die Zubereitung von Gretas Lieblingsgericht notiert, *Pasta e fagioli*, nun stellte ich fest, dass wie durch ein Wunder, aber ich glaubte nicht mehr an Wunder, alle Zutaten dafür im Haus waren. Borlotti-Bohnen, wenn auch nur aus der Dose, *ditalini*, passierte Tomaten, Knoblauch, Rosmarin, für die Basis Olivenöl,

Sellerie, Zwiebel, Möhre. Ich fing an. Die Hände konnten noch etwas, schnell hacken, schnell schneiden, ich schaute staunend, fast erschrocken zu. Das Gemüse wurde gar. Ich pürierte einen Teil der Bohnen, bevor ich die Nudeln hinzugab. Die *ditalini* kochten im Bohnenwasser; weil ich sie nicht probieren wollte, vertraute ich den Minutenangaben auf der Packung, es war eine italienische Marke, die würden wohl wissen, was *al dente* bedeutete.

Und dann stand ich ein Stück neben dem Herd und wusste nicht weiter. Die Anordnung der Tische und Stühle im Raum sagte und bedeutete mir nichts, da gab es einen Tisch mit Charlottes Stuhl auf der einen und Karls Stuhl auf der anderen Seite, da gab es einen zweiten Tisch mit meinem Stuhl auf der einen Seite, den vierten Stuhl schaute ich nicht an. Ich konnte mich nicht mehr daran erinnern, warum wir diese Aufteilung verabredet hatten. Wohin mit mir, ich hätte mir einen Hocker auf die Veranda ziehen können, aber ich hatte gar keinen Hunger, außerdem fiel mir ein, dass fast Dezember war.

Karl kam herein. Er sah dünn aus und so, als wäre er *noch* kleiner geworden, statt endlich zu wachsen, er sah buchstäblich hungrig aus, jemand musste sich um ihn kümmern. Früher hatte ich immer ein wenig mehr gekocht, weil ich wusste, dass er sich nachts die Reste holte, also deutete ich auch jetzt mit dem Kopf auf den Herd. »Es riecht gut«, sagte Karl.

Erst in diesem Moment bemerkte ich, dass *ich* überhaupt nichts roch. Ich sah die vom Kochen beschlagenen Scheiben des Fensters, aber ich roch die Dämpfe nicht. Was war das? Funktionierte ich nicht mehr wie ein Mensch? War ich nun endgültig kaputtgegangen?

Karl nahm zwei Gabeln, zwei Schalen aus dem Schrank,

füllte in jede eine Kelle *Pasta e fagioli*, er schien das Problem mit den Stühlen und Tischen ähnlich zu empfinden wie ich, jedenfalls fing er, nachdem er mir meine Portion gereicht hatte, stehend an zu essen. Er kaute. Und kaute. Dann ließ er die Gabel sinken. »Du hast da noch kein Salz drangemacht«, sagte er leise, »oder?« Er griff in die Tasse neben dem Herd, streute sich Meersalz über die Bohnen.

Ich schaute ihn an. Auf seinem Kinn saß ein einzelner, geradezu einsamer Pickel, der mich ekelte. Er hatte vermutlich recht, ich konnte mich nicht erinnern, das Essen gesalzen zu haben, mehr noch: Ich ahnte, dass ich auch Pfeffer und Rosmarin vergessen hatte. Ich steckte die Gabel hinein und kostete das Gericht jetzt selbst. Kaute, und kaute.

Es war nicht nur der Geruch. Ich konnte auch nichts mehr schmecken. Die Sämigkeit war da, auf der Zunge, die Pasta zerbiss sich, als wäre sie wirklich *al dente*. Aber ich schmeckte nichts. Nicht die süße Tomatensoße, nicht die erdigen Bohnen. Selbst wenn alles, was ich im Mund hatte, aus Wasser bestanden hätte, hätte ich etwas schmecken müssen – schließlich besaß auch Wasser einen Geschmack. Aber ich schmeckte: nichts.

Es war eine Erfahrung, von der ich wusste, dass sie verstörend gewesen wäre – wenn mich noch etwas hätte verstören können.

Ich habe Greta noch einmal gesehen. Ich habe ihr Gesicht gesehen, der Körper blieb bedeckt, ich habe das Tuch nicht zurückgeschlagen, mir später deswegen Vorwürfe gemacht. Es wäre die letzte Möglichkeit gewesen, Greta anzuschauen, sie mir Zentimeter für Zentimeter einzuprägen. War sie nackt, habe ich mich später gefragt, oder trug sie noch die Sachen vom Abend der Party, die Jacke, das schwarze Shirt mit dem Aufdruck, die Jeans, die goldenen Sandalen? Ich habe mich verhalten wie der Vater im Film bei der Identifizierung, ich habe Greta angestarrt und genickt. Ich war der Vater im Film bei der Identifizierung. Ich stand auf der falschen Seite, und die Kameras fehlten. Die Haare, schmutzig, die hatten sie ihr notdürftig aus dem Gesicht gestrichen, und ihre Augen waren geschlossen. Ich weiß nicht, ob deshalb, weil Greta geschlafen hatte, bevor sie starb. Es war alles da, das Gesicht unversehrt, der Mund leicht geöffnet, die Haut sah auch gar nicht sehr verändert aus, aber direkt unter ihr, direkt unter der Haut schien etwas zu fehlen. Wie eine dünne Schicht, die sich mit dem Tod in nichts aufgelöst hatte. Und die Farben waren fort, alle Farben, selbst das Blond der Haare: zu einem Ascheton verblichen.

 Das war nicht Greta. Aber natürlich wusste ich, dass sie es war.

Kann ich mir sicher sein, dass ich vor ein paar Tagen noch schmecken und riechen konnte? Hätte ich eine solche Veränderung in jedem Fall bemerkt?

 Heute ist internationaler Hug-a-Shark-Day, sagt der Kalender. Der erste Sonntag im Dezember, Greta hätte das gefallen, schließlich geht es um den Schutz der gefährdeten Knorpelfische und ihrer ozeanischen Lebensräume. Ich würde gern einen Hai umarmen. Ich glaube, man muss dazu auf eine Veranstaltung fahren, wo Leute in Hai-Kostümen herumlaufen oder riesige aufgeblasene Haie und Plüschtiere mit sich herumtragen. Ich bin mir nicht sicher, in welchen Teilen der Welt der Hug-a-Shark-Day populär ist, vermutlich dort, wo es Haie gibt, in Deutschland ist er es nicht. Ich hätte auch nichts dagegen, irgendwo dort, wo es Haie gibt, einen echten Hai zu umarmen, der mich dann sicher zerreißen, verschlingen würde – aber wahrscheinlich hätte ich wieder nur das Gefühl, einen Film zu erleben, statt wirklich etwas zu fühlen.

Wie riecht ein Hai?

Wie hat Greta gerochen, als sie auf der Metallliege lag?

Hier ist, was ich getan habe: In der Kammer im unteren Flur betrachte ich die Putzmittel auf dem Regal, entscheide mich für den Chlorreiniger, ich schraube die Flasche auf, stecke meine Nase in die Öffnung, atme tief ein: nichts. Ich gehe zum Kühlschrank, nehme eine rohe Peperoni aus dem Gemüsefach, beiße hinein: wieder nichts. Auch einen Schluck puren Essig, den ich im Mund hin und her bewege und schließlich sogar hinunterschlucke, kann ich nicht schmecken.

Zum ersten Mal seit sehr langer Zeit denke ich an Charlotte in dem Sinne, dass sie meine Rettung sein könnte. Als wir uns kennenlernten, nicht ganz am Anfang, aber schon nach kurzer Zeit, stellte sich heraus, dass es zwar um Rettung ging, aber nur in eine Richtung. Ich sollte ihre Rettung sein. Später war das Karls Bestimmung; auf die Idee, sich selbst zu retten, ist Charlotte nie gekommen.

Ich schleiche durchs Haus, wie es Karl im Frühling und Sommer getan hat, was mir ewig her zu sein scheint. Ich weiß nicht, für wen er sich damals gehalten hat, in Wahrheit blieb er, wer er war, Karl, und ich konnte sein Schleichen immer hören. Das wurde anders mit Gretas Tod. Karl ist unsichtbar geworden. Er kommt kaum aus seinem Zimmer heraus; vor der *Pasta e fagioli* in der Küche hatte ich ihn seit Tagen nicht gesehen.

Durch Charlottes Tür dringen Geräusche, lautes Räumen, ein seltsames Knistern, etwas schlägt zu, wahrscheinlich die Schranktür, etwas anderes schabt oder rutscht. Was macht sie denn?

Ich klopfe.

Sie fragt: »Ja?«

Ich mache auf.

Ich habe oft hier gestanden, auf dieser Schwelle, wenn sie nicht da war, wenn ich allein im Haus war. Ich frage mich, ob sie umgekehrt auch in mein Zimmer geschaut hat, ob sie darin herumgelaufen ist und die Schubladen geöffnet hat, aber etwas sagt mir, dass sie das nicht getan hat. Eher hat sie jedes Mal kurz die Augen geschlossen, wenn sie im Flur an meiner Tür vorbeimusste – so, als wäre die Tür dann nicht mehr da.

In Charlottes Zimmer stehen einige Möbel, mit denen ich sie schon kennengelernt habe, und im Regal sind Teile ihrer Sammlung von damals aufgereiht, der ganze staubige Kram, der mir immer fremd war, der aber zu ihr gehörte wie ihre Unsicherheit und die tropfende Dusche. Als ich jetzt die Tür aufstoße, sehe ich, dass ich das alles in die Vergangenheit schieben muss; den größten Teil von Charlottes Zimmer nehmen drei schwarze Müllsäcke ein, in die sie – wahllos, scheint mir – Sachen hineinstopft. Der Kleiderschrank wirkt entkernt, nur noch einige T-Shirts liegen übereinander, ganz unten zwei vergessene Hosen. Die Regalfächer mit den staubigen Dingen sind leer, und sie sind nicht einmal mehr staubig. Leere Regale kann man auch ganz abbauen, denke ich.

»Wehe, du machst das in Gretas Zimmer«, sage ich, ehe ich darüber nachdenken kann, ob es der richtige Satz ist.

Sie sieht verweint aus. Wir sehen alle ständig verweint aus, aber wir erwähnen das Verweint-Aussehen voreinander nicht, um das Risiko eines erneuten Ausbruchs zu minimieren.

»Entschuldige«, sage ich, »du räumst auf, das ist sicher gut.«

Das Fenster steht sperrangelweit offen, Charlotte trägt trotzdem nur ein T-Shirt, es ist kalt im Zimmer, das kann ich wahrnehmen auf der Haut, ich bin ja froh um alles, was ich noch mitbekomme.

Ich muss es jetzt herausfinden. Es gibt keinen guten Weg, das zu tun. Ich kann ihr auch nicht erklären, dass ich an ihr riechen will, die Worte würden im Mund verklumpen, ich wäre auf dem Rückzug, bevor Charlotte verstanden hat, was ich sage.

Ich kenne die Stellen. So genau, dass ich ihr schon da hinstarre, so sehr, dass es ihr gleich auffallen muss. Ich gebe mir einen Ruck und stolpere nach vorn.

Charlotte hat immer, seit ich sie kenne, und auch im Winter, unter den Achseln geschwitzt. Sie hat sich unzählige Male darüber beschwert, aber sie ist das Schwitzen nie losgeworden. Es ist vielleicht der Geruch, an den ich mich am allerbesten erinnern kann aus meinem Leben, dieser heiße Sommer in meiner Wohnung, in dem wir ständig geduscht haben, Charlotte nackt auf meinem Futon, und dann dieser frische Schweiß in ihren Achseln, ich bin mit der ganzen Hand dort entlanggefahren, durch die salzige Nässe, ich war süchtig nach dem Geruch.

Ich stolpere nach vorn, nehme Charlottes Arm und drücke ihn nach oben. Ich habe Angst, dass sie mich nicht lässt, deshalb bin ich vielleicht etwas grob. »Darf ich mal«, sage ich laut, »es ist wichtig.« Ich klinge auch grob, gerade mal, dass ich nicht keuche.

Ich drücke die Nase an ihre Achselhöhle.

Das T-Shirt ist nass. Aber Charlotte riecht nicht.

Ich schaue ihr nicht ins Gesicht. Ich bin schneller aus ihrem Zimmer hinaus, als sie den Arm wieder herunternehmen kann.

Wir weinen hier alle, aber wir weinen allein.

Ja, ich habe gespürt, was Karl für Charlotte sein sollte. Sie hat ihn angeschaut, immer zärtlich, aber ohne ihn wirklich zu sehen – sie hat mit ihm gesprochen, und es war schon klar, was er antworten musste –, ich habe gehofft, dass er sie irgendwann glücklich machen würde, und verdrängt, dass er selbst dabei genau das nicht sein konnte: glücklich.

Seit wir mit der *Pasta e fagioli* vor dem Herd gestanden haben, sehe ich ihn die ganze Zeit vor mir. Ich erinnere mich an sein blasses Gesicht, dort in der Küche. Ich sehe ihn aber auch buchstäblich und leibhaftig vor mir, denn seit diesem Tag schleicht Karl abermals durch die Flure. Diesmal ist es so, als *wollte* er ertappt werden, er schleicht sich mir in den Weg, ich soll keine andere Wahl haben, als über ihn zu stolpern. Ich spüre, dass er etwas von mir will, egal was, Hauptsache, ich gebe es ihm.

An diesem Punkt ist er wie Charlotte.

Er tut mir leid, er ist noch ein Kind, und was ich tun müsste, ist klar: ihm zeigen, dass ich ihn bemerke. Ihm Fragen stellen, niemand stellt den anderen Fragen in diesem Haus.

Aber ich will nicht. Ich ertappe mich dabei, zurückzuschrecken, wenn mir Karl aus dem Halbdunkel an der Treppe entgegenspringt, ich ertappe mich dabei, selbst erst einmal zu horchen und dann um die Ecken zu schleichen, damit ich ihm nicht begegne.

Es fängt schon bei seinem Aussehen an. (Während ich das hinschreibe, komme ich mir ausgesprochen schäbig vor, und etwas an dieser Schäbigkeit genieße ich, wie zu heißes Duschwasser oder die Schmerzen in den Beinen, wenn ich viel zu schnell jogge.) Karls Kleinheit stößt mich ab. Er ist fünfzehn, müsste er nicht wirklich endlich wachsen? Immerhin ist es jetzt kühler, sodass nur noch wenig von seiner teigigen Haut sichtbar ist. Geht er niemals in die Sonne? Warum treibt er keinen Sport? Da ist etwas Schlaffes in seiner Haltung, ein vorzeitiges Altern.

Und auch Karls Gesicht, wie in der Küche, blass, mit der Einsamkeit dieses Pickels, ist klein. Es hat etwas Fliehendes, fast Rattenhaftes. Lange habe ich gedacht, dass er keinem von uns beiden ähnlich sieht, weder Charlotte noch mir. Anders als Greta, sie sah aus wie Charlotte, wie eine strahlende, selbstbewusste Version von Charlotte, mit anderen Linien, fraulicher, weniger dünn, aber mit der gleichen Stirn, den gleichen Wangen, sogar mit den gleichen Ohren. (Während ich das hinschreibe, bemerke ich erst, wie statisch Gretas Gesicht vor meinem inneren Auge geworden ist. Während Karl sich weiterhin bewegt und immer wieder anders aussieht, wird mein Bild von Greta – das, was ich denke, wenn ich *Greta* denke – mit jeder Woche eindimensionaler. Während ich wiederum *das* hinschreibe, werde ich fast wahnsinnig. Ich vermisse sie so sehr, sie *darf* nicht noch weiter verschwinden.)

Hier ist, was das Schlimmste ist: In letzter Zeit erkenne ich mich selbst in Karl. Teile von mir, bestimmte Züge, die wie hineingesetzt wirken in die Miene des Jungen. Und das ist es, was ich nicht ertrage: diese sinnlos scheinende, verspätete Ähnlichkeit. Dass da dieses Gesicht ist, welches mit aller

Deutlichkeit sagt: Ich bin dein Sohn. Siehst du das denn nicht?

Was ich tun müsste, ist klar. Ich weiß, was richtig wäre, Karl braucht endlich einen Vater.

Nur dass ich leider kein Vater mehr bin.

Seit vierzehn Wochen nicht mehr.

Charlotte hat einen Zettel vor meine Tür gelegt. In dem Moment habe ich noch nicht gewusst, dass es ein Zettel ist – ich habe nur das Rascheln gehört und wie sie sich auf den knarrenden Dielen bewegt hat –, im Nachhinein habe ich mir eingebildet, auch das Knacken ihrer nicht mehr ganz jungen Knie ausgemacht zu haben oder ein leises Stöhnen. Aber sie ist wieder aufgestanden, hat kurz überlegt und dann mit der flachen Hand vorsichtig zweimal an meine Tür geschlagen. Als wäre ihr plötzlich klar geworden, wie albern es ist, sich innerhalb ein und desselben Hauses schriftlich zu verständigen.

Ich habe ihr nicht geöffnet. Ich habe mich nicht bewegt und kaum geatmet. Also hat sie sich nach einer Weile wieder gebückt und den Zettel erneut auf die Schwelle gelegt.

Mittlerweile habe ich ihn hereingeholt und weiß, dass es eine A5-Seite ist, beschrieben in Charlottes gleichmäßiger, wie immer etwas zu kleiner Schrift.

»Ich dachte, ich lasse es dabei bewenden, aber nun muss ich dich doch fragen: Was sollte das, Simon? Dein Verhalten in meinem Zimmer? Zuerst war ich wütend. Da kommst du einfach herein, sagst fast nichts, stampfst auf mich zu, man hätte Angst bekommen können. Dann die Sache mit meinem Arm... ich werde mir darüber nicht klar. Einerseits hat es mich verstört. Andererseits war es auch nah, und das verwirrt mich doch sehr, muss ich sagen, so sehr, dass ich diese

Zeilen jetzt einfach hingeschrieben habe, obwohl sie sich anfühlen wie eine Nachricht in ein anderes Leben.
   Ich mache mir Sorgen um dich. So wie im Moment habe ich dich noch nicht erlebt. Sagst du Bescheid, wenn du reden willst?«
   Ich habe die Seite zerknüllt und wieder nach draußen gelegt.
   Jetzt beginnt sie auf einmal, Fragen zu stellen. Jetzt!

Und das geschieht, wenn man das Richtige tut:
   Ich habe Karl mein Fahrrad geschenkt. Ich bin immer viel Fahrrad gefahren, mit Greta, ich bin seit September nicht mehr Fahrrad gefahren, ich brauche das Fahrrad nicht. Es ist ein hervorragendes Rennrad, noch fast neu, ein *Colnago V2-R*, mit Carbon-Rahmen, nur sieben Kilo schwer. Der Entschluss kam völlig spontan – ich weiß nicht, ob man dann überhaupt von einem Entschluss sprechen kann –, als ich wieder einmal auf der Treppe in Karl hineingelaufen bin. »Oh, hallo«, hat er gesagt, er hat sich geräuspert, es war unerträglich offensichtlich, wie sehr er sich wünschte, dass auch ich etwas zu ihm sagte – und plötzlich dachte ich, dass ich ihn aus dem Haus hinausbekommen musste. »Komm mal mit, Karl«, habe ich gesagt; ich habe es vermieden, ihn zu berühren, bin einfach vorausgegangen, die Treppe hinunter, er ist mir sofort gefolgt. Ich bin aus der Haustür getreten, das war auch bei mir eine Weile her, und dann habe ich auf die Mauerecke gezeigt, hinter der unser Fahrradschuppen an einem der Zäune klebt. Ich bin darauf zugegangen und habe die Schuppentür aufgezogen.
   Das Rennrad sah ziemlich groß aus neben Karl. »Ich bin mir sicher, dass es geht«, habe ich gesagt, »wenn wir den

Sattel ganz nach unten stellen und vielleicht einen Lenker kaufen, der eine andere Form hat...« Ich wollte Werkzeug aus dem Schuppen holen und es ausprobieren, aber das wollte er gar nicht. Das müsse ja nicht heute sein, sagte er. Stand da mit riesigen Augen, zittrig, und hielt das *Colnago* so ungeschickt fest, dass ich mich schon fragte, ob er überhaupt Fahrradfahren konnte – vielleicht wollte er deshalb nicht aufsteigen? Aber doch, er war ja als Kind gefahren, daran konnte ich mich erinnern, und das verlernt man doch nicht.

Karl strich über den *Selle Italia*-Sattel wie über ein scheues Tier. Er drückte versuchsweise eine der Bremsen und tickte mit dem Finger gegen den Kilometerzähler. Ganz kurz lächelte er, als würde etwas von seinem Gesicht gezogen.

Dann lehnte er das Fahrrad vorsichtig gegen die Schuppenwand.

»Wenn ich nicht gewesen wäre...« Die Sätze fielen aus ihm heraus. »Ich muss immer daran denken. Greta hätte nie...«

Mir wurde kalt. Es war ein warmer Dezembertag, aber nicht so warm, dass man länger hätte draußen stehen können – wir waren in Pullovern in den Garten gegangen, Karl trug Hausschuhe an den Füßen, irritierend kindliche Latschen aus Filz, ich hatte nur meine dünnen Leinenturnschuhe an.

»So ein Blödsinn«, sagte ich schroff, »warum solltest ausgerechnet du schuld daran sein, dass Greta tot ist.«

Und dann hat er es mir erzählt.

Wieso hat Marie nichts davon erwähnt, als ich sie nach dem Unfall gesehen habe, und später noch einmal bei der Beerdigung?

Ich kann das nicht aufschreiben, nicht jetzt, erst später.

Ich hatte Mühe, den Sinn zu verstehen, so sehr dröhnte mein Kopf.

Er heulte. »Wenn ich Marie die Nachrichten nicht geschrieben hätte, dann wäre Greta nicht dort gewesen. Besser hätte ich wirklich das Haus angezündet. Oder wenn ich ihr im Flur, bevor sie aufgebrochen sind, wenn ich ihr dort zugestimmt hätte, dass die Demo wichtiger ist...«

Ich bin rückwärts von ihm weggegangen. Ich habe ihn stehen gelassen und mich wie nebenbei zu den Eingangsstufen bewegt, als gäbe es einen normalen Grund dafür, als müsste ich aufs Klo oder hätte eine Pfanne auf dem Herd oder Sorge, dass die Badewanne überläuft... Ich glaube, ich habe sogar an der Tür noch die Hand gehoben und Karl, der nach wie vor neben dem Fahrradschuppen stand, zum Abschied gewunken wie einem flüchtigen Bekannten, dem ich gerade zufällig auf der Straße begegnet bin.

Es steckte noch in meinem Schreibtisch. Ganz hinten in einem der Fächer. In dieses Handtuch haben sie dich eingewickelt, Greta, und dann haben sie dich im Krankenhaus auf meinen Oberkörper gelegt. Die Hebamme hat verlangt, dass ich mich vorher in einen Stuhl setze, wahrscheinlich hatte sie Angst, ich würde dich fallen lassen. Das Handtuch ist weiß, aus Baumwollfrottee, rundum mit einem Band eingefasst, es ist eigentlich gar kein richtiges Kapuzenhandtuch, es gibt nur eine Art Zipfel oben, aus dem heraus dein Gesicht leuchtete.

Wir haben zu zweit dort gesessen, du und ich, ich hatte mein T-Shirt ausgezogen, damit du näher bei mir sein konntest, du hast den Kopf ein wenig verdreht und zu mir heraufgeschaut, im Grunde hat dein Gesicht schon ausgesehen wie später, du warst komplett und vollkommen, allerdings hattest du nur ein Auge offen, mit dem du mich unverwandt angeschaut hast, das andere blieb geschlossen. Wir haben auf dem Stuhl gesessen und lange auf Charlotte gewartet, die im Saal nebenan operiert wurde, weil sich die Plazenta nicht vollständig von der Gebärmutter gelöst hatte.

Du hast nicht geschrien.

Ich habe dir gesagt, dass du keine Angst haben musst. Dass du nicht allein bist.

Das Handtuch kommt mir heute sehr klein vor. Ich habe es aus dem Krankenhaus mitgenommen, obwohl ich es eigentlich hätte dalassen müssen, ich habe es gestohlen, weil ich es um nichts in der Welt mehr hergeben wollte. Ich habe das Handtuch zusammengerollt und nie gewaschen, es sah auch ganz sauber aus, als wärst du noch viel zu neu gewesen, um Schmutz zu hinterlassen.

Das Handtuch hat überraschend lange nach dir und nach unserer Stunde des Wartens gerochen, das weiß ich noch. Über ein Jahr lang. Und jetzt kann ich nicht einmal mehr riechen, dass der Geruch fort ist, wie du, dass da nichts mehr ist als das Holz und der Staub der Schublade.

Ich gehe zu Charlotte, mit dem, was mir Karl erzählt hat. Ich fühle mich null Komma null in der Lage, ihm zu helfen, aber ich versuche noch immer, das Richtige zu tun, und weiß, dass er Hilfe braucht.

Es war ein Unfall, es war ein Zufall. Warum ist sie auf dieses Baugerüst gestiegen, und warum, verdammt noch mal, ist sie derart blöd gewesen, dort oben einzuschlafen? Habe ich ihr nicht mehr beigebracht? Habe ich ihr nicht beigebracht, nachzudenken, ihr erstaunliches Gehirn auch zu gebrauchen?

Niemand ist schuld.

Auf Marie wäre ich gern böse, weil sie dabei war und ebenfalls eingeschlafen ist, aber ich weiß, dass auch dieser

Gedanke Unsinn ist – ich kenne Marie, nie im Leben ist irgendetwas von all dem ihre Idee gewesen. Es war immer Greta, die den Ton angegeben hat.

Also gehe ich zu Charlotte, sie hat das ja sogar angeboten, dass wir miteinander sprechen – und ich denke mir etwas aus, damit Karl von unserer Unterhaltung nichts mitbekommt, ich fange sie auf der Straße ab, als sie von der Arbeit zurückkehrt, ganz am Ende des Grundstücks, dort, wo der jetzt kahle Fliederstrauch fast bis in die Mitte des Fußwegs ragt, weit über unseren Gartenzaun hinweg, den wir, wie ich bei dieser Gelegenheit sehe, dringend neu streichen müssten.

Als Charlotte vorn bei der Bushaltestelle in unsere Straße einbiegt und auf mich zuläuft, erkenne ich sie nicht sofort. Ihr Gang ist der einer beliebigen Frau Mitte vierzig auf einer beliebigen Straße, ohne Hoffnung, ohne Leuchten, eine Bewegung, bei der es nur darum geht, von A nach B zu gelangen. Ich erkenne sie an der Hose und dem Mantel. Sie sieht mich beim Flieder stehen, stockt im selben Moment. Aber hier sind wir nicht im Haus, hier kann man nicht durch eine Tür huschen und hinter den vertrauten Gefängniswänden verschwinden. Charlotte strafft die Schultern, läuft weiter auf mich zu, sie blickt mir klar entgegen, und plötzlich sieht sie anders aus. Sie geht anders. Mir fällt auf, dass sie die Haare offen trägt, das hat sie lange nicht getan, und auch wenn die Haare dünner geworden sind und mittlerweile selbst in der winterlichen Nachmittagssonne mehr grau als blond wirken, erinnert mich die Frisur an die Zeit vor dem Alltagsdutt, den Charlotte sich nach Karls Geburt angewöhnt hat. Ganz kurz sehe ich sie wieder aus dem Supermarkt treten, während unseres ersten Spaziergangs.

Aber darum geht es jetzt nicht. Ich blicke auf den Boden,

blinzle, schaue erst wieder auf, als sie neben mir steht. Dann berichte ich ihr alles, was Karl mir erzählt hat. Mir ist vorher nicht klar gewesen, ob und wie viel sie davon schon weiß, aber jeder Blick in ihr Gesicht macht deutlich: Sie war vollkommen ahnungslos. »Das kann nicht sein«, sagt sie zuerst. »Karl würde doch kein Haus anzünden!« Ich wende ein, dass er das ja auch nicht getan hat. Ich fange noch einmal von vorn an, erzähle alles erneut, ich will diese Geschichte loswerden, Charlotte soll sich darum kümmern, und dann möchte ich nie wieder etwas davon hören oder auch nur daran denken.

Man muss ihr zugutehalten, dass sie beim zweiten Mal ruhig zuhört, was ich ihr sage. Ich merke, wie sie beginnt, mir zu glauben, oder besser, Karl zu glauben. Sie bekommt dunkle Ringe unter den Augen, und jetzt schaut sie mich kaum noch an, sie schaut an mir vorbei, aber sie dreht nicht durch, wird nicht hysterisch wie früher, wenn wir gestritten oder auch nur ein Gespräch geführt haben, das sich für sie wie ein Streit anfühlte.

Und dann kommt dieser kleine Idiot doch tatsächlich aus dem Haus. Wochenlang, monatelang hat er sich verkrochen, gerade mal, dass er ab und zu zur Schule gegangen ist, aber nie hat er nachmittags das Grundstück verlassen – und jetzt kommt er heraus und läuft auf uns zu. Er muss hinter seinem Fenster gestanden und uns belauert haben, dieser Schnüffler mit seinem kindlichen Rattengesicht. Er treibt mich in die Enge!

Meine andere, rationale Seite, die Seite, die noch denken kann, denkt: Das muss ihn Überwindung gekostet haben. Es ist im Grunde gut, wenn Karl mutiger wird und offen auf uns zutritt.

Aber ich will ihn hier nicht haben!

Der Weg vom Gartentor zu uns scheint lang, Karl schwankt beim Laufen von einer Seite zur anderen, als hätte er das fast verlernt: geradeaus auf jemanden zuzugehen. Er schaut erst Charlotte an, dann mich, dann wieder sie – und das kommt gerade hin, denn als er uns endlich erreicht hat, tritt sie ihm entgegen und nimmt ihn in den Arm. Er lässt sich sofort in die Berührung hineinfallen. »Simon hat es mir erzählt«, sagt sie, den Mund in seinen Haaren. »Mensch, Karl, mein Karl! Das muss schlimm gewesen sein für dich.«

Und da reißt etwas in mir. Oder bricht ein, die Wand zwischen den zwei Seiten bricht ein, die rationale Seite hat keine Möglichkeit mehr, mich zu bremsen. »Es muss schlimm gewesen sein?«, zische ich. »Für ihn? Wieso, ihm geht es doch gut, oder?« Ich denke an Greta, das reißende Gefühl wird stärker, ich stelle mir vor, dass Greta dort an Karls Stelle steht, groß und klug und erwachsen und lebendiger, als er es je gewesen ist, sie war so unglaublich lebendig, und zum ersten Mal denke ich: Er hat recht. Es ist seine Schuld, er hat die Dinge durcheinandergebracht, er hat das Schicksal herausgefordert, hat mit Benzin hantiert und folgerichtig alles in Brand gesteckt, er hätte sterben müssen, nicht sie. So hätte es passieren sollen.

Ich bin mir nicht sicher, was genau ich gesagt habe. Mein Zischen ist zu einem Schreien geworden, so viel ist sicher, ich habe mich schreien hören, zu meiner eigenen Überraschung, ich habe die Stimme gehört und dann erst begriffen, dass ich es war, der da schrie.

Ich bin geflüchtet. An einem rostigen Nagel habe ich mir die Hose zerrissen, als ich um das offene Gartentor herumgestürmt bin. Bei uns ragen überall Nägel heraus.

Ich war heiser, als ich in meinem Zimmer angekommen bin.

Ein Heft ist nicht genug. Ich schreibe, so schnell es geht, aber es ist zu viel, es sind zu viele Themen, alles vermischt sich, ich verliere den Überblick. Ich habe einen reichlichen Vorrat an schwarzen Notizbüchern, den einzigen, die ich benutze, daran scheitert es nicht – ich kann gleich neue bestellen, die Firma liefert zuverlässig, zehn Stück fürs Erste, nein, was soll das, hundert Stück, hundert Hefte für Gretas Leben, die könnten für den Anfang reichen. Und dann den Heften verschiedene Richtungen geben, ich muss alles genau unterscheiden, um wieder Ordnung zu finden; ein Heft für die Vergangenheit, für die schönen Erinnerungen, zum Beispiel an die kurze Zeit, in der Greta ständig Klingelrutscher gespielt hat, aber immer nur bei uns, nie bei den Nachbarn, und immer bloß, wenn Charlotte und Karl aus dem Haus waren, wenn nur ich da war – und natürlich wusste ich jedes Mal, dass sie es war, ich meine: Wer hätte es sonst sein sollen, wer sollte schon bei uns klingeln –, trotzdem bin ich jedes Mal hingegangen und habe überrascht in alle Richtungen geschaut, ich bin auf die Straße gelaufen, habe die Hand über die Augen gelegt, als hätte ich vielleicht nur nicht gut genug hingesehen, um den Klingler zu erkennen, ich habe nicht richtig hingesehen, niemals gut genug.

Ein Heft ist für die schönen Erinnerungen, und eins für die anderen. Ein Heft für die Gegenwart, für die Fakten, ein Protokoll, dass die Zeit weiterhin vergeht; ein Heft für Gretas Zimmer, eine Inventur, bei der alles umgedreht und angeschaut wird, nicht nur jeder Stein (aber Steine gesammelt hat sie auch, zum Beispiel am Strand von Gaeta im Sommer 2017); ein Heft für alles, wofür sie sich engagierte; ein Heft für die Frage, was einen Menschen lebendig macht (ihre Zehen im niedrigen türkisblauen Wasser vor Gaeta, in das sie sich hineingesetzt hatte, um zu beobachten, wie die kleinen Wellen ihre Beine verzerrten).

Plötzlich denke ich wieder an Karl, wohl deshalb, weil Greta 2017 ungefähr so alt war wie Karl jetzt. Ich höre, wie ich mit dem Kiefer knirsche, bis ich abrutsche, schmerzhaft mit einem der unteren Zähne am rechten Eckzahn entlangschabe.

Ein Heft für die Wut.

Die Wut!

Ich bekomme es mit. Ich höre einzelne Sätze auf dem Flur. Charlotte holt den großen Koffer vom Spitzboden, da erst glaube ich es wirklich, vorher dachte ich, es müsse sich um ein Missverständnis handeln. Sie würde doch niemals Karl wegschicken. Sie kann nicht ohne ihn sein, das muss ihr das Herz brechen. Und was ist mit mir? Werde ich überhaupt noch gefragt?

Auch den Namen höre ich mehrmals: *Heike*. Soll Karl zu Charlottes alter Chefin nach Berlin? Mir war gar nicht klar, dass sie überhaupt noch Kontakt haben. Sie hat uns hier einmal besucht, als Karl klein war, im Winter, danach bin ich ihr nicht mehr begegnet. Wenn ich an sie denke, erinnere ich mich nicht an diesen Besuch, sondern daran, wie ich sie in ihrer Agentur gesehen habe, 2001. Als wäre die Chefin nur in dieser Situation und in diesen Räumen richtig sie selbst gewesen. In meinem Kopf hat sich Heike seitdem nicht verändert, auch wenn sie in Wahrheit genauso viel älter geworden sein muss wie wir alle.

Ich kann mir keine ältere Heike vorstellen.

Bestimmt hat sie die Agentur wieder aufgemacht und sitzt da wie damals, mit ihrem runden Gesicht und den karierten

Hosenträgern über einem weißen Hemd. Aber was soll denn Karl dort? Den Staub der Vergangenheit von den Möbeln wischen?

Ich weiß nicht, was mit Charlotte passiert ist, es gibt eine neue Härte in ihrem Verhalten, die mich herausfordert. Sie scheint die Dinge besser im Griff zu haben als früher. Warum erst jetzt, warum nach Gretas Tod?

Sie hat mir Karl ins Zimmer geschoben. Mit seinem Koffer, einfach so. Das ist nicht ganz richtig: Zuerst ist sie selbst ins Zimmer gekommen, nach einmal Klopfen hat sie die Tür aufgedrückt und sich mitten in den Rahmen gestellt. Sie hat mir geradewegs ins Gesicht gesehen, dann hat sie gesagt: »Dein Sohn möchte sich von dir verabschieden.« Sie hat Karl am Arm hereingeschoben, mit seinem Koffer, der hilflos über die Schwelle rollte und schließlich umfiel, dann hat sie mich noch einmal angeschaut. *Mach das gefälligst gut*, schien ihr Blick zu sagen, bevor sie die Tür schloss.

Ich habe gespürt, dass ich rot geworden bin, die Szene auf der Straße fuhr mir sofort wieder in die Glieder, seitdem war ich Karl komplett aus dem Weg gegangen.

»Hallo«, habe ich gesagt und bin am Schreibtisch sitzen geblieben, als wäre ich gerade mit etwas sehr Wichtigem beschäftigt.

»Hallo.« Auch sein Gesicht war rot, ihm schien der Moment fast ebenso unangenehm zu sein wie mir.

»Zu Heike, ja?«

»Ja.« Er zögerte, schien etwas auf der Zunge zu haben, öffnete den Mund, schloss ihn wieder, dann kam es doch heraus. Dass er da eigentlich gar nicht hinwollte, weil bei Heikes letztem Besuch – wann denn? er konnte nicht diesen

Abend im Winter meinen, das war Ewigkeiten her – Heike und Charlotte über ihn gelacht hätten. »Sie haben sogar mit dem Finger auf mich gezeigt. Das ist nicht in Ordnung, oder?«

Er fragte das wie ein kleiner Junge.

Ich wusste nicht, was ich antworten sollte. »Du kannst auch zu meinem Bruder gehen. Florian, in Dortmund.«

»Den kenne ich doch gar nicht.«

»Heike kennst du auch nicht viel besser.«

»Ja, stimmt.« Er schien ernsthaft darüber nachzudenken. »Ich kenne eigentlich niemanden so richtig. Aber Heike hat ein leeres Zimmer.«

Ich dachte an das leere Zimmer nebenan, das ich immer noch nicht betreten hatte.

»Das ist gut«, sagte ich.

»Ja«, sagte er, »nicht schlecht.«

»Also dann ...«

»Ja ...« Er lächelte.

Er hatte sich tatsächlich von mir verabschieden wollen, Charlotte hatte sich das nicht ausgedacht, es war ihm wichtig gewesen, und das rührte mich jetzt doch so sehr, dass ich aufstand. Ich ging nicht zu ihm hinüber, aber ich hob einmal kurz die Arme, als *würde* ich ihn umarmen oder zumindest an den Oberarmen packen und wieder loslassen.

»Alles Gute«, sagte ich, »soll ich dir mit dem Koffer helfen?«

»Nein, das geht schon.«

Es war knapp, aber es ging wirklich, der Koffer schwankte zweimal, Karl fing ihn wieder auf, öffnete mit seiner linken, kleinen Hand die Tür und bugsierte den Koffer mit der rechten hinaus.

Draußen stand Charlotte. *Danke*, buchstabierte sie mit den Lippen in meine Richtung.
Ich fragte mich ernsthaft, wofür.

Bin ich schon jemals wirklich allein gewesen in diesem Haus?
Ich verstehe nicht, warum Charlotte Karl zu Heike bringt, aber ich fühle sofort die Erleichterung, als sie die Straße hinunter zum Bus laufen. Ich weiß nicht, wann Charlotte zurückkommt, ob sie überhaupt in Berlin übernachten wird oder bereits einen Zug am Abend nimmt – sie hat keinen Koffer für sich selbst dabei. Am liebsten wäre mir, sie blieben beide dort. Dann wären wenigstens *alle* weg und verschwunden!
Ich öffne die Tür zum Flur, das Haus ist still, wirkt sonst aber wie immer. Ich lasse die Tür geöffnet, doch dann stört mich der dunkle Schlitz in meinem Rücken, frisst sich in mich hinein, und ich stehe noch einmal auf, um doch richtig zuzuklinken.
Ich schäme mich dafür, dass ich erleichtert bin, Karl nicht mehr anschauen zu müssen.
Wie lange dauert es, bis sich ein Ort verändert?
Von meinem Fenster aus sehe ich die Häuser ringsum. Bis vor einigen Jahren wohnten nur ältere Paare dort, in dem Alter, in dem Charlottes Eltern wären, wenn sie an einem bewölkten, kühlen Septembertag nicht ins Auto gestiegen wären. Erst seit Kurzem hat der Generationswechsel begonnen, in das Nachbarhaus mit den hässlichen grünen Plastikschindeln auf dem Dach ist eine Familie eingezogen, auch im Garten daneben steht ein Trampolin. Diese neuen Paare haben ihre Kinder später bekommen als wir, knapp unter der Vierziger-Grenze, wenn nicht sogar darüber.

Das alles ist vollkommen egal. Ich schaue aus dem Fenster, um nirgendwo sonst hinschauen oder gar hingehen zu müssen: zu dem Tai-Chi-Stock an der Wand, der mir sagt, dass ich mich seit Ewigkeiten nicht bewegt habe; in die Küche, wo das Wasser nur lauwarm aus dem Hahn kommt, nie ganz kalt, wo ich etwas essen sollte, aber nach wie vor schmeckt alles nach nichts; oder nach nebenan, in Gretas Zimmer.

Ich schaue aus dem Fenster, sehe die beleuchteten Schwibbögen, die Pyramiden dahinter. Bald ist Heiligabend, überall auf der Welt kann man das vergessen, nur nicht in Dresden, die Leute hier haben eine Weihnachtsmacke, die sich nicht allein durch die Nähe zum Erzgebirge erklären lässt, es muss eine Grundbereitschaft dazukommen, Dinge – irgendwelche Dinge – zu verherrlichen. Die Sachsen, die Deutschen, das liebe Jesuskind. Pegida und die Eierschecke.

Bin ich überhaupt allein im Haus? Sind sie nicht alle noch da, weil ihre Räume noch da sind?

Nachtrag: Ich habe die Tür doch wieder aufgemacht, den Schlitz ausgehalten, bis er so breit war, dass ich hindurchgegangen bin. Ich habe einen Rundgang gemacht und gesehen, dass neben Karls Monitor, auf seinem zerkratzten Computertisch, eine große braune Herzmuschel aus Gaeta liegt. Die Muschel hat immer in dem gestreiften Leinenbeutel gesteckt, den Greta im Sommer 2017 ununterbrochen mit sich herumgetragen hat. Der Leinenbeutel hat immer neben Gretas Bett gehangen, an einem Haken, ziemlich weit oben an der Wand. Karl muss mehr als einmal in Gretas Zimmer gewesen sein, um die Muschel zu finden.

Warum hat er sich hineingetraut, während ich es nicht einmal schaffe, von der Schwelle aus einen Blick in den Raum zu werfen? Oder ist er gar nicht nach ihrem Tod in dem Zimmer gewesen, sondern schon davor? Hält sich denn überhaupt niemand mehr an irgendetwas?

Nachtrag II: Karl hat sich die Muschel da nicht hingelegt, weil er sie schön findet. Im Nachhinein habe ich mich daran erinnert. Als wir in der Küche gestanden haben und er mir die Schale mit *Pasta e fagioli* gereicht hat, sind mir kleine dunkelrote Punkte in seiner Handfläche aufgefallen. Ein eigenartiges Muster, habe ich gedacht.

Er muss die scharf gezackte Muschel immer wieder in seine Hand genommen und mit aller Kraft zugedrückt haben.

Plötzlich vermisse ich ihn. Eine Schwäche in den Knien, ein Schwanken, als würde dort etwas fehlen, und die Erleichterung ist wie weggeblasen. Ich hätte das hinbekommen mit Karl, Stück um Stück, ich hätte ihn nicht noch einmal so angeschrien, wir hätten zusammen an dem Fahrrad gebaut, ich hätte auch selbst dadurch wieder besser funktioniert, am Ende hätte ich ein zweites Fahrrad gekauft und wir hätten zusammen Ausflüge unternommen.

Aber Charlotte hat das Kind weggebracht. Sie hat es kaputtgemacht.

Etwas in mir sagt, dass der Gedanke absurd ist: dass alles gut wäre, wenn Karl nur wieder da wäre. War ich nicht gerade noch erleichtert? Aber nein, jetzt bin ich dem Gefühl völlig ausgeliefert: Alles wäre besser! Ich hätte es richtig gemacht!

Wir sind laut geworden, ohne Vorwarnung, fast sofort, was für eine Lautstärke in dem stillen Haus, das seit Monaten keine ungebremsten Töne mehr kannte. Schon das Geräusch von Charlottes Schlüssel, als sie ihn bei ihrer Rückkehr ins Schloss steckte, war so durchdringend, dass mich das Kratzen und Klimpern und Klackern von meinem Bett hochtrieb.

Der Reihe nach. Langsam.

Das Erste war der Schlüssel. Sie war wieder da. Ich wartete ab.

Das Zweite war, dass ich sie unten in der Küche gehört habe. Mehrmals krachte etwas.

Das Dritte war, dass mir klar wurde: Sie stört mich. Mir wurde klar: Dass Karl weg ist, bedeutet ja auch, dass wir nun zu zweit sind und es wer weiß wie lange sein werden.

Das Vierte war, dass ich es nicht mehr ausgehalten habe und mit langen Schritten hinuntergelaufen bin. Sie stand wirklich in der Küche, am Herd, dann an der Tür zur Veranda, sie lief herum, räumte irgendwas auf, ich sah gar nicht hin, auch ich wurde sofort laut, vielleicht hatte sie mich vorher noch gar nicht bemerkt.

»Bist du jetzt zufrieden?« Es brach aus mir heraus. Ich merkte, wie ich beim Sprechen spuckte. »Jetzt, wo du mir das zweite Kind auch noch weggenommen hast?«

Kurz dachte ich, dass sie etwas fallen lässt, aber sie hatte in dem Moment gar nichts in der Hand. Sie spuckte ohne Verzögerung zurück, und sie war noch lauter als ich. »Was? Ich habe ihn dir weggenommen? Du findest ihn doch so abstoßend, dass ich ihn vor dir in Sicherheit bringen musste. Deinetwegen ist er nicht mehr da!«

Sie warf mir vor, dass ich Karl schon immer verabscheut hätte. Das stimmte nicht, und es machte mich rasend.

»Ach so«, schrie ich, jetzt schrie ich wirklich, »dann bin also ich das Problem gewesen!«

»Darum geht es?« Wieder war sie lauter als ich. »Du

denkst wirklich, du hättest nichts dazu beigetragen, zu ... zu nichts ... ich meine, zu *allem* ...« Dass sie sich verhaspelte, machte sie noch wütender. »Zu allem hier!«

Das Schreien war eine Befreiung, wir übertrumpften einander, endlich mussten wir uns nicht mehr zurückhalten, vor niemandem, endlich konnten wir wieder streiten, Greta war tot, Karl war fort, und was kümmerten uns die Nachbarn, mit denen wir sowieso nie Kontakt gehabt hatten, weil wir dafür nicht *normal* genug waren, kein normales Paar, keine normale Familie, wir hatten es nicht einmal geschafft, es nach außen hin so aussehen zu lassen.

»Zu *allem*? Packst du jetzt zwanzig Jahre aus?«

»Das hängt doch zusammen, du ...«

Ihre Stimme brach irgendwie ab, bevor sie *Arsch* sagen konnte oder *Scheißkerl* oder etwas Schlimmeres – und weil mir auch keine Erwiderung einfiel, schaute ich mich zum ersten Mal, seit ich hereingekommen war, in der Küche um.

Das Fünfte war, dass ich nichts verstand.

Sie hatte Gretas und meinen Tisch und die Stühle (auch Gretas Stuhl, was ich unerträglich fand) zusammengeklappt und auf die Veranda gestellt, nein, auf die Veranda geschmissen, die Möbel lagen dort übereinander, als wären sie über die nassen Bohlen geschlittert und irgendwo zum Stillstand gekommen. Die Verandatür stand noch offen und schlug im Wind. Ich hatte vergessen gehabt, dass es eigentlich Gartenmöbel waren, aus billigen, rissigen Brettern, dass Charlotte und Karl damals den richtigen Tisch und die richtigen Stühle bekommen hatten.

Sofort verlor ich wieder die Kontrolle. »Sag mal, bist du bescheuert? Was fällt denn dir ein?«

»Fällt dir was Besseres ein?«

Trotzig stürmte sie an mir vorbei und machte weiter, womit auch immer, ihr Atem stand dampfend vor ihrem Gesicht, sie zerrte an ihrem schweren Holztisch, schob ihn über die Dielen, Karls Stuhl kippte um – ich war überrascht, welche Kräfte Charlotte hatte, ich hatte sie lange nichts Körperliches mehr arbeiten sehen –, die Tischbeine kreischten und hinterließen Kratzer auf dem Boden. Charlotte hörte erst auf, als der Holztisch mit der Korkplatte in der Mitte des Raumes stand, wo er vor vielen Jahren gestanden hatte. Sie hob den Stuhl wieder auf und setzte ihn an seinen Platz.

Sie hatte geschwitzt, mit bebenden Schultern stellte sie sich vor mich, blickte mich an.

»Simon, mir ist wirklich nichts Besseres eingefallen.«

Es war der erste Satz, der nicht mehr geschrien wurde.

Sie sagte: »Du kannst natürlich ausziehen, oder ich kann ausziehen. Aber sonst? Willst du diesen Strich neu malen?«

Sie hatte tatsächlich darüber nachgedacht. Wir sahen beide auf die verblassten, zertretenen Farbreste auf dem Boden. Charlotte holte tief Luft. Dann ging sie zum Herd hinüber; ich bemerkte erst jetzt, dass dort etwas kochte, in einem Topf, aus dem sie nun über der Spüle das Wasser abgoss. Sie deckte so schnell den neu platzierten Tisch, als könnte sie damit etwas erreichen. Sie stellte eine Schüssel mit etwas Weißem in die Mitte, der Topf kam auf einen Korkuntersetzer.

Ich stand immer noch an derselben Stelle, ich konnte mich nicht bewegen.

»Kartoffeln mit Quark«, sagte ich, »oder wie?«

Sie sah mich einfach nur an.

Ich konnte das nicht. Ich konnte sehen, was sie versuchte,

ich konnte auch sehen, dass es richtig war, aber ich konnte nicht mitmachen.

Was ich dann getan habe, das habe ich mir Bewegung für Bewegung vorgesagt: Geh zum Tisch. Nimm einen Teller. Hebe den Deckel vom Topf. Weiche dem aufsteigenden Dampf nicht aus. Greife mit bloßen Fingern nach einer kochend heißen Kartoffel und lege sie auf den Teller. Schüttle die Hand nicht aus. Setze den Deckel zurück auf den Topf, stecke einen Löffel in den Quark, schaufle etwas Quark neben die Kartoffel.

Ich bin mit dem Teller nach oben gestiegen. Ich habe nicht daran gedacht, Besteck mitzunehmen.

Anfang November hätte ich drehen sollen. Ich bin hingefahren und habe alle am Set begrüßt und habe mich schminken lassen und bin in den vorgesehenen Anzug gestiegen, der um meinen Körper herumschlackerte, ich hatte wenig gegessen in der Zeit davor – ich bin den schweren Türen, Tischplatten, Scheinwerfern ausgewichen, die ständig durch die Gegend getragen wurden – ich habe zeitgleich mit meinen Kolleginnen schnell meine Waffe eingesteckt, als es losgehen sollte – ich habe mich auf das Kreuz auf dem Boden gestellt und dieselben Kommandos wie immer gehört: *läuft, Set, Set, und bitte* –

Und dann ging nichts mehr.

Ich konnte mich an keine einzige Textzeile erinnern. Man brachte mir das Drehbuch, aber ich starrte auf die Seite und sah nur Buchstabensalat. Weder wusste ich, was ich machen sollte, noch, wer ich war.

Das ist der erste Ausfall gewesen, damals im November konnte ich noch schmecken und riechen.

Wir versuchten es mehrmals. Nichts half, deshalb gingen

wir verfrüht in die Mittagspause – sie gaben uns große Herrenhemden, die wir über die Filmkleidung ziehen sollten, falls wir kleckerten. Der einzige blöde Spruch kam nicht von der Regie, sondern von Laura, einer der Kommissarinnen. »Du bist Schauspieler«, sagte sie. »Du musst es ja nicht fühlen, *spiel* es einfach!« Ich konnte sie verstehen, sie hatte ein kleines Kind zu Hause, der pünktliche Drehschluss war wichtig für sie.

Als wir vom Essen zurückkamen, sagte ich ihnen, dass sie sich einen neuen Kommissar suchen sollten. Im Dienst erschossen, das konnte immer passieren. Ich hätte ja auch einen Herzinfarkt haben können. Was mir zugestoßen war, fühlte sich ähnlich an.

Dass stattdessen die Staffel verschoben wurde, war eine große Geste. Selbst nach den vielen Jahren, die ich dabei gewesen bin: Im Film ist, anders als in der Realität, jeder ersetzbar. Aber offenbar haben sie nicht einmal darüber nachgedacht, die Rolle neu zu besetzen. Sie schickten mir eine Karte, wünschten mir gute Erholung und unterschrieben mit: *Deine Familie.*

Es war eine große Geste, die nun zu einem großen Druck wird. Der neue Drehtermin, der damals noch in weiter Ferne lag, rückt näher. Und ich will nur einen einzigen Mörder fassen, einen Mörder, den es gar nicht gibt.

Etwas musste folgen auf den dampfenden Topf in der Küche, das war klar, Charlotte hatte einen Anfang gemacht, es lag an mir. Auch wenn ich die Kartoffel nur mit hochgenommen und letztlich nicht gegessen hatte: Die Wut war verraucht. *Mittwoch*, kritzelte ich auf das schwarze Brett unten im Flur, einen Tag später schrieb sie dahinter: *um acht*. Den Ort hatte sie bereits hergestellt. Der Tisch in der Mitte war ein gemeinsamer Tisch.

Charlotte saß dort schon, als ich herunterkam. Der Tisch war leer, die Lampe darüber brannte, Charlotte hatte beide Ellenbogen auf die Korkplatte gestützt und die Hände um ihr Gesicht gelegt. Sie wackelte und zappelte nicht herum, wie ich es von früheren wichtigen Gesprächen kannte, an diesem und anderen Küchentischen, bis hin zu dem in meiner Berliner Wohnung an unserem ersten Abend. Damals hatte sie mich zum Lachen gebracht, weil sie ständig ein Bein aufstellte oder die flachen Hände unter die Oberschenkel schob und wieder hervorzog. Jetzt saß sie still und sah plötzlich erwachsen aus.

Ich habe mich ihr gegenübergesetzt. Vielleicht lag es daran, dass ich an diesen ersten Abend in Berlin gedacht hatte: Plötzlich spürte ich genau, wie nah Charlotte war. Oder wie weit entfernt. Ich horchte in mich hinein, ob ich mich zurücklehnen oder im Gegenteil weiter vorbeugen wollte – am Ende blieb ich unverändert sitzen, aufrecht, mit geradem Rücken.

Bis zu diesem Moment dachte ich, wir sprechen über Greta. Ich dachte, wir sprechen über Karl. Vielleicht noch über uns, über die Möglichkeiten, die sie in der Küche aufgezählt hatte. Ich überlegte schon, wo ich hinziehen konnte, nach Berlin zu Steffen, oder sogar ins Ausland, es kam darauf an, wie wir es mit Karl halten wollten.

Und dann eröffnete sie das Gespräch, indem sie mich nach meinen Eltern fragte.

Wie es für mich gewesen sei, als meine Eltern starben.

Meine *Eltern*?

Sie hat mich kalt erwischt.

Ich war sofort wieder in Wuppertal, in dem kleinen Laden, der auch nach Mamas und Papas Tod noch genauso gerochen hat wie vorher, nach den Gläsern mit klebrigen, süßen Bonbons, nach den Kaffeebohnen, die bei Bedarf frisch gemahlen wurden, nach den verstaubten, vor sich hin rostenden Konservendosen in den vergessenen obersten Regalfächern. Sie sind über achtzig gewesen, beide, sie haben längst nicht mehr alles selbst machen können im Laden, trotzdem haben sie immer noch jeden Tag dort vorbeigeschaut bis zu Mamas Krankheit.

Am Ende ist Papa vor ihr gestorben, an einem Schlaganfall, zu Hause, während sie im Hospiz lag.

Ich beschrieb Charlotte den Laden, bis mir kein Detail mehr einfiel.

»Hast du darüber nachgedacht, ihn zu übernehmen?«

»Das habe ich wirklich, ganz kurz.«

Woher wusste sie das, ich hatte ihr nie davon erzählt. Wir hatten uns ja überhaupt nichts mehr erzählt, hatten uns vor neun Jahren schockierend schnell an das Nichts-mehr-Erzählen gewöhnt; ehe wir es uns versahen, war aus einer abstrakten Idee ein Alltag geworden, den keiner hinterfragte.

»Ich glaube, ich wollte den Laden nur retten, um diesem praktischen Aktionismus etwas entgegenzusetzen.«

»Von deinen Geschwistern?«

»Ja.«

Wie Florian, Anke und Regina die verschlissene Theke und die uralte, ratternde Eistruhe mit wenigen Blicken abgeschätzt hatten, um dann sekundenschnell zu konstatieren: Das kann alles weg. *Entrümpelung.* Dafür gibt es Unternehmen.

Ich wusste, dass Charlotte jetzt – spätestens jetzt – an ihre eigenen Eltern dachte und daran, dass sie selbst damals ähnlich vorgegangen war: alles herausreißen, alles wegwerfen. In diesem Winter 2001/2002 war sie mir oft fremd vorgekommen, als hätten wir uns noch gar nicht kennengelernt. Aber hätte ich mich einmischen dürfen? Ich wusste wenig bis nichts über Charlottes Beziehung zu ihren Eltern – vielleicht gab es einen guten Grund dafür, alle Spuren von ihnen zu tilgen? Oder sie gestaltete das Haus so vollkommen neu, damit sie nicht ständig an den Tod ihrer Mutter und ihres Vaters denken musste? Oder lag es an dem Kind in ihrem Bauch, an den Hormonen, die jede Entscheidung mitbestimmten? Es war Charlottes Haus, sie konnte machen, was sie wollte. Und sie weinte nicht. Sie drückte eine Hand auf ihren Bauch, riss mit der anderen Tapete ab und weinte nicht.

Als sie jetzt, so viele Jahre später, in der Küche zu weinen anfing, war ich deshalb erstaunt.

»Du hast das besser gemacht als ich«, sagte sie, »man muss sie erst mal aufheben, die ratternden Eistruhen.«

Ich stand auf, hatte den Impuls, uns etwas zu trinken zu holen, vielleicht nur, weil mir ihre Tränen zu vertraut vorkamen – aber dann kam es mir ebenfalls zu nah vor, eine Flasche Wein zu öffnen und uns zwei Gläser einzuschenken. Solche Dinge tun wir nicht. Stattdessen saßen wir seit über einer Stunde mit trockenen Mündern voreinander, fuhren uns nur ab und zu mit der Zunge über die rissigen Lippen.

Ich nahm zwei Wassergläser und füllte sie an der Spüle, das schien mir ein guter Kompromiss.

»Lauwarm«, sagte Charlotte.

»Du hast das immer noch nicht verarbeitet«, sagte ich zu ihr.

»Es kam ja auch gleich das Nächste.«

Wir sahen uns an, das Wasser aus dem Hahn schmeckte nicht. Das Nächste war Greta gewesen, das Baby, und die lange Phase nach der Geburt. Während die eine Hebamme eine postpartale Depression diagnostizierte, rief die andere: *Ach was, dafür funktionieren Sie noch viel zu gut.* Erst nach zwei Jahren ging es Charlotte etwas besser, und dann wurde sie wieder schwanger.

Ich holte mehr lauwarmes Wasser, fragte: »Vermisst du sie denn? Deine Eltern?«

»Mehr wie etwas, das nie da gewesen ist. Solange sie am Leben waren, habe ich gedacht: Vielleicht kriege ich es noch irgendwann, das, was fehlt.«

»Du könntest bei der Geburt vertauscht worden sein.«

»Oder adoptiert, daran habe ich eine Zeit lang geglaubt und alles durchsucht, bis ich die Geburtsurkunde gefunden habe.«

Wir sprachen über das, was wir von unseren Eltern bekommen hatten, und über das, was wir nicht bekommen hatten. Wir sprachen über unsere toten Eltern.

Es ging so lange gut, bis Charlotte sagte: »Schlimmer ist es natürlich, wenn ein Kind stirbt.«

Da taumelte ich von dem Stuhl hoch, plötzlich war ich unendlich müde und wollte nur noch ins Bett. Als ich schon an der Tür war, hielt mich Charlottes Stimme auf. Sie sprach leise und nach unten, zur Tischplatte, ich musste richtig hinhören, um sie zu verstehen.

Während ich jetzt, am Morgen danach, im Zimmer sitze und versuche, mich an möglichst viel von dem zu erinnern, was Charlotte gesagt hat, fällt mir ein, wie Greta, als sie vier war, auf meinem Bett gehockt hat. Gleich dort drüben, das Bett ist noch dasselbe. Mit verknoteten Beinen, wie nur Kinder sitzen können, hat sie dagehockt und erklärt: »Es tut mir leid, Papa, aber Mama und du, ihr passt nicht zusammen.« Ich erschrak, weil sie das so klar benannte. Dann erklärte sie mir, warum wir nicht zusammenpassten: »Weil du schwarze Haare hast und Mama blonde.«

Ich blinzele das Bild weg.

Hier ist, was Charlotte gesagt hat:

Dass sie mir das jetzt einfach sagt, egal, was es auslöst. Dass sie nicht möchte, dass ich ausziehe. Dass sie auch selbst nicht ausziehen möchte (mit Karl). Dass sie zumindest nicht möchte, dass einer von uns allein auszieht (oder mit Karl), denn wenn überhaupt, dann sollten wir beide zusammen das Haus verlassen. Dass wir endlich herausfinden müssten, warum wir uns nicht vor langer Zeit schon getrennt hätten. Dass sie mit dem Herausfinden nicht länger warten wolle. Dass sie ihr Leben lang gewartet habe, darauf gewartet habe, dass irgendetwas gut würde. Erst das Verhältnis zu ihren Eltern, dann die Beziehung zu mir. Dass sie im Grunde ihr Leben lang darauf gewartet habe, dass genau dieses Leben endlich anfange, das wirkliche, richtige Leben. Dass sie erst jetzt begriffen habe – jetzt, wo alles vorbei sei –, dass nichts von allein gut werde, sondern man etwas dafür tun müsse. Dass also vielleicht noch nicht alles vorbei sei. Dass es vielleicht nicht zu spät sei für ...

Ich kann mich nicht daran erinnern, wofür es vielleicht noch nicht zu spät war.

Dass sie sich entschuldigen wolle.

Und dass sie nicht mehr warten wolle.

Dass sie nicht warten wolle, bis sie selbst tot sei.

Dass es immer so still ist.

Im Zimmer nebenan. In Karls Zimmer. In Charlottes Zimmer. In der Küche unten, wo der Kaffee auf dem Herd leiser hochzukochen und das immer nur lauwarme, nie richtig kalte Wasser leiser aus dem Hahn zu fließen scheint als früher. Es ist still auf der Treppe, es ist still an meinem Schreibtisch. Am allerstillsten bin ich selbst, meine Haare, meine Haut, die Muskeln und meine Knochen, das Blut in meinen Adern. Meine Organe sind still, still ist das Herz, in dem ganz still Charlotte steckt und aber den Mund öffnet und mir offenbar etwas sagen will.

Wir sind noch nicht tot.

Hören kann ich noch.

Und sehen auch.

Charlotte steht im Garten. So reglos, als versuchte sie, zu einem der Büsche zu werden. Erst nach einiger Zeit sehe ich, dass sie das Handy an ihr rechtes Ohr hält und also wohl telefoniert.

Was ich höre, nachdem ich das Fenster leise geöffnet habe:

»Bist du dir sicher, dass er Weihnachten nicht nach Hause kommen will?«

»Dann muss ich nur das Attest verlängern lassen. Wie lange, was denkst du?«

»Nein, ich halte das nicht aus. Also klar, natürlich halte ich das aus, wenn es hilft. Wem? Ihm natürlich.«

»Spaghetti mit Muscheln? Wirklich? Er mag doch gar keinen Fisch. Warte mal: Greta hat Fisch gegessen, aber kein Fleisch... Ja, ich weiß, dass Muscheln keine Fische sind.«

»Ich kann dir nicht sagen, wie es mir geht. Ich versuche, die Zeit zu nutzen. Aber lass uns lieber... Ich will nicht über mich sprechen.«

»Als du im Sommer hier warst?«
»Er hat gedacht, dass wir über ihn gelacht haben?«
»Danke. Nein, wirklich: Danke! Ich war mir nicht sicher, ob das die beste Lösung ist. Karl wollte nicht weg ... Ich war so wütend auf Simon deshalb. Aber ja. Ja. Alles richtig gemacht, erstaunlich, das ist mir noch nie passiert.«
»Warte, warte noch. Fragst du ihn, ob er mit mir sprechen möchte? Nein?«
»Winterschuhe. Ja, klar.«

Weißt du noch, sagt Charlotte, *wie du in der Schule warst, weil Greta eine Aufführung hatte, und ich in der Schule war, um Karl abzuholen, und wie wir plötzlich zusammen in der Schwingtür feststeckten ...*

Weißt du noch, sage ich, *wie Karl aus dem Kindergarten weggelaufen ist und zu dir in den Blumenladen wollte und aber von Anfang an die falsche Richtung genommen hat, und wie ich ihn dann zufällig getroffen habe, an einer Kreuzung, an der ich vorher selbst nie gewesen war ...*

Ich schreibe weniger, seit wir miteinander reden. Ich verliere den Überblick über die verschiedenen Hefte, ein Stapel liegt auf der Fensterbank, ich habe lange nicht mehr hineingeschaut, auf der schwarzen Oberfläche ist der Staub gut erkennbar.

Manchmal ist das Reden mühsam. Wir verabreden uns dafür, immer noch an dem Tisch, dann sitzen wir voreinander im zu hellen Licht der Lampe mit dem roten Metallschirm. Manchmal geht es ganz leicht, und wir stolpern über die Wörter vor Eile, als wollten wir die verpassten Jahre aufholen. Ja, und manchmal essen wir auch an dem Tisch. Wir haben neu damit angefangen; ich schmecke nach wie vor nichts, deshalb stört es mich nicht, dass Charlotte kocht.

Einmal hat sie zu mir gesagt: *Schön, dass es dir besser geht.* Aber das fanden wir beide unpassend.

Die Feiertage sind vorbeigegangen, ohne dass wir sie erwähnt haben. Weihnachten und Silvester haben draußen stattgefunden, wir sind drinnen geblieben. Wir haben nicht einmal aufgeschaut von unserem Tisch, als das Feuerwerk begann und in der Siedlung Batterien mit Knallpatronen und Raketen gezündet wurden.

Heute ist der 12. Januar, Greta ist seit zwanzig Wochen tot.

Heute haben wir etwas anderes gemacht. Ich bin immer noch nicht in ihrem Zimmer gewesen, aber heute haben Charlotte und ich uns zusammen auf den Weg gemacht und sind, nachdem wir den verwahrlosten, winterlichen Garten durchquert haben, zusammen in die Laube gegangen.

Schon auf dem Weg dahin reden wir die ganze Zeit – tun so, als säßen wir noch am Küchentisch, weil unsere Unternehmung sonst zu groß werden würde. Wir wiederholen die Frage, die in den letzten Tagen unsere zentrale Frage gewesen ist: *Wer von uns ist an welcher Stelle falsch abgebogen?*

»Ich weiß nicht, ob es richtig war, Karl zu Heike zu bringen«, sagt Charlotte. »Er will immer noch nicht zurück.«

»Ich weiß auf jeden Fall, wie falsch es war, dass ich Karl so angeschrien habe«, sage ich, nicht zum ersten Mal. »Wenn ich das nicht getan hätte, wäre er jetzt hier bei uns.«

»Ja«, sagt Charlotte, »aber ob wir dann auch so weit gekommen wären, ich meine: du und ich, miteinander?«

Nun sind wir da, sie zieht an der Tür, die erst klemmt und

danach knarrt und außerdem zu schmal ist, als dass wir gleichzeitig hindurchgehen könnten. Ich halte die Luft an, Charlotte macht den ersten Schritt, ich schließe die Lider, bevor ich ihr folge. Erst als ich gegen ihren Rücken stolpere, öffne ich die Augen wieder.

Alles ist unverändert. Das wenige Winterlicht, das durchs Fenster dringt, fällt in Bündeln von Strahlen direkt aufs Sofa. Davor der Tisch, zwei Hocker, an die linke Wand drückt sich das kleine nussbraune Regal aus meiner Küche in Berlin.

Ich hole wieder Luft.

Greta war zuletzt im Sommer hier. Ich stoße die Tür weiter auf, damit wir es heller haben, Charlottes dicker weißer Rollkragenpullover leuchtet, auch ihr Gesicht darüber sieht weiß aus. Auf dem Tisch ein Glaskrug, oft gefüllt, mit Ringen und Krusten am Rand. Ein paar Bücher im Regal. Ein Seidentuch wie ein Häufchen in einer Ecke. Zwei, drei platt getretene Bonbonpapiere auf dem Boden, bunte Wachsflecken. Über das Sofa hat Greta die rot gemusterte *Bassetti*-Decke geworfen, die ich bei unserer ersten Italienreise am Flughafen gekauft habe, die Decke ist dünn geworden, fast durchscheinend, franst an den Rändern aus.

Es ist alles unverändert, und trotzdem ist alles anders. Die Möbel sind verstaubt, es ist feucht, durch die offene Tür stehen wir im Zug.

Sie ist nicht hier.

Charlotte räuspert sich, atmet aus, in der Kälte bildet sich eine Wolke vor ihrem Mund, ich bin mir nicht sicher, ob sie genauso enttäuscht ist wie ich.

Wer von uns ist an welcher Stelle falsch abgebogen?

»Ich hätte Greta niemals sagen dürfen, dass wir sie beinahe abgetrieben hätten«, flüstere ich.

»Das hast du getan?«

»Das habe ich getan.«

Sie legt kurz die Hand über den Mund und sieht mich nicht an. Dann greift sie nach meinem Arm, zieht mich zu dem Sofa.

»Ich hätte nicht so viel Angst haben dürfen«, sagt sie. »Dann wäre Karl mutig und stark geworden, wie du.«

»Ich bin weder mutig noch stark.«

»Das denkst aber auch nur du.«

Ehe ich weiß, wie uns geschieht, liegen wir nebeneinander auf diesem schmalen Sofa, da sind zu viele Arme und Beine, es ist viel zu eng, und Charlotte atmet ganz nah bei mir. Im selben Moment, als wäre die Verwirrung nicht groß genug, wird mir klar, dass ich etwas riechen kann.

Ich rieche die Decke!

Der vertraute Stoff, das Staubige, Muffige der Laube, letzte gespeicherte Reste des vergangenen Jahrhundertsommers, und Greta. Greta! Ich sauge die Luft so tief ein, wie es geht.

Ich bin wieder ein Mensch.

Bis ich husten muss.

»Ist dir auch so kalt?«, fragt Charlotte.

»Der Morgen nach unserem großen Streit«, sage ich, rede gegen den Hustenreiz an. »Als wir beschlossen haben, die Kinder aufzuteilen. Das war der allergrößte Fehler von allen. Bestimmt nicht der erste, aber der entscheidende.«

»Wir hätten nie nie nie diese Striche über den Boden ziehen dürfen«, sagt sie nah an meinem Ohr.

Ich kann jetzt auch sie riechen.

Ich schmecke etwas Bitteres, das sich nicht hinunterschlucken lässt.

Wir sind so weit zurückgegangen, wir haben so tief in den

Abgrund geschaut, alles liegt offen – plötzlich weiß ich, dass *wir* die Mörder sind. Hätten wir als Eltern nicht versagt, wäre Greta noch am Leben.

Es war kein Unfall.

Mein Kopf setzt einen Moment aus, und als ich wieder denken kann, denke ich: Eigentlich ist es mir schon lange klar gewesen. Ich habe nur nicht den Mut gefunden, den Gedanken zuzulassen.

Ich weiß nicht, ob Charlotte an denselben Punkt gelangt ist, jedenfalls legt sie in diesem Moment die Arme um mich und drückt zu. Ein fast mechanisches, schmerzhaft starkes Pressen, kein zärtliches Umschlingen, sie drückt ihr Gesicht an meinen Hals wie gegen einen Widerstand, den sie aus dem Weg bekommen muss. In dieser seltsamen Umarmung fangen wir an, auf dem alten Sofa hin- und herzuschaukeln, als wären wir Kinder, die nicht einschlafen können.

Mir wird sofort schwindelig. Nach wenigen Bewegungen beginne ich zu rutschen, versuche mich noch abzustützen, aber die Schwerkraft ist stärker, ich lande unsanft auf dem Holzboden, schlage mit dem Kopf auf, nehme benommen einen Zipfel der roten Decke wahr, der mir vor der Nase hängt. Wieder dieser fast zu intensive Geruch, und verschwommen taucht hinter dem Zipfel etwas anderes auf. Da steht eine alte, völlig zerkratzte, verbeulte Blechkiste, weit hinten unter dem Sofa. Als ich den Arm ausstrecke, sie zu mir heranziehe, erkenne ich, dass es immer noch dieselbe Blechkiste ist, die Greta schon als Kind hatte. Fast meine ich, die Blechkiste doppelt zu sehen. Ich lasse den Deckel aufspringen, in der Erwartung, dass sich auch der Inhalt nicht verändert hat.

Hat er aber.

In diesem Moment erscheint Charlottes Kopf über dem Rand des Sofas; ich bin froh darüber, dass sie noch immer da ist, denn offenbar sieht sie dasselbe wie ich.

Wir sind so erschöpft, dass wir kichern müssen.

Es tut im Hals weh. Wir können nichts dagegen tun – beziehungsweise schon, aber die Alternative hieße, zusammen zu weinen –, also beherrschen wir uns und lachen stattdessen, lachen leise mit Tränen in den Augen, als könnten wir nie wieder damit aufhören.

Kondome. *Viele* Kondome. Vielleicht waren sie im Hunderterpack günstiger?

Sie ist also doch noch hier. Greta. Nicht nur ihr Geruch steckt in der Decke, sie ist auch sonst noch hier. Sie ist lebendig und neu.

»Hast du das gewusst?« Charlotte rutscht jetzt ebenfalls vom Sofa.

Ich schüttele den Kopf. Ich habe keine Ahnung, mit wem Greta geschlafen hat – falls sie überhaupt mit jemandem geschlafen hat und die Kondome nicht nur ein Plan waren, eine Verheißung.

Greta hatte Geheimnisse vor mir.

Wir haben ein Treffen mit Marie verabredet. Wir versprechen uns viel davon, ohne genau zu wissen, worauf wir hoffen. Immerhin war Marie dabei, auf dem Baugerüst, bis zum Schluss. Immerhin war Marie viele Jahre lang Gretas beste Freundin, die ganze Kindheit hindurch. Charlotte und ich haben uns gegenseitig versichert, dass wir Marie immer gern gemocht haben, damals, als sie noch bei uns ein und aus gegangen ist, bevor wir den Strich gezogen haben. Danach hat Charlotte Marie aus den Augen verloren, aber ich habe

Greta oft abends von Maries Haus abgeholt, und manchmal, am Wochenende, sind wir zu dritt in den Freizeitpark oder ins Spaßbad gefahren.

Wir haben Marie um ein Treffen gebeten, und nach kurzem Zögern hat sie zugestimmt. Allerdings wollte sie nicht zu uns nach Hause kommen – in *Gretas Haus*, so hat sie es formuliert –, deshalb treffen wir uns in dem gesichtslosen Bäckereicafé neben der Hauptstraße, vorn an der Kreuzung. Das war ihr Vorschlag. Ich bin noch nie in diesem Café gewesen, mir reicht schon der Blick durch die Scheiben, Polstermöbel, Sahneschnitten, Kännchen; auch Greta wäre da nicht hingegangen.

Gemeinsam mit Charlotte durch die Siedlung zu laufen, hat sich gleichzeitig vertraut und unvertraut angefühlt. Wir sind früh aufgebrochen und früh angekommen, aber Marie war trotzdem schon da, hatte auch schon bestellt, Kaffee offenbar, kein Kännchen, nur eine Tasse. Wir haben sie beobachtet, während sie aus dem Fenster gesehen, ein Zuckertütchen aufgerissen, es dann aber doch zur Seite gelegt hat, draußen donnerten Lastwagen vorbei. Als wir zu ihr gegangen sind, ist sie aufgestanden, um uns die Hand zu geben, sehr höflich, gut erzogen, wie aus der Zeit gefallen mit dem langen, rötlichen, geflochtenen Zopf auf dem Rücken, sie trug einen hellgrünen Wollpullover, ihr grauer Mantel lag über der Stuhllehne. Wir hatten sie zuletzt bei der Beerdigung gesehen.

Es war schwer, das Gespräch zu beginnen.

»Wie läuft es mit der Musik?«, fragte ich schließlich, während auch unsere Getränke gebracht wurden, für Charlotte ein hohes Glas Tee mit Honig, in dem sie sofort herumzurühren begann.

Marie überlegte offensichtlich, ob sie mir auf so eine Floskel überhaupt antworten sollte. Aber sie war wirklich gut erzogen. »Danke«, sagte sie, »ich fange im Herbst an der Hochschule an.« Kurz leuchteten ihre Augen auf. »Also, wenn ich die Aufnahmeprüfung schaffe ...« Sie stockte, wusste nicht, wie sie es sagen sollte, aber es wurde auch so klar: Natürlich schaffte sie das, die Prüfung war eine reine Formalie für sie. Sie streckte die langen, schmalen Finger aus, tippte die vor ihr verstreuten Zuckerkrümel auf, steckte sie einzeln in den Mund.

Übergangslos gab sich Charlotte einen Ruck und fragte nach der Nacht, in der es passiert war. Ich bewunderte sie für diese Entschiedenheit, ihre neue Kraft, wusste noch immer nicht, wann sie sich so verändert hatte, in den vergangenen Monaten oder schon vorher. Marie war bereit, Charlottes klare Fragen zu beantworten, sie dachte vor jeder Antwort nach, erzählte aber trotzdem nur genau das, was sie auch der Polizei gesagt hatte.

Ich bin eingeschlafen.
Ich habe geschlafen.

»Worüber habt ihr gesprochen?«, fragte ich.

»Ich fand es schön, Greta wiederzusehen.« Es gab keine Zuckerkrümel mehr auf dem Tisch. »Mit ihr hat immer alles mehr Spaß gemacht.«

Ich tauschte einen Blick mit Charlotte. Es war klar, dass wir dasselbe dachten: Wir kamen nicht an Marie heran. Was natürlich nicht heißen musste, dass sie uns etwas verheimlichte – wahrscheinlich gab es einfach nicht mehr zu sagen als das, was wir schon wussten. Wir würden nichts erfahren.

Es war vollkommen ausgeschlossen, Marie auf die Kondome anzusprechen.

Also versuchten wir, stattdessen das kleine Mädchen wiederzufinden, Marie, die uns fast wie eine eigene Tochter vorgekommen war, damals mit zwei Zöpfen statt mit einem – *weißt du noch*, sagten wir, wie wir es zueinander in vielen Gesprächen der letzten Zeit gesagt hatten. Aber auch darauf ließ sich Marie kaum ein, meistens nickte sie nur, auf ihre ernste, stille Art. Das Tischtuch fühlte sich seifig an unter meinen Händen, der Kaffee schmeckte wie erwartet scheußlich (trotzdem war ich froh, ihn überhaupt schmecken zu können). Lag es daran, dass Marie nicht verstand, was wir von ihr wollten? Oder lag es am Alter, daran, dass sie so jung war, gerade erst achtzehn geworden? Wahrscheinlich waren wir für sie einfach fremde Erwachsene, die mit ihrer Welt nichts zu tun hatten.

Erst als ich innerlich schon aufgegeben hatte, als ich schon gar nichts mehr versuchte, passierte etwas Unerwartetes.

»Bitte grüßen Sie Karl von mir«, sagte Marie.

Bis zu diesem Moment war mir nicht aufgefallen, dass sie uns siezte, sie musste die direkte Anrede vermieden haben, oder sie war einfach nicht nötig gewesen. Ich fand es unangenehm, von Marie gesiezt zu werden, ich fühlte mich dadurch noch älter; plötzlich schien sich auch die Distanz zwischen *Greta* und mir zu vergrößern.

Aber Charlotte hatte den entscheidenderen Punkt ausgemacht. »Karl?«, fragte sie. »Wieso, habt ihr miteinander zu tun?«

Es stellte sich heraus, dass Marie und Karl einander mehrere Briefe geschrieben hatten seit dem Unfall, beziehungsweise seit der Beerdigung, auf der sie sich unterhalten haben mussten. »Briefe?«, fragte Charlotte nach, als hätte sie es akustisch nicht verstanden. »Aber er ist doch in Berlin?«

»Ja, ich weiß«, sagte Marie, »er hat mir ja die Adresse gegeben.«

Und das war, als hätte sie schon zu viel gesagt, denn als Charlotte jetzt mehr wissen wollte – *Was hatte Marie Karl geschrieben? Was hatte, vor allen Dingen, Karl Marie geschrieben? Im Grunde wollte sie wissen: Wie ging es Karl?* –, da klappte Marie sofort wieder zu wie eine Muschel aus Gaeta. Sie wand sich, in all ihrer Höflichkeit, aber es war klar, dass Charlotte eine Grenze überschritten hatte und aus Marie nichts weiter herausbekommen würde.

»Warum fragen Sie nicht Karl danach?«, sagte Marie schließlich. Sie wurde rot. »Es sind seine Briefe.«

Charlotte wurde ebenfalls rot und hörte auf zu fragen. Marie hatte offensichtlich recht, warum fragten wir nicht Karl?

Das Gespräch war vorbei.

Wieso eigentlich Briefe, dachte ich, welche Teenager schrieben sich heute noch Briefe?

»Du bist natürlich eingeladen«, sagte ich zu Marie. Aber nicht einmal das war möglich, ihren Kaffee zu übernehmen, von dem sie keine zwei Schlucke getrunken, den sie nur auf der Tischdecke hin und her geschoben hatte – denn Marie hatte schon bezahlt. Als wollte sie mich trösten, erklärte sie: »Es ist nur ein Kaffee.«

Sie stand auf. Bevor sie ging, sah sie uns an, verschränkte die langen Finger und wrang kurz die Hände – ich hatte gar nicht gewusst, dass irgendjemand das wirklich tat: *die Hände wringen*. Sie wollte uns noch etwas sagen.

»Ich vermisse Greta. Sie ist meine Freundin gewesen.«

Wir warteten, ob mehr kommen würde, aber offenbar blieb das alles.

Ich saß noch auf meinem Stuhl und musste deshalb zu Marie hochschauen. »Ihr habt doch gar nichts mehr miteinander zu tun gehabt«, sagte ich.

»Trotzdem«, antwortete sie einfach, zog die Finger auseinander, steckte nun jede Hand in eine der Taschen ihres Mantels. Das Letzte, was sie sagte, bevor sie das Café verließ, war: »An diesem Abend waren wir Freundinnen. Es ist unsere Entscheidung gewesen, wir hatten es so beschlossen.«

Es sind diese Sätze, über die ich seitdem nachdenke: dass man etwas beschließen kann, und dass das reicht.

Gibt es einen Unterschied zwischen einem schönen Tag, den man sich macht, und einem Tag, der tatsächlich schön ist? Kann ich, obwohl Greta tot ist, beschließen, glücklich zu sein?

Es gibt diese Möglichkeit, sich etwas auszudenken. Manchmal fährt es mir auch beim Aufschreiben in die Finger, und ich denke: Ich schreibe jetzt auf, was ich gern gesagt hätte. Ich schreibe es weiter, ich schreibe auf, wie es eigentlich hätte weitergehen müssen – insofern wäre das dann sowieso keine Autobiografie, selbst wenn ich damals den Vorschlag meines Agenten auch nur in Erwägung gezogen hätte (statt mich nie wieder bei ihm zu melden).

Jedes Lächeln, sagen die Neurowissenschaftler, beeinflusst unser Gehirn, sogar ein aufgesetztes Lächeln vor dem Spiegel, das die Augen nicht erreicht. Der Effekt ist trotzdem nachweisbar. Das heißt: Wenn wir nur lange genug lächeln, lächeln wir irgendwann wirklich.

Könnte man noch mehr beschließen, als Freunde zu sein, so wie Greta und Marie es getan haben? Könnte man beschließen, ein glückliches Paar zu sein? Könnte man das spielen, und dann, irgendwann, wird es wahr?

Ich muss mit Charlotte darüber sprechen.
Zusammen lächeln, geht das?

Wir haben einen Ausflug gemacht. Nein, zuerst haben wir einen Plan gefasst: *Wir machen einen Ausflug.* Dann haben wir es wirklich getan.
Wir machen einen Ausflug.
Der Plan ist, zu Fuß zu gehen, zuerst einen ausgiebigen Spaziergang an der Elbe entlang zu unternehmen, dann über die Wiesen abzubiegen und durch das kleine Wäldchen zur Kiesgrube zu laufen. Der direkte Weg ist viel kürzer, aber Charlotte hat zu Recht gesagt, dann wäre es doch kein Ausflug.

Das Laufen tut gut. Einen Fuß vor den anderen zu setzen, ohne Pause. Ich denke auch: das Haus zu verlassen tut gut (zusammen, schon wieder, wie an dem Tag, an dem wir Marie getroffen haben). Dieses Haus, in das wir freiwillig gezogen sind, um es dann freiwillig zu einem Gefängnis zu machen, aus dem wir uns freiwillig nicht mehr entlassen haben.

Ich trage den Rucksack, Charlotte die Tasche mit der Picknickdecke, und wir sprechen einfach weiter, über den freien Willen genauso wie über die Wellen, die gegen das Flussufer anrennen, nachdem einer der großen Dampfer vorbeigefahren ist. Immer noch haben wir Angst, das Gespräch könnte erneut abbrechen, deshalb üben wir unentwegt, uns alles, einfach alles zu erzählen. Ich bin mir nicht sicher, ob wir uns damit schon wie ein glückliches Paar verhalten, aber ich merke doch, wie ich freier atme; auf dem Trampelpfad durch die Wiese knicke ich um, gerate mit dem Turnschuh in eine schlammige Pfütze, da müssen wir beide kurz lächeln, Charlotte und ich, und das ist nicht einmal gespielt.

Und dann fassen wir uns im selben Moment instinktiv an der Hand. Charlottes Hand ist trocken, mir fällt ein, dass sie immer trockene Hände hatte im Winter. Wir haben den Wald erreicht. Beziehungsweise wir hätten den Wald erreicht haben müssen, diesen Rotkäppchen-Rumpelstilzchen-Wald, in dem Greta als Kind so gern herumgelaufen ist, weil sie einfach vor nichts Angst hatte, nicht einmal vor Spinnennetzen unter düsteren Bäumen. Aber der Wald ist weg. Die Fichten und Lärchen ragen vertrocknet in die Höhe, mit Ästen wie abgebrochenen Armen, gespenstisch, hölzerne Knochen, botanische Gerippe. Andere Stämme sind durch die Stürme der vergangenen Jahre umgelegt worden, kreuz und quer bedecken sie den Boden. Ein Gräberfeld, aber keine innere Landschaft, sondern ganz real.

Als wir weitergehen, sehen wir Flächen, die schon professionell abgeholzt und beräumt worden sind.

Der Wald ist einfach weg.

Es ist übertrieben still. Natürlich leben keine Vögel mehr in den toten Bäumen, doch es scheint auch keine anderen Tiere zu geben, nichts bewegt sich. Nur der Wanderweg ist noch intakt, alle Wegweiser stehen unbeeindruckt, verkünden in bunten Farben Ziele in jeder Richtung.

Charlottes Hand drückt fester zu.

»Das ist unwirklich«, sagt sie.

»Nein, das ist unsere Wirklichkeit«, sage ich, »je schneller wir es begreifen, desto besser.«

»War das der Borkenkäfer?« Sie mustert die Stämme, als könnte irgendein Käfer hier noch Futter finden.

»Greta hätte es uns erklären können.« Ich schlucke. »Die

Zusammenhänge. Die Hitze, die Trockenheit ... zu viele Unwetter ... und der Käfer, oder die Pilze, es gibt auch Pilze ...«

»Karl hatte recht.«

»Und Greta. Die Kinder haben einfach nur recht: Wir haben die Zukunft plattgemacht, unsere Generation war das.«

Wir steigen durch den zerbrochenen Wald wie durch unseren ganz persönlichen Märchenalbtraum. Denn wir haben überhaupt nur noch ein Kind, das recht haben kann, und das ist weit weg in Berlin und möchte nicht mit uns sprechen.

Als wir den Waldrand, der kein Waldrand mehr ist, hinter uns lassen, als vor uns die Kiesgrube auftaucht, müssen wir erst langsam zurückfinden in das, was wir uns vorgenommen haben.

»Wollen wir jetzt trotzdem picknicken?«, fragt Charlotte. Sie hat meine Hand nicht losgelassen.

»War das nicht von vornherein der Plan? *Trotzdem picknicken?*«

»Ja. Aber mir ist total kalt.«

»Wir haben wohl einen Sommertag vor uns gesehen, beim Planen.«

Wir steigen zum Ostufer hinunter, wo die Wiese flach zu den Steinen hin ausläuft. Charlotte liest die Warnschilder vor, und ich beteuere, dass ich sowieso nicht vorhatte zu baden.

»Ich habe auch gar keine Badehose dabei.«

»Das hat dich früher nicht abgehalten.«

Es ist wirklich arschkalt, der Januar ist der hässlichste Monat von allen deutschen Monaten, und der Dresdner Januar ist besonders hässlich, aber als Charlotte diesen Satz sagt, ist der Sommertag trotzdem da. Sie lässt die Picknickdecke im

Wind schlagen, der vom Wasser her geht, und breitet sie auf dem trockenen braunen Boden aus. Ich denke an die Dinge, die wir vorbereitet haben, mit Büffelmozzarella und Rosmarin gefülltes Pizzabrot, runde Mandelschnitzel, Birnen-Beignets. Kleine Flaschen mit Prosecco. Die eigentliche Sünde ist das winzige Schälchen Erdbeeren, Greta hätte mich mit voller Kraft auf den Oberarm geboxt, Erdbeeren im Januar!, aber im Feinkostladen ist mir gerade noch rechtzeitig eingefallen, wie gern Charlotte Erdbeeren mag.

»Wir hätten lieber heißen Tee mitnehmen sollen«, sagt sie, aber sie lächelt.

Ich strecke den Arm aus, sie setzt sich neben mich auf die Decke, sie lehnt sich an mich.

»Haben wir es nicht schön hier?«, sage ich, genau nach Drehbuch.

Ich hole tief Luft. Ich ziehe den langen Reißverschluss auf und nehme Charlotte mit unter meine warme Jacke.

»Ja«, sagt sie atemlos. Es klingt echt. »Ja, gerade haben wir es schön.«

Es war sogar noch nicht vorbei. Ich hatte jeden einzelnen Bissen geschmeckt, wir hatten nebeneinandergesessen, etwas steif, aber nah, und als wir alles aufgegessen hatten oder zumindest so viel, wie wir eben essen wollten und konnten, als wir aufgestanden waren und die Hände ins Wasser gehalten hatten und dann, wie eine kindische Mutprobe, auch noch die Füße, da sagte Charlotte: »Wir gehen jetzt aber nicht nach Hause, oder?« Das Lächeln war noch da, während sie von einem Bein aufs andere sprang, bevor sie die Schuhe wieder anzog.

Also gingen wir nicht nach Hause, sondern in der anderen

Richtung weiter um den See herum, bis zu der Stelle, an der das Ufer ansteigt, steil wird, man sich durch die Büsche einen Weg bahnen und sich gleichzeitig von der Kante fernhalten muss, bis man schließlich oben steht, an einer Art Aussichtspunkt, struppig, kahl. Hier gibt es ein kleines Geländer, wir sahen hinunter, dann drehte Charlotte dem Wasser den Rücken zu, setzte sich auf den Holzbalken. Sie nahm die Beine vom Boden hoch, schaukelte vor und zurück.

Sich das Glück vorstellen, mit aller Kraft.

»Lass los, ich halte dich fest.«

Ich hatte nur geflüstert, aber sie hat mich angesehen und so schnell reagiert, dass ich wusste: Sie musste nicht nachdenken. Sofort hat sie mir die eine Hand gereicht, dann die andere, sie hat sogar Schwung genommen, bevor sie sich fallen gelassen hat, nach hinten über die Kante hinweg.

Ich habe sie wieder hochgezogen, auf den Balken.

Ich stand so nah vor ihr, dass ihre Stirn an meinem Bauch lag.

Wer von uns rettet jetzt wen?

Danach ... war es anders. Als wir weitergegangen sind. Da war ein Lachen in mir, ich weiß nicht, wie ich es beschreiben soll. Es steckte in meiner Brust. Es steckte oberhalb des Magens, tief zwischen den Rippen, aber ich konnte es trotzdem auch hören, mit meinen eigenen Ohren. Es klang wie Greta. Greta lachte in meinem Zwerchfell.

In einem Gebüsch klemmte ein Fahrrad. Mittlerweile war uns wieder richtig kalt, wir waren um den halben See herumgelaufen, wir waren weit weg vom Haus. Das Rad war verrostet, aber nicht völlig platt, obwohl es offensichtlich schon ewig hier zwischen den Zweigen steckte. Das Schloss war noch intakt, ein billiges, dünnes Bügelschloss.

Ich weiß, wie es geht. Man muss das Rad in die Luft strecken, es herumdrehen, man muss das Fahrrad selbst als Hebel benutzen und mit dem Fuß beherzt zutreten.

Es knackte laut und unangenehm, dann fiel das Schloss auf den Boden. Ich habe das Fahrrad vor Charlotte abgestellt, die in diesem Moment sehr jung und sehr verwirrt ausgesehen hat. »Hast du gerade ein Fahrrad geklaut?«, hat sie gefragt.

»Das habe ich mal für einen Film gelernt. Praktisch, oder? Ich brauche sowieso ein neues, ich habe meins an Karl verschenkt.«

Ihr Gesicht brachte mich zum Lachen, und dann hat sie selbst auch gelacht, und Greta hat gelacht, und Charlotte hat sich auf den verrosteten Gepäckträger gesetzt, ich habe mich auf den Sattel gesetzt, aus dem der Schaumstoff herausgequollen ist, und dann sind wir scheppernd und eiernd den Berg hinuntergebrettert, bis der Weg breiter wurde und leichter befahrbar, bis irgendwann die ersten Häuser der Siedlung auftauchten, und Charlotte hat manchmal *aua* gesagt, und irgendwann habe ich gedacht, dass sie in meinem Rücken *ich liebe dich* sagt, durch den Fahrtwind war es schwer zu verstehen, und irgendwann habe ich den Mund geöffnet, damit Greta und ich das ebenfalls sagen können. *Ich liebe dich, Charlotte,* habe ich gesagt. *Immer noch. Das gibt es doch nicht.*

Und es war *immer* noch nicht vorbei. Es fühlte sich an wie der längste Tag, den es geben kann, es fühlte sich an wie ein halbes Leben, seit wir am Morgen aufgebrochen waren. Als wir auf der Straße vor dem Haus ankamen, die alte Schrottmühle hat unter uns gezittert, als würde sie auf den letzten

Metern zusammenbrechen, da wollten wir immer noch nicht hinein. Wir zögerten das Ende des Ausflugs hinaus, indem wir vor dem Gartentor stehen blieben. Wir taten so, als würden wir überhaupt nicht dort wohnen – vielleicht wohnten wir auch tatsächlich nicht mehr in diesem Haus, weil wir wirklich ein anderes Paar waren als am Morgen.

Dabei herrschte längst vollkommene Dunkelheit. Man konnte nur die Umrisse des Daches erkennen, nirgendwo brannte Licht, und Charlotte ächzte auf dem Gepäckträger, wahrscheinlich hatte sie überall blaue Flecken, aber sie stieg nicht ab.

»Warum bist du eigentlich nie ausgezogen?«, fragte sie schließlich leise. »Ich meine, später, als du genügend Geld hattest, so irre viel Geld.«

Da wusste ich, dass auch sie im Dunkeln das Haus anschaute.

Ich hatte selbst immer wieder über diese Frage nachgedacht, und trotzdem fiel es mir jetzt schwer, sie zu beantworten.

»Wir waren noch nicht fertig ...«

Aber wenn das so war, warum hatte ich dann nie die Anstrengung unternommen, etwas an unserer Situation zu verbessern? Warum hatte ich immer etwas anderes gemacht, statt mit Charlotte zu sprechen: eine Glühbirne ausgetauscht, eine neue Serienstaffel abgedreht, nur zu zweit mit Greta Familie gespielt?

»Es ist einfach noch nicht vorbei. Wir haben angefangen, und dann haben wir alles liegen gelassen.«

»Und geht es dann jetzt weiter?«, fragte sie in meinem Rücken.

»Ich glaube, ja. Wenn wir wollen, geht es immer weiter.«

Heute ist der 1. Februar, Greta ist seit dreiundzwanzig Wochen tot. Ich sitze im Taxi auf dem Weg zum Bahnhof. Karl kommt zurück. Er soll zum Beginn des zweiten Halbjahrs wieder seine alte Schule besuchen.

Das Heft liegt auf meinen Knien, das Taxi ruckelt, ich versuche trotzdem zu schreiben, mit einem Bleistift (wie immer), der Fahrer muss mich für bescheuert halten. Ich schaue aus dem Fenster. Warum gebe ich nicht zu, wie aufgeregt ich bin? Ich schaue aus dem Fenster und rege mich stattdessen (wie immer) auf über diese Stadt, die sich so viel einbildet auf sich, auf ihre angebliche Schönheit, ihre Kunst und Musik. Und dabei gern beide Augen zudrückt bei allem, was hier nicht schön ist, was nicht in die großen, hellen Altbauwohnungen passt zwischen Parkett, Stuck, Hausmusik, ledergebundene Bücher und Rainer-Zille-Originale an den Wänden.

Der Taxifahrer spricht zum Glück nicht; auch als ich eingestiegen bin, hat er nur genickt. Ich hoffe, dass wir pünktlich sind, ich darf auf keinen Fall zu spät zum Bahnhof kommen. Ich muss da sein, wenn Karl aus dem Zug steigt. Jetzt streckt der Taxifahrer die Hand aus und schaltet das Radio an, drückt auf den Knöpfen herum, bis die Musik abbricht und die Nachrichten beginnen. *Am Nachmittag ist ein Rückholflug der Bundeswehr aus Wuhan mit 128 deutschen Bürgern und ihren Verwandten in Frankfurt gelandet. Keiner der Passagiere an Bord zeigt nach den Worten von Gesundheitsminister Jens Spahn Symptome.*

Greta hat vorhergesagt, dass Viren ein Problem werden. Greta hat recht gehabt (wie immer).

Aber jetzt denke ich an Karl. Jetzt gebe ich endlich zu, wie aufgeregt ich bin. Um mich abzulenken, versuche ich mir möglichst genau vorzustellen, wie Karl aussieht; es ist, als könnte ich mich gar nicht mehr richtig erinnern. Sobald meine Gedanken abschweifen, fange ich wieder oben an, am Scheitel, bei den in die Höhe stehenden Haaren über dem Wirbel.

Ich fange immer wieder oben an.

Gleich ist er da.

Und dann hat er vollkommen anders ausgesehen.

Der Zug ist in den Bahnhof eingefahren, ein unendlich langer, alter, schmutziger, kreischender Eurocity, und vielleicht habe ich auch deswegen Karl nicht sofort erkannt: weil der Zug so sehr auf die Vergangenheit verwies, aber Karl im Fernsein von uns einen Sprung in die Zukunft gemacht zu haben scheint.

Es liegt nicht nur an der Kleidung: Als er vorhin aus dem Zug gestiegen ist, hat er nicht einen einzigen Faden am Leib getragen, den ich schon kannte. Alles war neu, und ich fragte mich, ob Heike mit ihm einkaufen gegangen war oder ob er das selbst gemacht hatte; die Sachen haben nichts zu tun mit dem üblichen, praktischen Zeug, das Charlotte früher für Karl besorgt hat (die Art Kleidung, die immer nach Fünferpacks aussieht, selbst wenn man in Wahrheit jedes Stück einzeln kauft). Als Karl aus dem Zug stieg, hatte er eine weite schwarze Hose an und eine dicke blaue Wolljacke, die er offen trug über einem weißen Sweatshirt. Sogar die Turnschuhe waren neu. Nur der Koffer kam mir bekannt vor.

Aber es liegt nicht nur an der Kleidung. Allem anderen voran: Karl ist gewachsen. Ein ganzes Stück gewachsen. Ein *enormes* Stück gewachsen. Das kann nicht alles in den Monaten in Berlin passiert sein, der Wachstumsschub muss schon vorher begonnen haben, nur dass wir zu sehr mit uns selbst beschäftigt waren, um es zu bemerken. Karl sieht zum ersten Mal so aus, als hätte er annähernd die Größe, die er haben müsste, und das macht einen neuen Menschen aus ihm. Auch das Gesicht wirkt gestreckt, das Kindliche scheint aus den Zügen verschwunden, nicht einmal die Haut ist noch unschuldig, stattdessen: geschwollene Pickel, vergrößerte Poren. Und Karl trägt die Haare länger, anders geschnitten sind sie auch, offenbar hat er in Berlin nicht nur seine Garderobe erneuert.

Ich habe ihn angestarrt. Ich habe mir auf die Zunge gebissen. *Du bist aber groß geworden!*, das kann man wohl nicht sagen zum eigenen Sohn.

Am irritierendsten war, dass Karl genau zu wissen schien, was in mir vorging, und dass ich ihn nicht nervös machte. Er ist weiter auf mich zugelaufen, auch das anders als früher, muskulöser, sportlicher, und dann ist er vor mir stehen geblieben.

»Na?«, hat er gesagt. Er hat nicht gefragt, warum *ich* ihn abholen gekommen bin und nicht Charlotte.

Schließlich habe ich geantwortet: »Hallo, Karl. Schön, dass du da bist.«

Am Taxistand dasselbe Taxi, derselbe Fahrer. Hatte er Pause gemacht? Oder hatte die Zeit genau für eine andere Fahrt gereicht, und nun war er wieder hier gelandet? Der Fahrer machte endlich den Mund auf, er hatte mich ebenfalls erkannt und sagte: »Man sieht sich immer zweimal.«

Ich dachte an Charlotte, ich dachte an Greta, ich dachte an Karl, ich schwieg. Ich war hinten eingestiegen, und nachdem er sein Gepäck im Kofferraum verstaut hatte, setzte sich Karl neben mich. Ich hatte kurz überlegt, ihm zu helfen, aber es war offensichtlich, dass er gut mit dem Koffer zurechtkam. Wir fuhren los, Karl schwieg ebenfalls, das Schweigen war nicht unangenehm, eher so, als hätten wir verabredet, nicht über Belangloses zu reden. Still verschoben wir die großen Themen auf später, auf den Moment, in dem wir zu dritt sein würden.

Während wir dieselbe Strecke zurückfuhren, die ich gerade zum Bahnhof hingefahren war, wurde ich ganz ruhig. Ab und zu betrachtete ich Karl von der Seite, er atmete gleichmäßig ein und aus. Draußen sah ich dieselben grün gealterten Plattenbauhochhäuser, dieselben trostlosen Schmierereien, dieselben dicken Männer mit ihren heruntergezogenen sächsischen Ich-bin-von-der-Geschichte-verarscht-worden-Mundwinkeln – aber ich sah sie anders als auf dem Hinweg. Ich dachte an die ebenfalls hochhausgroßen Fehler, die Charlotte und ich gemacht hatten, an die kaputten Jahre, die hinter uns lagen, und ich musste zugeben: An Dresden hatte es nicht gelegen. Die Stadt konnte nichts dafür.

Was ist das schon, Zuhause. Eine Idee, und das Zentrum dieser Idee bildet keinesfalls der Ort, an dem man sich befindet. Zuhause muss sein, wo die Familie ist – wenn man eine hat. Denn wären wir sonst nicht verloren, selbst im Paradies?

Wir wollen es besser machen, ab jetzt.

Ich hoffe, dass es noch nicht zu spät ist für uns drei, die wir übrig geblieben sind.

Als wir durch die Siedlung fuhren, richtete Karl sich auf, blickte angestrengter nach draußen; ich versuchte, die Häuser und Straßen durch seine Augen zu sehen, er war lange weg gewesen. Schneller als gedacht näherten wir uns dem Haus, aber ich machte keine Anstalten, den Fahrer zu bezahlen. Plötzlich hatte ich das Gefühl, dass ich Karl etwas erzählen müsste. Dass ich von mir aus noch etwas hineingeben müsste in diese schweigsame Fahrt, bevor wir zu dritt sein würden – wann hatten wir zuletzt zu zweit miteinander gesprochen, hatten wir überhaupt schon einmal zu zweit miteinander gesprochen? Ich konnte eine Bewegung hinter dem Glaseinsatz der Eingangstür erkennen, bestimmt würde Charlotte gleich nach draußen kommen.

Bei Karl hatte ich mehr nachzuholen als sie.

»Das ist hier aber schon richtig, oder?«, fragte der Taxifahrer, während er sich zu uns umdrehte.

»Ja, aber warten Sie bitte noch, nur kurz. Sie können ja die Uhr wieder anstellen. Bitte!«

Er schaute mich ausdruckslos an, zuckte die Achseln, legte die Hände aufs Lenkrad, sah wieder nach vorn.

Und ich hörte mir dabei zu, wie ich Karl von meiner Angst erzählte, wieder zu arbeiten. Wie ich ihm von dem heranrückenden Drehtermin erzählte, den ich nicht absagen konnte, weil meinetwegen schon jede Menge Dinge beweglich gemacht worden waren, die normalerweise völlig unbeweglich waren: Drehpläne, Sendeplätze, Fotostrecken in Fernsehzeitschriften.

Karl hörte mir zu. Er dachte kurz nach. Dann sagte er: »Du schaffst das.«

Es war ein Satz, den ich kannte, weil ich ihn mehrmals in wichtigen Situationen zu Greta gesagt hatte. Aber ich spürte erst jetzt, wie viel er auslöste.

Ich liege auf meinem Bett und stelle mir die Situation vor. Heute Abend, gleich, dort unten. Wir sitzen an unserem

Wieder-Küchentisch in der Wieder-Mitte dieser Wiedergemeinsamen-Küche, wir sprechen darüber, was war, was ist und was sein könnte. »Deshalb haben wir uns entschieden, weiterzumachen«, wird Charlotte zu Karl sagen. »Zuversichtlich zu sein. Und wir würden das gern mit dir tun.« Dann stehen wir alle auf, umarmen uns, veranstalten irgendwas Schönes, Verrücktes zusammen, schichten ein riesiges Feuer im Garten auf oder besorgen irgendwoher eine Wassermelone und essen sie mit drei großen Löffeln komplett leer oder holen uns drei abgemagerte, verschnupfte Katzen aus dem Tierheim (das hätte Greta gefallen).

Bevor ich meine Beine vom Bett auf den Boden schwinge und die Treppe hinabgehe zu Charlotte und Karl, hole ich noch einmal tief Luft.

Richtigstellung: Man kann alles beschließen – aber das heißt noch lange nicht, dass dann alle mitspielen.

Denn: Es ist ganz anders gewesen. Es hat überhaupt nicht funktioniert, oder jedenfalls hat es nicht so funktioniert, wie Charlotte und ich es uns überlegt hatten.

Es fing damit an, dass Charlotte gekocht hatte, *Saltimbocca alla romana*, und das nicht einmal schlecht – aber plötzlich stellte sich heraus, dass Karl kein Fleisch mehr aß, auch keinen Fisch, keine Eier, keinen Käse und keine Milch, er ernährte sich komplett vegan. Das war kein Problem, es gab noch Gemüse und Avocado im Kühlschrank, Glasnudeln im Schrank, ich verrührte Hoisinsoße, Sojasoße, Sesamöl und Srirachasoße, briet und glasierte Tofu und bereitete eine schnelle *Tofu Banh mi Bowl* zu. Während Karl aß, wollten wir wissen, wie es in Berlin gewesen war, er richtete Grüße aus, erzählte von Heike, die er *Ekieh* nannte, ein Spitzname, der sich mir nicht gleich erschloss, bis ich begriff, dass er das Wort einfach rückwärts aussprach. Charlotte war die Erleichterung anzusehen, dass er ihr keinen Vorwurf daraus machte, ihn weggeschickt zu haben. Karl schien viel sicherer als wir beide, dass es genau das Richtige gewesen war, und offenbar hatte Heike ihn jeden Tag mit in ihre neue Firma genommen, wo er eine Art Praktikum absolviert und jede Menge Computerzeug gelernt hatte.

Ich stand gerade an der Spüle, stellte die schmutzigen Teller hinein, als Charlotte sich aufrichtete, mir einen Blick zuwarf, sodass ich wusste: Jetzt würden wir es ihm sagen. Dass wir zusammenbleiben wollten.

Es fühlte sich nicht so gut an wie in der Vorstellung, und ich brauchte einen Moment, um mir darüber klar zu werden, woran es lag. Ungewollt hatte sich das andere Bild in meinen Kopf geschoben, 2010, der Moment, in dem wir den Kindern die letzte große Veränderung verkündet hatten. Der rote Strich durch die Küche war immer noch erkennbar, das ging so nicht, vielleicht konnten wir am Wochenende die Böden abschleifen, alle Böden, alle zusammen. Wir saßen sogar auf denselben Plätzen am Tisch wie damals, auch das ging so nicht, ich räusperte mich, schüttelte das Gefühl ab, ging schnell zurück und wechselte den Stuhl. Ich setzte mich neben Charlotte.

»Wir haben uns entschieden, weiterzumachen«, sagte sie. »Und wir würden das gern mit dir tun.«

Genauso, wie ich es mir ausgemalt hatte – ich atmete auf, nun würde es losgehen, hier saßen wir zu dritt.

Aber Karl hatte nicht nur Programmieren und Bildbearbeitung geübt in Berlin. Er schaute uns an, schaute von Charlotte zu mir und wieder zu Charlotte, ohne den Kopf zu drehen, nur die Augen bewegten sich. Und dann sagte er: »So habt ihr euch das gedacht, ja?«

Seine Stimme klang tiefer als früher. Er war gefasst, nicht wütend, seine Stirn glatt, die Hände lagen nebeneinander auf dem Tisch – man spürte sogar, dass er sich Mühe gab, uns nicht zu verletzen. Aber er ließ kein Wort aus von dem, was er zu sagen hatte.

Dass Marie ein Zimmer für ihn habe in ihrer WG. Dass er in diesem Jahr sechzehn werden und dann dort einziehen würde. Und wenn er mit der Schule fertig sei, werde er nach Berlin gehen, wo er Freunde gefunden habe.

Er räusperte sich und sagte: »Finde ich aber trotzdem gut, dass ihr euch vertragt. Dann komme ich auch gern vorbei, zum Essen vor allem, da muss ich nicht selber kochen.« Er schob die Schale in die Tischmitte. »Das hier war lecker. Und nicht so schwierig. Braucht man die unbedingt alle, die Soßen, die du verwendet hast?«

Er sah mich an. Beim letzten Satz hatte seine Stimme einen Riss bekommen, kratzig geklungen, und plötzlich war nur noch ein Fiepen zu hören gewesen.

Überrascht entfuhr es mir: »Du bist ja im Stimmbruch.«

Zum ersten Mal, seit ich ihn am Bahnhof abgeholt hatte, wurde er rot – das war eine lange Zeit, wenn man bedenkt, dass Karl früher ständig, fast ununterbrochen rot angelaufen war. Und es war kein Rotwerden aus Verlegenheit, sondern eines aus Stolz, er nickte mit heißen Wangen. »Ja«, sagte er, »endlich!«

»Du kannst doch nicht einfach ausziehen.« Charlotte richtete sich auf.

Aber wir wussten schon alle drei, dass er es konnte, und dass er es tun würde.

»O Mann.« Sie legte die Arme auf den Tisch, bettete kurz ihren Kopf darauf.

Wir konnten nicht mehr Familie spielen, *Mutter, Vater, Kind*, es war zu spät, wir hatten zu lange gewartet, hatten es verpasst, auch unser zweites Kind war bereits erwachsen geworden.

Ich sah Charlottes Nacken neben mir, beugte mich hinunter und verharrte kurz, als wollte ich ihr einen leichten Kuss auf die Stelle geben.

»Das ist nicht so schlimm, Mama. Es ist keine große Sache.« Karl ließ seinen Blick durch die Küche schweifen, suchte offensichtlich ein anderes Thema, von seiner Seite aus war alles gesagt.

Plötzlich sprang er auf. Ging zu der Schublade, in der das Besteck lag, das Greta und ich benutzt hatten, und in der Greta darüber hinaus alles Mögliche aufbewahrt hatte, Gummis zum Wiederverwenden, Zahnstocher, Kühlschrankmagneten. Karl holte zwei dicke, runde Akkus heraus, legte die Hände auf die Arbeitsplatte, stemmte sich hoch, reckte sich – bevor wir verstanden, was er plante, hatte er die Uhr von der Wand genommen, das Batteriefach an der Rückseite geöffnet. War sie schon wieder stehen geblieben? Wäre mir das nicht aufgefallen? Karl wechselte die Akkus, hängte die Uhr wieder auf, sagte zufrieden: »So!«, bevor er mit einem Satz von der Arbeitsplatte sprang, ohne vorher in die Knie zu gehen. Er packte die leeren Akkus in das Ladegerät, das in einer der Steckdosen über der Scheuerleiste steckte, rief ein zweites Mal: »So!«, und dann fragte er, ob es okay wäre, wenn er noch eine Weile nach draußen ginge.

Als ich mich um die Teller in der Spüle kümmern wollte, schaute ich zwischen den Vorhängen hindurch Richtung

Straße. Die gelben Vorhänge hatte Charlotte zum Einzug genäht, es war an der Zeit, über neue zu sprechen. Charlotte brachte die Gläser, sie stellte sich neben mich. Ich sah Karl den Fußweg überqueren, und ich sah, dass jemand auf der anderen Straßenseite stand, es war dunkel, keine Laterne in der Nähe, trotzdem war ich mir sicher, dass es sich um Marie handelte.

Ich sah Karl. Er blieb in der Mitte der Straße stehen, schien zu überlegen, drehte um, lief schnell zurück durchs Tor, auf unser Grundstück. Hatte er etwas vergessen? Karl sah mich hinter der Scheibe stehen, obwohl ich zurückwich, damit er sich nicht beobachtet fühlte – er änderte die Richtung, kam über den Rasen und klopfte von draußen ans Glas. Ich öffnete das Fenster. »Sag mal«, fragte Karl, und seine Stimme kiekste wieder, »darf ich das Fahrrad trotzdem behalten?«

Ich musste lachen.

Ich nickte. »Ja, klar. Ist deins.«

Er nickte auch, wandte sich erneut um, lief über die Straße, zu dem Schatten auf der anderen Seite, dann verschwanden sie nach links in die Nacht.

Ich stelle es mir vor.

Wir sind allein im Haus. Wir bringen neue Vorhänge an, wir reden und reden, können nicht aufhören damit, wir helfen Karl dabei, er selbst zu sein, wir finden wieder heraus, wer auch *wir* selbst sind. Wir legen den Garten neu an, essen jeden Tag Salat, draußen wird alles grüner, doch das kann nicht über den Zustand der Welt hinwegtäuschen. Wir machen uns keine Illusionen mehr. Das Leben wird höchstens so gut wie der Rest, der möglich ist.

Aber wir machen weiter. Wir machen das Beste aus der Zukunft, die es nicht mehr gibt.

Charlotte hat meine Hand genommen, wir sind nach oben gegangen. Sie hat mich in ihr Zimmer geführt, ein sauberes, einfaches Zimmer mit einem roten Laken auf der Matratze in dem schmalen Bett. Ich habe gemerkt, wie anders das Licht der kaputten Welt da draußen durch das Fenster in Charlottes Zimmer scheint, ganz anders als durch das Fenster in meinem Zimmer, weniger hell, dabei milder.

In diesem Licht hat Charlotte kaum älter ausgesehen als früher. Ich habe ihr den Pullover über den Kopf gezogen und meine Hand in ihre Achsel gelegt. Ich habe ihr den Rock aufgeknöpft und ihn auf den Boden fallen lassen. Ich bin mit dem Finger an den Umrissen der Unterwäsche entlanggefahren, die ich nicht kannte, so wie ich Generationen von Charlottes Unterwäsche nicht kennengelernt hatte. Ich habe den BH-Verschluss geöffnet, mich vorgebeugt und eine der Brustwarzen mit den Lippen umschlossen, und Charlotte hat angefangen zu weinen, und sie hat mich festgehalten, als ich ebenfalls angefangen habe zu weinen. Wir haben uns die ganze Zeit in die Augen gesehen. Wir sind mit dem Blick und mit den Fingern und mit den Zungen in uns hinein- und aus uns wieder herausgefahren, wir haben nicht mehr gewusst, wo die eine von uns endet und der andere beginnt. Erst ganz am Ende haben wir die Augen schließen müssen, wir haben die Augen geschlossen, um sehen zu können.

© *Villa Massimo Foto Alberto Novelli*

Franziska Gerstenberg, 1979 geboren, lebt mit ihrer Familie im Wendland. Sie erhielt zahlreiche Stipendien und Literaturpreise. Ihr erster Roman *Spiel mit ihr* wurde mit dem *Förderpreis zum Lessingpreis des Freistaates Sachsen* ausgezeichnet, ihre Erzählungen *So lange her, schon gar nicht mehr wahr* mit dem *Sächsischen Literaturpreis 2016*. *Obwohl alles vorbei ist* entstand in Teilen während eines Aufenthalts in der Villa Massimo.